JN010649

絶対回避の
ラグブレイカー
2

ハッピーエンドをつかむための25の法則

contents

レジェンドノベルス
LEGEND NOVELS

絶対回避のフラグブレイカー 2

ハッピーエンドをつかむための25の法則

プロローグ

■法則その1　世界が平和すぎると魔王が復活するフラグが立つ

「ねえ、そこで無理すると『全滅フラグ』が立っちゃうよ！　ほらね！」

さんさんと輝く太陽のように明るい声が病院の談話室から廊下まで響いてきた。

八月に入ったばかりの空は午後六時だというのにまだ明るい。この日、定時で仕事を終えた俺、中村《なかむら》翔《しょう》太《た》は、その声の持ち主である妹のミカの様子をうかがうために部屋に入った。

「あ、お兄ちゃん！」

満面の笑みで迎え入れた彼女に俺は目を細める。

「ミカ、元気そうだな」

「うん！」

つい先日まで大病に苦しんでいた患者とは思えないほどに血色がよく、医者である俺の目から見ても、彼女が病気を完全に克服したのは明らかだ。

心の底から嬉《うれ》しいし、治療を担当してくれた松下《まつした》佳《か》穂《ほ》先生には大いに感謝している。

ほっとした俺は彼女の手に収まっているスマホに目をやった。

「また例のゲームか？」

「うん！　すっごく難しいけど、それくらいのほうがやりがいはあるからね！　レオンもだいぶ上手になったんだよ！」

ミカの左に目をやる。そこにはまるでウサギのように小さく丸まった男の子の姿があった。色白でおかっぱ頭、柔らかそうなほっぺに小さな鼻と唇。一見すると女の子に見間違えてしまうような容姿の彼は、上目遣いで俺を見つめながら、か細い声をあげた。

「こ、こんにちは。中村先生」

「こんにちは、滝沢《たきざわ》くん」

彼は滝沢怜音《れおん》、小学四年生。この病院の入院患者だ。

退院を数日後に控えたミカは、彼と一緒に『キープ・キリング』という名のＲＰＧに熱中している。そのゲームは三年前に放映されたアニメと同名で、かなり流行《はや》っているらしい。

かく言う俺も普段はゲームなどまったくしないくせに、休日にはミカに『ＲＰＧの法則』を教わりながら、ちまちまとプレイしている。

ちなみに俺とミカは設定資料集を隅々まで覚えるくらいにアニメ版の大ファンだ。俺にいたってはアニメの世界にトリップしたくらいだったからな。

そんな俺がゲーム版に手を出したのも、当然と言えば当然の成り行きなのかもしれない。

しかしゲーム版はアニメとはまったく異なっており、共通しているところといえば、ヴァンパイアがいる世界ということと、プレイヤーに『死亡フラグ』が見える、という設定ぐらい。ストーリーはいたってシンプルで、プレイヤーが『勇者』となって仲間たちと共に古城に立てこもる魔王を倒す冒険に出るというものだ。

ミカから聞いたのだが、魔王は『もともとは勇者だった』という設定らしい。なんでも古城に封印されていた『魔王の心臓』を食べてしまったため、魔王になってしまったのだそうだ。そんなもの食うなんて、どんだけ腹が減ってたんだよ、とツッコミを入れた覚えがある。

談話室に入る前に売店で買ったお気に入りの缶コーヒーを一口飲んだところで、怜音の嘆く声が聞こえてきた。

「ああ、また全滅しちゃった……。僕には『キープ・キリング』のクリアなんて無理だよ」

彼がそう思うのも無理はない。

なぜならこのゲームは『死にゲー』と呼ばれるほど、極端に難易度が高く、すぐに全滅してしまうことで有名だからだ。

特にプレイヤー泣かせなのは『全滅フラグ』の存在だろう。

『全滅フラグ』とはその名の通りで、勇者たちが全滅しそうになった場合に、彼らの頭上に立つ旗のことだ。一度それが立ったら最後。ヴァンパイアがどこからともなく現れて、勇者たちを容赦なく殺してしまう。

『全滅フラグ』が立つ条件はいくつかあり、戦闘で勇者たちが絶体絶命のピンチに陥った時やイベントで間違った選択をした場合などである。その判定はとてもシビアで、少しでも気を抜くとすぐに全滅してしまう。

そんな『死にゲー』の『キープ・キリング』だが、課金をすればゲームの難易度を下げることができる。具体的には『錬金所』と呼ばれる場所で武器や防具を強化できるのだ。

　ところが無課金でもわずかにクリアできる可能性は残されていることから、課金せずにゲームを進めていくプレイヤーも多いとのこと。

　ミカや怜音はそうしたマニアックなプレイヤーとは異なるが、単純に両親からゲームへの課金を禁じられているため、無課金で『キープ・キリング』に挑戦しているというわけだ。

　ちなみに俺は惜しみなく課金をしており、この時から数週間後には本編をクリアするのだが、健《けな》気《げ》に頑張る彼女たちに対するちょっとした罪悪感で大っぴらには喜べず、一人で虚《むな》しく達成感に浸ることになる。

　そんな『キープ・キリング』は、『新章』が追加される予定であると公表されてから久しいが、いっこうにバージョンアップされる気配がない。

　噂《うわさ》ではシステムの一部に致命的なバグがあり、それが解消できずに困っているのだとか……。


　さて、ゲームに熱中しているミカと怜音に話を戻そう。

「あきらめるのはまだ早いわ！　ＲＰＧの基本はトライアンドエラーよ！　もう一回、セーブしたところまで戻って頑張るの！」

　怜音はすぐに凹《へこ》むし、あきらめが早い。さらに言えば絶望的に勘が悪い。「右か、左か」という選択肢で当たったためしがないのだ。

　あえて取り柄を言えば、彼はモンスターに関する知識はやたら豊富で、時々ミカを驚かせているくらいだ。

一緒のタイミングでゲームをスタートしたミカはすでに中盤くらいまで進んでいるが、怜音はまだまだ序盤。それでもミカは粘り強く怜音を励ましている。

「うん、もう一度頑張ってみるよ」

そう気合いを入れたのもつかの間、

「ああ！　そっちの道に入ったらダメだって！　無条件で強いモンスターと戦うはめになっちゃうんだから！」

ミカが右手で自分の顔を覆うと、怜音は今にも泣きだしそうにうつむいてしまった。

「ああ……。やっぱり僕はダメだなぁ……」

「大丈夫！　奇跡って、あきらめずに戦い続けた人に訪れるんだから！　ねっ！　お兄ちゃん！」

突然ミカが話をこっちへ振ってくる。俺はすすっていたコーヒーを吹き出しそうになりながら答えた。

「あ、ああ。まあ、ゲームのクリアが奇跡というのはちょっと大げさな気もするが……」

「僕にとっては『奇跡』って言葉じゃ足りないくらいにこのゲームは難しいよ」

しゅんとなって落ち込む怜音。

どうしたものかと俺とミカは目を見合わせる。

と、そこに離れたところから声が聞こえてきた。

「ふふ。大丈夫。すごく冴《さ》えない男でも奇跡を起こせたのを、私はこの目で見たんだから」

風鈴の音のように涼やかな声をあげた少女は、読みふけっていた本を閉じて、こちらに向かって微笑《ほほえ》んだ。

絹のようになめらかな黒髪のロングヘア、あどけなさの残る可愛《かわい》らしい目元、対照的に薄い唇は妖艶な大人の女性を感じさせる。

彼女の名はアルメーヌ。『検査入院のためフランスからやってきた』という名目でミカと同じ病室に入院して早十日経《た》ったが、実際には『キープ・キリング』のアニメからやってきたヴァンパイアだ。もっともその事実を知る者は俺以外に誰もいない。

——だって私がアニメの世界からやってきた、なんて知られたら変な目で見られるでしょ。そんなの絶対に嫌。それに『二人だけの秘密』って響きは素敵だと思わない？

なんだそうだ。当然ミカはアニメとまったく同じ名前で容姿も似通っている彼女のことを不思議に思ったが、アルメーヌは「アニメ制作の関係者に知り合いがいるのよ」と、あっさり受け流していたな。

さてそのアルメーヌは、談話室の片隅の椅子から立ち上がり、ゆったりとした足取りで俺たちがいるテーブルに近づいてくる。そしてミカの隣の席に腰かけた後、穏やかな口調で怜音に話しかけた。

「知恵と勇気を振り絞るのよ」

「ほんとに僕でできるかな？」

彼がここまでマイナス思考なのは、彼が冒されている病気のせいだろうことは容易に想像がつく。これといった治療法や特効薬がない難病で、少し良くなったと思えばすぐに悪くなりと、一進一退を繰り返していくうちに、「病気が治らないのは僕がいけないんだ」と自分を責めるようになっていったようだ。

「レオンくん、大丈夫よ！　私が保証する！　君なら絶対に魔王を倒せる！　だって君は誰よりもモンスターのことをよく知ってるじゃん！」

「う、うん。じゃあ、もう少し頑張ってみる」

ミカに背中を押されるようにして怜音は再びスマホに視線を向けた。

俺はそんな彼の頭をくしゃりとなでた。こうするとすごく嬉しそうに目を細めるのだ。

「頑張れよ」

「うん！　僕ね、ミカお姉ちゃんと約束したんだ！『キープ・キリング』をクリアするまであきらめずに頑張るって！」

元気よく返事した彼を慈しむようにミカが見ている。

彼女は昔から困っている人を見たら放っておけない性格だ。怜音に「一緒にゲームやらない？」と誘ったのも、ふさぎ込んでいた彼を励まそうとしたから、なんだそうだ。

わが妹ながら偉いぞと思いながら、ゲームに熱中するミカをまじまじと見つめていると、俺の真《ま》似《ね》をしながらつぶやく声が耳元で聞こえてきたのだった。

「肩まで伸ばしたナチュラルブラウンの髪に、明るい性格を表したかのようなパッと目を引く整った顔立ち。今は薄いピンク色の患者衣を身にまとっているけど、ドレスの袖に手を通せば、どこかの国のお姫様かと見間違うほどに輝いているんだろうな……って思ったでしょ？」

「ああ、まさにそのとお……って、おいっ！」

声の主は言うまでもなくアルメーヌだ。

こいつめ……。憎たらしい性格しやがって。

ミカが顔を真っ赤にして俺を穴が開くほど見ているじゃないか。

眉間にしわを寄せた俺に対して、アルメーヌは愉快そうに口元を緩めた。

「完全な『兄バカ』ね。ふふ」

俺はふいっと顔をそらしながらつっけんどんに言った。

「もうすぐ夕食の時間だからな。みんなきりのいいところで自分の部屋に戻れよ」

「はーい」

アルメーヌが気のない返事をするのと同じタイミングで談話室のドアが開く。現れたのは細身で背が高く、さらさらした髪と中性的な美しい顔立ちの青年。服装からして看護師のようだな。しかし初めて見る顔だ。

眉をひそめた彼は柔らかな口調で言った。

「滝沢くん。やっぱりここか。ダメじゃないか。夕食の時間までには部屋に戻らなくては」

彼の名前は……ちらりと名札に目をやると、『伊倉《いくら》』とある。

ああ、もしかしてつい先日うちの病院にやってきたばかりの新米看護師か。

下の名前は確か……タケシだ。

十年に一人のイケメンが入ってきたと、他の看護師たちがはしゃいでいたのを小耳に挟んだ覚えがある。

そんなタケシだが、怜音にはいまいち不評らしく、顔をこわばらせてうつむいている。

……とそこに高い声が耳に飛び込んできた。

「こらっ！　タケシくん。ダメでしょ！　患者さんを怖がらせたら！」

ふんわりしたボブカットがよく似合う丸顔に、子犬のようなつぶらな瞳が特徴の山本萌香《やまもともえか》が、腰に手をあててタケシの隣に立った。彼女はタケシの教育係だ。

「すみません、萌香さん。怖がらせるつもりはなかったんです」

「自分では怖がらせるつもりがなかったとしても、相手が怖がったら怖がらせているのと同じでしょ！　こういう時は笑顔だよ！　君には患者に対する笑顔が足りない」

「はい……。こうですか」

タケシが明らかな作り笑いを浮かべる。

だが、まるでテレビに出てくるアイドルグループのメンバーのように眩《まぶ》しいじゃないか。そんな笑顔を向けられたら男の俺でもドキッとしてしまうだろう。

もし俺が同じようにぎこちない笑みを浮かべれば、「ふざけてるんですか？」と萌香の怒りの炎に油を注いでいたに違いない。

これがイケメンと冴えない男の差か……。

世の中の不条理を思わないでいられない。

「うん、それでいいわ。これからは笑顔を心掛けるのよ！　あと先輩に向かって『萌香さん』はやめなさいって何度も言ってるでしょ」

「でも山本さんというより、萌香さんってほうがしっくりくるんです」

「はいはい、分かりました。もういいから、タケシくんはここで待ってなさい。私がレオンくんとお話しするから」

そう告げた萌香は怜音の前で屈《かが》んだ。

「レオンくん。私もついていくから、一緒に部屋へ戻りましょうね」

目線を合わせた萌香に対して、怜音はコクリとうなずき返事をした。

「はい、分かりました」

ニコリと穏やかな笑みを怜音に向けた萌香。だが俺とすれ違いざまにキリッと表情を引き締めてこちらへ鋭い視線を向けた。

「中村先生ももういい年した大人なんですから。ゲームばっかりやってないで、みんなの面倒をちゃんと見てあげてくださいね！」

「なっ⁉」

「さ、レオンくん、行きましょ！」

目を丸くする俺などおかまいなしに萌香は怜音の手をとって談話室を出ていく。

そして廊下に立っていたタケシと三人で立ち去っていったのだった。

怜音たちの足音が廊下の奥へと消えたところで、ミカがぴょんと飛び跳ねるようにして立ち上がった。

「さてと。じゃあ、私たちも部屋に戻ろっか」

「そうね」

ミカとアルメーヌの二人は仲良く並んで歩きだした。

俺はコーヒーを最後まで飲んでから、築三十年のワンルームマンションへ帰るとしよう。そう考えて彼女たちの背中を見送っていたその時だった。談話室を出る手前で足を止めたアルメーヌが、ミカの背中に向かって声をかけたのである。

「あ、先に行っててくれる？　私、お兄さんに話があるから」

振り返ったミカが「何の話？」と言わんばかりに目を丸くして俺の顔を見つめてくる。

俺は首をすくめて「知らないよ」と合図を送った。

「たいした話じゃないわ。すぐ終わるから」

「うん！　分かったよ！　お兄ちゃん、くれぐれも泣かせちゃダメよ！」

「泣かせるかよ。……ったく」

談話室を出ていったミカの足音が聞こえなくなる。

それを確認したアルメーヌはドアをそっと閉めた。

「なんだよ？　話って」

彼女は俺の質問に答えようとせず、背を向けたまま軽い調子で言った。

「ふふ。ミカは元気になったし、愛《いと》しの私にも再会できた。すべてが丸く収まったって感じてるでしょ？」

「はぁ？　急に何を言ってるんだ？」

「ミカから聞いたんだけどね。ＲＰＧの法則に『世界が平和すぎると魔王が復活するフラグが立つ』というのがあるらしいわね」

「だから何が言いたいんだ？　はっきり言ってくれよ」

妙な胸騒ぎを覚え、自然と声が荒っぽくなる。

高性能な電子ポットのように一瞬で沸き上がった俺だったが、ゆっくり振り返ったアルメーヌの顔が目に映ったとたんに、さっと青ざめてしまった。

その表情はこれまでに見たことがないくらいに険しいもので、嫌な予感が胸のうちに広がる。それでも「冗談で俺をビビらせようとしているだけだろう」と期待をかけていたのだ。ところが彼女の口から告げられたのは、そんな淡い期待をも粉々に打ち砕くものだったのだ——。

「クライヴがヴァンパイアとして復活したわ。あなたとミカの命を狙うためにね」

第1章
絶対に全滅したくない冴えない勇者と絶対に全滅させたい魔王の攻防

■法則その2　情報収集を怠ると全滅する

——お兄ちゃん、知ってる？　ＲＰＧの序盤は情報収集が大切だよ！　意外な攻略方法やアイテムを手に入れることができるから！　情報収集を怠って突っ走ると『全滅フラグ』が立っちゃうよ！　ほらね！

＊

ゆっくりと目を開けると、そこは異世界だった。

どうしてここが異世界と気づいたのか、と聞かれれば理由はたくさんある。

中世ヨーロッパが舞台の映画に出てくるような服装の人々、石造りの建物、道を歩く犬の顔をした人——目に入るすべてが現代であることを否定している。

それでも冷静に状況が飲み込めたのは、『二度目だから』であり『自らの意思で異世界へやってきた』からだろう。

俺は自分が何者なのかを確認するために、手の甲に目を向けた。そこにはいつも見慣れた小さなほくろが並んでいる。

「イルッカではないのか」

引き続き両手で顔を覆ってみた。鼻の高さ、肌触り、さらに髪質にいたるまで、現実世界の俺そのままだ。

「もしかして容姿は中村翔太のままなのか」

現実世界と異なるのは、いかにも旅人といった服装、革の胸あて、腰にさした剣、さらに革製の袋に入っていた『１００』と書かれた銀色の硬貨くらいか。

「まあ、冴えない見た目ってところはイルッカでも中村翔太でも同じなんだけどな」

自嘲気味に笑みをこぼした俺はあらためて周囲を見回した。

どうやらここは町の中にある広場のようだ。俺はそこにあるベンチで寝ていたらしい。

そしてここが以前のイルッカとセルマが暮らしていた田舎町でないのは、前方に見えるこぢんまりした王城からして明らかだった。

「あら？　ようやくお目覚め？」

聞きなれた涼やかな声が耳をくすぐる。はっとなって声の主のほうに目をやると、ひとりでに大きな声が口をついて出てきた。

「アルメーヌ！」

そう、アルメーヌだ！

白いシャツと紫のワンピースを合わせた恰好《かっこう》は、アニメの世界の彼女とまったく変わらない。

何とも言えぬ懐かしさを覚え、鼻の奥にツンとした痛みが走る。

「ふふ。この場合、『おかえり』というべきなのかしら？」

アルメーヌは俺の前に立つとそっと手を差し伸べた。

俺はその手を取って立ち上がり、彼女に問いかける。

「ここは？」

「『はじまりの町』、ノルマールよ。ミルクを使った料理が名物みたいね」

「となればやはりここは『キープ・キリング』のゲーム版ということだな？」

しかも『はじまりの町』の呼び名の通りに、プレイヤーが冒険へ旅立つ場所だ。

つまり俺は『冴えないモブキャラ』ではなく、『世界を危機から救う勇者』というわけか。

状況が把握できたとたんに、かっと頭に血がのぼり、激しい焦燥感に襲われる。

「こんなところでグズグズしている場合じゃないな。よし！　町を出るぞ！」

俺は気合いを入れて勢いよく立ち上がろうとした。

しかしアルメーヌはそんな俺の肩をつかんで、首を横に振ったのだ。

「焦ったらダメよ。ミカに教わったでしょ。ＲＰＧの序盤で大切なのは情報収集だって」

「しかし、そのミカが……！」

つい声を荒らげてしまったが、アルメーヌは表情をまったく変えずに、俺のことをじっと見つめていた。その柔らかな表情とは裏腹に、視線は突き刺すように厳しく、彼女の不退転の決意を表しているようで、俺ははっと息を飲んだ。

彼女は静かな声で言った。

「私も翔太と同じ気持ちよ。だからこそ情報収集からはじめましょう」

俺は目をそらさずに彼女の視線を受け止めた。

しばらくしてようやく胸の動悸《どうき》が収まる。大きくうなずいた俺に対して、アルメーヌは穏やかな笑みを浮かべて告げた。

「ふふ、じゃあ手分けして情報を集めましょ」

そう告げるなり弾むような足取りでその場を離れたアルメーヌの背中に向かって、俺は小声で「ありがとな」とつぶやいた。そして彼女とは反対方向へ歩き始めたのだった。

*

ノルマールはさほど大きくない。俺はすぐに待ち合わせの広場に戻ってきたのだが、アルメーヌはかなり遅れてやってきた。

「遅かったじゃないか。何か問題でもあったのか？」

「い、いえ、別に何でもないわ。さ、早く成果を報告し合いましょ」

軽く受け流した彼女だが、何かを隠しているようにしかみえない。だが今それを追及しても仕方ないか。

「ああ、分かったよ。では、まず俺からだ。この国にはノルマールの他に、南の森の中にギャグラブというキノコが名産の小さな町があり、北には『グラジニア大橋』があるようだ。つまりノルマールだけではなく、この世界は俺とミカがプレイしていた『キープ・キリング』とまったく変わらないと考えられる」

「やっぱりそうなのね。となると次に目指すのはどっちなの？」

「北だ。『グラジニア大橋』を渡った先にある町が次の目的地だ」

「ふーん。じゃあ何のためにギャグラブの町はあるの？」

首をかしげたアルメーヌに対し、俺ははっきりとした口調で答えた。

「それは俺にも分からない。ギャグラブの町では様々な効果のあるキノコを手に入れることができるが、わざわざ立ち寄る必要はないからな」

ギャグラブについてこれ以上の情報はなかったので、俺は話題を次に移した。

「それから『一度全滅したら二度と復活できない』らしい」

「つまり『セーブ』ができないってことね」

「ああそういうことだ。『全滅フラグ』が立って、ヴァンパイアの大きな鎌の餌食になれば、その時点でゲームオーバー。だからなんとしても『全滅フラグ』を回避しなくちゃならない。こいつはスリル満点じゃねえか」

まだ俺に余裕があったのは、難易度を下げるシステムの存在を知っていたからだ。

ところがアルメーヌは、そんな俺の甘い考えを見透かしたように、深くため息をつきながら首を横に振った。

「残念だけどこの世界には『錬金所』がないそうよ」

「まじかよ……」

思わず引きつった笑いが漏れる。

『錬金所』こそ俺が頼みにしていたシステム。それが「ない」ということは、ゲームの難易度を下げられないことを意味していた。

――お兄ちゃん、知ってる？　『キープ・キリング』を、錬金とセーブをせずにクリアしたプレイヤーは『ゲームをぶっ壊した人』、つまり『ゲーム・ブレイカー』って呼ばれてるんだよ！　世界中でまだ五人もいないんだってさ！

　そう聞かされた時は「そんなぶっ飛んだヤツが本当にこの世にいるのか？」なんて笑い飛ばした覚えがある。だがまさかその『ぶっ飛んだヤツ』を目指さねばならないなんて……。

　かなり絶望的な状況と言わざるを得ない。

　しかしアルメーヌの話はまだ終わらなかった。

「あと私たちの『クラス』を、占い師のおばあちゃんに調べてもらったの。翔太は『剣闘士』ね。魔法はいっさい使えないけど、攻撃力と防御力が上がりやすいみたい。特殊能力は『フラグ透視』と『レベル確認』。『フラグ透視』はあらゆるフラグを見通すことができるんですって。ヴァンパイアにも備わってる能力よ。『レベル確認』は『今のレベル』が数値で確認できるみたい」

「ふーん、なんか微妙だな。んで、お前のクラスはどうだったんだよ？」

　そう問いかけながら俺は彼女の能力に期待を寄せていた。

――ＲＰＧはパーティーのバランスが命だよ！

　とミカも口をすっぱくして言ってたしな。

　俺が魔法を使えないクラスということは、アルメーヌは魔法が使える……。もしかしたらすごい特殊能力を持っているかもしれない。

たとえばそうだな……。『瞬間移動』という陸上、空中、海底を自在に行き来できるものや、『レベル操作』で仲間のレベルを80まで上げることができるとか。

両方ともゲームバランスをぶち壊す能力のため、バージョンアップで封印されたってミカが言ってたな。

しかし彼女は軽い調子で俺の期待を木《こ》っ端《ぱ》微塵《みじん》にぶっ壊したのだった。

「あ、私？　私は『ヴァンパイア』に決まってるでしょ。黒い旗を立てた相手を一撃で仕留められるけど、その他の攻撃はできないし、魔法もまったく使えませんよー」

「は？　ヴァンパイアなんてクラス聞いたことねえぞ」

「ふふ、もしかして期待しちゃった？」

ペロリと舌を出す彼女を、俺はただ呆然《ぼうぜん》と見つめる。

「でも安心して。ヴァンパイアには『魔物使い』っていう特殊能力があるから」

「んで？　そいつはどんな能力なんだ？」

「うーんと……。ヴァンパイア以外からの攻撃をいっさい受けつけないらしいの。もっと言えばモンスターの標的になることすらないわ。でも『黒い旗』が立った時や、魔王との戦いは別よ。それから味方全員に黒い旗が立つと、私にも立っちゃうようなの。理不尽だと思わない？」

「それだけ？」

眉をひそめた俺に、アルメーヌはきょとんとした顔で答えた。

「うん。他にもあるみたいだけど、おばあちゃんにはよく分からないみたい」

俺は口を半開きにしながら首を横に振った。

「いや……理不尽なのはこの状況だろ。つまり俺はアルメーヌと二人でいる限り、一人でモンスターと戦わなくちゃならないってことか……」

「もしかしてか弱い美少女の私をモンスターと戦わせようとしてたの？」

「お前っ！　この状況を本当に分かってそんなことを……」

いら立ちをぶつけようとした俺をアルメーヌは手で制した。

「どんな壁にぶち当たっても絶対にあきらめずに乗り越えてみせる。……あなたはそういう男だと思ってたのだけど。違うの？」

心を貫くような鋭い言葉に俺は声を失った。

すると彼女は畳みかけるように続けた。

「『死にゲー』だかなんだか知らないけど、私たちのやることはたった一つよ。確かに私はまともに戦えないかもしれない。それでもこの勝負に勝つために全力を尽くすわ。あなたはどうなの？」

彼女の不退転の決意が、俺の心に火をつける。

自然と口角が上がっていくのを抑えられなかった。

「言われるまでもないだろ。どんな逆境だろうと俺たちは絶対に勝ってみせる」

「ふふ、そうこなくっちゃ！　大丈夫よ！　私がいるんだから！」

その自信はどこから出てくるんだか……。

ただ彼女のやる気に満《み》ち溢《あふ》れた明るい表情を見ていると、俺まで気力がみなぎってくるから不思議なものだ。

俺は大きく首を縦に振った。

それを見てニコリと笑顔になったアルメーヌは、青空に向かって高らかに宣言したのだった。

「目指すは魔王城！　私たちの手で魔王を倒して、ミカを救い出すのよ！」

こうして俺とアルメーヌによる魔王討伐の旅は始まったのだった。

■法則その3　お金の使い道を間違えると全滅する

――お兄ちゃん、知ってる？　ＲＰＧの序盤ではお金の使い方をちゃんと考えなくちゃダメだよ！　お金の使い道を間違えると、すぐに全滅しちゃうんだから！　ほらね！

*

ミカが魔王にさらわれた――。

今どき『おとぎ話』ですら滅多にお目にかかれないシチュエーションを信じろ、というほうがおかしいのは、アニメの世界に転生した経験を持つ俺ですらよく分かっているつもりだ。

だがミカの誕生会のあの日。俺の部屋でぐったりと壁にもたれかかり、意識を失っていた彼女と、すぐそばに落ちていたスマホの画面に映し出されたメッセージを見れば、誰でも俺やアルメーヌと同じように思うはずだ。

『私は魔王。大事な人を助けたければ古城までこい』

＊

さて、ノルマールで情報収集を終えた俺とアルメーヌは、国王に謁見するために王宮へ向かうことにした。

そこで魔王討伐を依頼されたうえで、グラジニア大橋を自由に行き来できる『通行証』がもらえるのを知っていたからだ。

ところが国王の待つ大広間に足を踏み入れた瞬間、度肝を抜かれることになる。

「うわぁ！　すごい！」

それはまさに圧巻の光景だった。

なんと広大な広間が大勢の人で埋め尽くされていたのである。

「もっと奥へつめてくれ！」

白銀の鎧《よろい》を着た兵士が強引に俺たちを部屋に押し込んでから扉を閉める。

「せまっ！」

都心に向かう朝の私鉄電車ばりにぎゅうぎゅう詰めで、息をするのがやっとだ。

しかも目の前の男はかなりの巨漢で、一段高くなった場所に置かれているはずの玉座すら目に入らない。そんな中、しゃがれた声が広間に響き渡った。

「命知らずの勇者諸君！　よくぞ参った！」

堂々とした物言いからして国王に違いない。

彼の呼びかけに人々が一斉にわき上がった。

「おおおおっ！」

俺は巨漢の背中に顔を押しつけられながら、隣にいるアルメーヌに問いかけた。

「な、なあ。今、『勇者諸君』って言ったよな？」

アルメーヌは苦しそうに答えた。

「え、ええ。確かにそう言ったわ。ということはここにいる全員が勇者ってことかしら」

「全員かどうかは知らないが、少なくとも勇者とその仲間たちってことになるな」

人々の喚声《かんせい》がひと段落したところで、国王の声が再び聞こえてきた。

「ここから遠く離れた辺境の地に、ひっそりとたたずむ古城がある。そこに隠されていた『魔王の心臓』の封印が解かれた！　それを食らった者は魔王となるという。つまり魔王が現れたということだ！　ヤツは漆黒の外套《がいとう》に身を包み、うら若き美女をさらったというではないか！」

ミカのことか――！

ドクンと心臓が脈打ち、血が沸き立つ。

「そこでわしは諸君に魔王討伐と囚《とら》われた女性の救出を頼みたい！」

「おおおおおっ！」

再び部屋が人々の声で揺れる。

「それはここにいるわしの一人娘の頼みでもあるのだ！　みなの者！　よろしく頼んだぞ!!」

「おおっ！」

国王の一人娘なんてゲームで見た覚えがないぞ。

彼女の姿をひと目見ようと試みるが、いかんせん巨漢が邪魔でしょうがない。

振り子のように体を左右に揺らす俺をアルメーヌは白い目で見てきた。

「ちょっと。何をそんなに必死になっているの？」

「いや、王女様がどんな人なのか見たくてな」

「ふーん。そんなに気になるんだ」

「はあ？　何をすねてるんだ？」

「すねてなんかないもん！　バカ、バーカ！」

急に子どもっぽくなって唾を飛ばすアルメーヌをよそに、王女の姿をこの目でとらえようとしたが、薄いピンク色のドレスがちらりと見えただけで、その容姿はまったく分からずじまい。

そうこうしているうちに、国王の締めくくる声が耳に入ってきたのだった。

「すでにおぬしたちには１００ベル硬貨一枚、銅剣、革の胸あてを渡してあるはずじゃ！　それを使って凶悪なモンスターどもに立ち向かってくれ！　この後、大臣からグラジニア大橋の『通行証』を渡す！　さあ、みなの者！　旅立ちの時だ！」

「おおおおおっ！」

こうして国王との謁見はゲームとはまったく違う形で終わった。

その後、『通行証』をもらうために行列に並び、受け取った頃には空が茜色《あかねいろ》に染まっていたのだった。

＊

王宮を出た俺たちはこの日の宿を探すために町に戻ってきた。

空には紫色が混じり始めており、通りに人々の姿はない。

あたりが静寂に包まれる中、沈黙を嫌ったアルメーヌは軽い調子で口を開いた。

「そういえば翔太はゲームをはじめた時にこう愚痴ってたわね。『世界平和のために立ち上がる勇者に対して１００ベルぽっちしかくれないなんてケチな国王だな』って。でもあれだけ大勢の人たちに支度金を渡さなきゃいけないんだから仕方ないと思うわ」

アルメーヌは自分の言葉に自分で「うんうん」とうなずいている。

その様子は小憎らしいが、言っていることはもっともだ。安宿でも一人一泊10ベル必要だから、１００ベルは決して大金とは言えない。だがもらえるだけでもありがたい。ノルマール周辺のモンスターを倒しても１ベルか２ベルくらいしか手に入らないしな。

ミカからも、

――ゲーム序盤の攻略のカギはお金の使い方だよ！

と教わっている。使い道を間違えるとたちまち全滅一直線。だから１ベルも無駄にできない。

「俺とお前の二人合わせて２００ベルか。大切に使おう」

そうつぶやいた瞬間、アルメーヌがギクリと顔を引きつらせたのである。

「ん？　どうした？」

「べ、べ、別になんでもないわ！」

目が泳ぎ、声は裏返っている。明らかに怪しい……。

ジト目で覗《のぞ》き込んだ俺の視線から逃げるように顔をそむけた彼女は、あからさまにすっとぼけた声をあげた。

「ど、どこか安い宿を見つけなきゃね！　で、でも同じ部屋はダメよ！　あ、あと、夕食と朝食つきがいいわね！」

お金のことから話をそらそうとするあたり、確実に何か隠してるな。

「なあ、二人のお金は俺が管理するからアルメーヌのを出してくれ」

「へっ⁉　い、嫌よ！」

「もしかして貴重なお金を使っちゃった、ってことはないよな？」

彼女は目を大きく見開くと、すぐにヴァンパイアの牙をむき出しにして反論してきた。

「し、失礼ね！　そんなはずないでしょ！　な、何の証拠があって言うのよ！」

お金の入った革袋を抱きしめて、断固拒否の姿勢を示す。

しかしそれが彼女にとって命取りだった。

――ジャリッ。

静寂の町中に響く硬貨同士がこすれ合う音。

アルメーヌが「しまった！」と言わんばかりに顔を青くする。

俺はニタリと笑みを浮かべながらとどめをさしたのだった。

「支度金は１００ベル硬貨一枚のはず！　複数の硬貨が袋の中にあるってことは、１００ベル硬貨を崩した――つまりいくらか使ったという証拠だ！　観念しろ！」

＊

翌朝――。

爽やかな青空にアルメーヌの金切り声が響いた。

「なんで私だけ朝食抜きなのよー！」

そりゃそうだろ。前日の情報収集の真っ最中に『特製ミルクざんまいコース』を一人で堪能《たんのう》し、お土産のソフトクリーム込みで20ベルも使ってしまったのだから。

「いいじゃない！　自分の銅剣と革の胸あてを売り払って10ベルにしたんだから！」

「全然よくないだろ。それでも10ベルも足が出てるんだぞ。朝食抜きは当たり前だ」

「むぅ！　私だって焼きたてのパンを食べたかったのにぃ！　このまま飢え死にしたら幽霊になってとり憑《つ》いてやる！」

「残念だったな。ヴァンパイアは百年近く何も食べなくても死なないのを俺は身をもって知っているんだ」

「くっ……。翔太のケチ！」

その後もブツブツと恨み節を浴びせてくるアルメーヌ。しかし彼女の相手をしている場合ではない。俺はパンを口に放り込みながら脳内でそろばんをはじいた。

前日の宿代は二人で20ベル、アルメーヌの無駄遣いで10ベル、さらに俺が一人で取っている朝食は2ベルだ。これで残りは168ベル。これをどうやって使おうか。

そこで三つの選択肢を挙げてみた。

（1）高い武器を買う
（2）高い防具を買う
（3）そこそこの値段の武器と防具の両方を買う

はたしてどれが正解なのだろうか。

もしかしたらどれを選んでも『全滅』を免れることができるのかもしれない。

しかし『キープ・キリング』の世界がそんなに甘いとはどうにも思えないのだ。

どれだけ考えてもなかなか良《い》いアイデアが浮かんでこない。

もうあきらめていずれかの選択肢に賭けるしかないのか……。

そう胸のうちを曇らせた時、ミカの言葉がふっとよぎった——。


——あきらめるのはまだ早いわ！　ＲＰＧの基本はトライアンドエラーよ！


「トライアンドエラー……」

そう口に出した瞬間にとあるアイデアがまばゆい光となって雲を晴らしていく。

自然と席から立ち上がり、力強い言葉が口をついて出てきた。

「それだ！」

「急にどうしたのよ？」と、眉を八の字にして不思議そうに見つめてくるアルメーヌに、残っていた最後のパンを差し出した。

「食べながら歩けるよな？」

彼女は目を丸くしてパンと俺の顔を見比べている。

戸惑う彼女に対して「いらないなら食うぞ」と手を引っ込めようとすると、彼女は「いるっ！　ありがとう！」と早口に告げ、ひったくるようにパンを受け取った。

そして嬉しそうにそれを頬張る彼女と共に、食堂を出たのだった。

＊

「ねえ、待ってよ！『キープ・キリング』の世界をなめたら即全滅よ！　それでもいいの!?」

町の外へ出る門の前までやってきたところで、アルメーヌが口を尖《とが》らせて俺に詰め寄ってきた。

それもそのはずだ。

——この町で最強の武器、『ロングソード』はいらんかねー！

という武器屋の横を抜け、

——この町でもっとも硬い防具、『革の鎧』がお得だよー！

という防具屋もスルーして、結局何も買わずにここまでやってきたのだから……。

ただそれも考えがあってのことだ。俺は淡々とした口調で答えた。

「いや、それはよくない」

「だったらなぜ……」

俺は彼女の言葉を遮った。

「無数の勇者がその身をもって教えてくれるはずさ。何が正解で何が不正解か——」

目を大きく見開いたアルメーヌ。

どうやら俺の真意に気づいたようだ。

彼女は驚きの声をあげた。

「つまり『何を買った人が全滅フラグを立てないか』、実際に目で見て確かめるってことなのね！」

俺はニヤリと口角を上げた。

「正解だ。ミカも言ってただろ。『ＲＰＧの基本はトライアンドエラー』だって」

「でも他人にそれをさせるなんて、ずるいと思わない？」

「生き残るためには手段を選んでる場合じゃねえだろ」

アルメーヌは「それでも勇者なの？」とあきれた顔で首を横に振る。

それでも俺の決意は固かった。

ここで『全滅フラグ』を立てるわけにはいかないからな。

そしてこの後、すぐに俺たちはトライアンドエラーの結果を知ることになる。

だがそれは残酷なものだったのだ——。


「おいおい……。まじかよ……」

「信じられないわ……」

ノルマールの町は小高い場所にあり、門を出てすぐのところで、グラジニア大橋へ続く大平原を見渡すことができる。その場所に立った直後、目に飛び込んできた光景に絶句した。

なんと無数の勇者たちの頭上にことごとく『漆黒の旗』——『死亡フラグ』がはためいているで

はないか！

「ぎゃあああ！」

「た、助けてくれえええ！」

彼らを襲っているのは『ファット・アント』と呼ばれる巨大なアリのモンスターだ。

しかし実際のゲームではもう少し進んだ後に出現するモンスターのはずだ。

なぜこんなところで大量に出現したんだ？

「駆け出しの勇者たちがかなうはずもないだろ……」

「どうやらそのようね」

高価な武器を装備した勇者でも一撃では倒せず、逆にヤツらの一撃で致命的なダメージを食らっている。

では高価な防具を装備した勇者はどうかと言えば、こちらはモンスターの攻撃を数回は耐えられるが、いくら攻撃を加えても相手が怯《ひる》まない。

そこそこの武器と防具を装備しても結果はまったく変わらず、あっという間に戦闘不能に陥っていた。

「つまりすべての選択肢が『不正解』だったというわけか……」

「ねえ、あれを見て！」

アルメーヌが指さしたほうに目を向ける。

前衛の勇者が戦闘不能に陥ったことにより、後衛に控えていた仲間がモンスターの脅威にさらされていた。

「ぐあっ！」

ファット・アントの容赦ない一撃で彼もまた動けなくなる。

その直後、彼ら二人の頭上にひときわ大きな『血染めの旗』がはためいた。

「『全滅フラグ』だ！」

二人はモンスターから距離をとって逃げ出そうとしている。

だが次の瞬間だった。

目を疑うような光景に、息が止まったのは——。

「ウソ……あいつは……」

アルメーヌも首を何度も横に振って、目に映ったものを必死に否定しようとしている。

だがそれはまぎれもなく『現実』だった。

俺たちの視線を釘《くぎ》づけにしたのは、血染めの旗を立てた二人の行く手を阻んだ人物。

「考えるまでもない。ヤツは魔王だ——!!」

■法則その4　いきなり強敵が現れたら息を潜めてやり過ごす

——お兄ちゃん、知ってる？　いきなり強敵が現れても慌てたらダメだよ！　じっと息を潜めてやり過ごすのが一番だよ。下手に騒いだら全滅しちゃうからね！

＊

——魔王が出現した！

という一報が世界の隅々に行き渡っているならば、

——勇者が出現した！

という報《しら》せが魔王の耳に届いていてもおかしくない。いや、絶対に届いているだろう。

なぜなら世界中のいたるところに手下のモンスターが徘徊《はいかい》しているのだから。

しかし不思議なことに、普通のＲＰＧでは魔王がレベル１の勇者に襲いかかってくることはない。つまり勇者が強くなって魔王城までやってくるのを待っているのだ。

なぜだ？　単に自分を追い込むのが好きなのか。それとも「どうせ俺にはかなわないし」と油断しているだけなのか。いずれにしても謎である。

ただこの世界にはその常識すら通用しなかったのだ——。


すっと伸びた背に黒のロングマントをまとい、顔を隠すようにフードを目深にかぶった人物が、全滅フラグを立てた勇者の前に現れた。右手には大きな鎌。

「あの鎌を持っているということは、あいつはヴァンパイアって証拠よ！」

牙をむき出しにしたアルメーヌが足を一歩踏み出す。俺は間髪いれずに彼女の右肩に指を食い込ませ、低い声でさとした。

「今の俺たちじゃ何もできないだろ」

「そんなこと……分かってる。でも……」

アルメーヌは悔しそうに唇をかんでいる。

俺だって彼女と同じ気持ちさ。

でも今は様子をうかがうのが一番だ。

「気づかれないように身を隠すぞ」

アルメーヌと俺は門の内側に隠れ、魔王の行動を目で追うことにしたのだった。

＊

「た、頼む！　俺たちを逃がしてくれ！」

「そうだ！　助けてくれよ！」

血染めの全滅フラグを立てた二人が魔王の足元ですがっている。

しかし魔王は無言のまま大きな鎌を振りかぶった。

「ひ、ひぃ！」

「なにをするつもりだ⁉　や、やめてくれ！　うああああ！」

懇願虚しく二人は一撃で切り裂かれ、鮮血のしぶきをあげた。

「くっ……」

志を同じくした人たちの断末魔の叫び声に、感情がたかぶっていく。

「ハートは熱く、頭はクールに――」

松下先生の言葉を何度も繰り返して自身を落ち着かせていく。

一方の魔王は絶命した二人を見下ろした後、小さく首を横に振った。

「どういうことだ？」

「さあ……」

その後も魔王は全滅フラグを立てた勇者とその仲間を次々と屠《ほふ》っていった。

平原は勇者たちの亡骸《なきがら》で埋め尽くされ、大地は血に染まる。この世に地獄というものが存在するなら目の前で繰り広げられているような光景に違いない。

そうしてあっという間にあれだけ大勢いた勇者たちは姿を消してしまった。

ひとりでに本音が口から漏れ出るのを止められない。

「難しいってレベルを超えてるだろ……」

すべての全滅フラグが視界から消えたところで、魔王は一人一人の顔を確かめながらゆっくりと歩き始めた。

「いったい何をしているんだ？」

「誰かを探しているみたいね」

アルメーヌが意味ありげに俺を見てくる。俺は彼女へ視線を返した。

「……ヤツが探しているのは『中村翔太』と言いたいのか？」

「さあ？　どうかしら」

そりゃ、俺だって同じように思っているさ。

もしヤツが『あいつ』だとしたら血眼になって俺を探しているに違いないからな。

小さくため息をついた後、再び魔王に視線を戻す。しかしその直後、俺は慌てて首を引っ込めた。なんと魔王がじっとこちらを見ていたのだ。

「見つかったか？」

「分からないわ。でもこちらに向かってくるみたい」

俺は自分の頭上に目をやった。死亡フラグは立っていない。これならば仮に眼前に立たれても恐れる必要はないだろう。

だが相手は『ヴァンパイア』であると同時に『魔王』でもあるのだ。もしかしたら死亡フラグを立てていなくても襲いかかってくるかもしれない。そうなれば今の俺ではとうてい太刀打ちできない。なすすべなく『全滅フラグ』が立ってしまうのは考えるまでもないだろう。

ここはじっと息を潜めてやり過ごすのがベストだ。

そっと様子を覗《のぞ》いてみると、魔王は血のしたたる鎌をゆらりゆらりと揺らしながら一歩また一歩と近づいてくる。

草を踏みしめる音が聞こえるたびに、胸の鼓動が早くなっていく。

「ゲーム開始直後にラスボスが現れるって、どんだけ理不尽なゲームなんだよ……」

そう嘆いているうちにも魔王の姿は大きくなっていく。

俺は完全に門の陰に身を隠して目をつむった。

そして足音がすぐそこまで迫ってきた時……。

「立ち止まったわ」

そっと顔を出して魔王の動きに目を凝らす。

ヤツの足元には王宮で俺の前にいた巨漢が物言わぬ亡骸となって倒れている。

それを見ながら、魔王は不愉快そうに低い声でつぶやいた。

「こいつも違う……。ちっ！　ということはここにはアイツはいないのか！　せっかくデブのアリどもを町の北側でばらまいたのに……！」

こんなところにファット・アントが出現するのはおかしいと思っていたが、ヤツの仕業だったのか！　なんてことしやがる！

俺が恨めしそうに見ているとも知らず、魔王は俺たちに背を向ける。

そして天をあおぎながら声を響かせた。

「必ず見つけ出してこの鎌で八つ裂きにしてやる！」

魔王は力強く地面を蹴ると次の瞬間にははるか彼方《かなた》へ消えていったのだった。

■法則その5　高難易度なＲＰＧほどバフとデバフは大切！

――ねえ、お兄ちゃん！　知ってる!?　難しいＲＰＧほどバフはすっごく大切なんだよ！　使いこなせないとすぐに全滅しちゃうの！　ほらね！

*

いったん町の中に戻った俺たちは、力なく広場のベンチに座った。

「相当恨まれてるみたいね」

首をすくめたアルメーヌに、俺はため息交じりに答えた。

「どうやらそのようだな。さて、これからどうするか……」

グラジニア大橋へ続く道にはファット・アントがうじゃうじゃとたむろしている。

仮に強行突破を図ったとしてもたちまち囲まれて万事休す、となるのは目に見えていた。

「せめてレベルが『５』あれば違うんだけどな」

『キープ・キリング』の世界には『レベル』という概念がある。

モンスターを倒して経験値を得ればレベルは上がる。レベルが上がれば『攻撃力』や『防御力』といったステータスが上がり、強いモンスター相手にも戦えるようになるというわけだ。

――『キープ・キリング』の序盤は、無理にお金を出して高価な武具を買うよりも、多少時間をかけてレベルアップしたほうが、有利に冒険を進めることができるんだよ！

そうミカから教わっている。記憶によれば、ファット・アントとまともに戦えるようになるのはレベル５からだ。

しかしレベルアップするには当然モンスターを倒さねばならないわけで、弱いモンスターが姿を消してしまっている以上はその方法が見当たらない。

右手をあごに当て、黙り込んだまま真剣に悩む。

アルメーヌもまた俺と同じポーズをして黙っていたが、すぐさま沈黙に耐えられなくなってしまったようだ。

すっと立ち上がった彼女は、

「翔太の攻撃力と防御力がグーンと伸びてくれればいいのにね！」

と半ば投げやりな口調で言い、「うーん」と伸びをし始めた。

俺はあきれた声をあげた。

「一瞬で攻撃力と防御力が上がるなんてうまい話、あるわけ……」

そこまで言いかけた時だった――。とあるアイデアがまるで雷のように脳天に落ちてきたのだ。

同時に浮かび上がるミカの言葉……。


――難しいＲＰＧほどバフはすっごく大切なんだよ！


「それだ……！」

確信めいた声をあげた俺に、「どうしたの？」とアルメーヌが眉をひそめる。

しかし彼女の問いには答えず、「それだよ！　俺たちが唯一生き残る道は！」と自分の閃《ひらめ》きに自信を強める。そして勢いよく立ち上がって彼女の両手を握りしめた。

「へっ⁉　い、いったいどうしちゃったのよ⁉」

戸惑いながらも嬉しそうなにやけ顔のアルメーヌをよそに、俺は彼女の手を引いて門のほうへ足を踏み出した。

「ちょっと！　町の外はおデブのアリだらけなのよ⁉　考えなしに突っ込んでいっても『黒い旗』を立てるだけじゃない！」

「考えならあるさ！　これから『南』へ行く！　魔王は『町の北側にファット・アントをばらまいた』と言ってただろ。だったら南側は安全なはずだ」

アルメーヌが目を丸くする。

「でもグラジニア大橋は北でしょ。いったいどこへ向かうというの？」

その質問には答えずに、門から外に出る。

やはり予想通りに、町の南側にはファット・アントの姿はおろか一匹のモンスターすら見当たらない。

そこで俺は力強い口調で先ほどの答えを告げたのだった。

「目的地はギャグラブの町だ！」

＊

ＲＰＧでの『バフ』とは『特定のアイテムや魔法によって、攻撃力や防御力などのステータスが一時的に上がること』だ。

ギャグラブはキノコの名産地である。しかも攻撃力や防御力を上げる効果があるキノコ――『ブースト・マッシュルーム』も売っているという。つまりブースト・マッシュルームを使えば、『バフ』をかけた状態でファット・アントとの戦いに挑めるというわけだ。

『効果は数分間』に限られる分、能力の上昇はノルマールで売っている高価な武具を装備するよりもはるかに高い。さらに価格が安い。

有り金をすべてキノコに費やし、ファット・アントを何体か倒せば、レベルはおのずと上がるだろう。そうすればグラジニア大橋までたどり着けるはずだ。

「へい！　まいどあり！」

ギャグラブの町でキノコをたんまり調達した俺たちは再び北を目指した。

そうしてあちこちにたむろしているファット・アントのほうへ突っ込んでいった。

「うりゃああ！」

「ギャッ！」

ブースト・マッシュルームの効果は想像通りで、たった一撃でファット・アントを瀕死《ひんし》に陥らせることができた。そして人間だろうとモンスターだろうと瀕死になれば『死亡フラグ』が立つのは変わりない。

「アルメーヌ！」

「うん！　任せて！」

怯んだモンスターに体勢を整える隙を与えず、アルメーヌが大きな鎌でとどめをさした。

「よしっ！　やったわね！」

「ああ、これならいくらでも戦えるな！」

その後も次々と襲いかかってくるファット・アントを返り討ちにしていく。

そのうちにモンスターを攻撃した時の威力が明らかに上がっていることに気づいた。

特殊能力の『レベル確認』で自分のレベルを調べてみると『2』に上がっているではないか！

これがレベルアップというやつか。ゲームだと音や画面で派手な演出があったけど、こうして現実にその場にいると地味なんだな。

「よぉし！　このままレベル5に向かってアリどもを倒しまくるか！」

「うん！」

俺たちは気合いを入れ直して前進していった。

ほどなくしてレベルが5に上がり、ブースト・マッシュルームを使わなくてもファット・アントを倒せるようになったのは嬉しかったな。

その後も俺たちはヤツらをなぎ倒し、無事グラジニア大橋に到着したのだった。

■法則その6　何も考えずに橋を渡ると、全滅することがある

――ねえ、お兄ちゃん！　知ってる!?　何も考えずに橋を渡っちゃうと、敵が急に強くなって全滅しちゃうことがあるの！　だから橋を渡る時は慎重にね！　戻って態勢を立て直したほうがいい場合もあるのよ！

*

RPGにおけるお約束の一つが、冒険が進むにつれて徐々にモンスターが強くなっていくということだ。よくよく考えてみれば勇者が出現しそうな町に、魔王城に出てくるモンスターを配置しておけば、魔王は確実に世界を征服できるのにな。

『キープ・キリング』でもその法則にたがわず、グラジニア大橋を渡った後に、モンスターはほんの少しだけ手ごわくなる――はずだったのだが……。

さてグラジニア大橋は二つの大陸にまたがったもので、渡りきるには半日ほどかかる。橋の途中

で休憩するための茶屋があるくらいだから、いかにその橋が巨大か想像に難くない。

　橋を渡り終えた旅人は、危険な夜を避けるために、橋のたもとにある宿で一泊し、朝になったら出立することが多いらしく、俺たちもそれに倣って一晩をその宿で過ごした。

　次の目的地はここから少し進んだところにあるコイヒンダという町だ。

　まだ朝日が顔を出しきっていないうちに朝食を終えた俺たちは、さっそく出立することにしたのである。

　宿で会計をすましていると、アルメーヌが俺の手元を覗き込んできた。

「ふふ。お金がだいぶたまったね！」

　何かを期待してペロリと舌なめずりをしたアルメーヌを見て、思わず口元が緩む。

　無駄遣いができないのは分かっている。それでも今日くらいはちょっぴり豪勢な食事にしても問題ないだろう。

「コイヒンダの町はエビの産地らしいな。うまいエビ料理でも食うか」

「うわぁ！　やったぁ！」

　ぴょんと跳ねたアルメーヌを眺めながら、微笑ましい気分に浸っていた。

　しかしここは『キープ・キリング』の世界だ。一つの困難を乗り越えれば、すぐに新たな困難がやってくる。そんな基本的なことをすっかり忘れていたんだ……。

*

「おいおい、ファット・アントの次は『ゾンビ・ソルジャー』かよ……」

宿を出たところで目に飛び込んできたのはゾンビの群れだった。

ヤツらはゾンビ・ソルジャーというモンスターで、ゲームではコイヒンダの周辺では出現しないはずだ。

しかもまともに戦うにはレベル10は必要で、ブースト・マッシュルームを利用したとしても、今の俺では絶対にかなわない。

目の前の状況が飲み込めずに唖《あ》然《ぜん》としていると、アルメーヌが甲高い声をあげた。

「ねえ、あいつらってノルマールで殺された勇者たちじゃない？」

「言われてみればそうだな。ノルマールで売っているロングソードや革の鎧を装備したヤツらもいるし」

「リサイクルってやつね！　魔王め、なかなかやるわ！」

ここでリサイクルというのは、ちょっと不謹慎なような気もするが……。

ただ今はそんなことにツッコミをいれている場合じゃないよな。

隣で腕を組んで感心しているアルメーヌをそのままに、この先のことを考えることにした。

コイヒンダまでの道のりで、ゾンビ・ソルジャーとの戦闘は避けられない。

ではどうしたらよいのか……。考えられる選択肢を頭の中で並べた。

（1）強行突破してコイヒンダを目指す

（2）一度戻って態勢を立て直す

（3）何か起こるのを期待して、その場で待機する

ひとまず（3）の選択肢はないよな。ここでボケッと突っ立っていても何も変わらないのは目に見えているから。

となると（1）か（2）ということになる。

では『（1）強行突破してコイヒンダを目指す』はどうか。

仮にブースト・マッシュルームで攻撃力と防御力を高めても、ゾンビ・ソルジャーにはかなわないのは先の通り。だから戦わずして逃げるしかない。

しかし逃げる際にゾンビ・ソルジャーから確実に攻撃を食らう。そのダメージはポーション一つ分では回復できないくらいに大きい。そして二つめを使う前に別のゾンビ・ソルジャーに襲われるだろう。であれば医師である俺の知識を活《い》かして、負傷した箇所に応急処置を施せばよいのではないか――そう考えたが、それは無理だ。

なぜならここはゲームの世界であり、戦闘でヴァンパイア以外に攻撃されても外傷はできないからだ。その代わり『ダメージ』が蓄積され、『体力』が削られる。残りの体力はゲームでは数値として表されていたが、この世界では分からないのが厄介なところだ。感じる痛みから何となく想像するしかない。そして体力が『0』に近づいた時点で『死亡フラグ』が立つ。その後は……説明するまでもないだろう。

さて、話をゾンビ・ソルジャーの群れを強行突破することに戻す。

一、二体からは逃げられると思うが、『三体目はどうか』と問われれば『確実に大丈夫』とは言いづらい。そんな状況にもかかわらず、町に到着するまでは少なく見積もって五体のゾンビ・ソルジャーに遭遇するだろう。
つまり強行突破はあまりにもリスクが大きすぎる。

となれば残る選択肢は『（2）一度戻って態勢を立て直す』か。

「これしかないな」

「何を一人で納得してるのよ？　早く行きましょ！　エビが私たちを待ってるわ！」

勇猛果敢にゾンビ・ソルジャーの群れに突っ込んでいこうとするアルメーヌの肩を、むんずとつかんだ。

「いったん戻るぞ」

「はぁ!?　ここまで来て何言ってるのよ！　エビ食べたくないの!?」

もう彼女の頭の中はエビで埋め尽くされているに違いない。むしろゾンビ・ソルジャーすらエビに見えているのかもしれない。

深いため息をついた俺は、ゆっくりした口調でさとした。

「強行突破するのは今の俺たちでは無理だ。だから一度ノルマールに戻ってファット・アントを一掃するんだ。ヤツらはまだうじゃうじゃたむろしている。それらを倒せばレベル8くらいまでにはなるだろう。その後、再びグラジニア大橋を渡り、今度は強行突破を図る――。ミカも言ってたろ。『橋を渡る時は慎重に。戻って態勢を立て直したほうがいい場合もある』ってな」

「ええー！　そんなぁ……」

「しょうがないだろ。手持ちのポーションだと回復が追いつかないんだよ」

「ぶぅ。回復魔法の使える『聖女』が仲間にいれば違ったのにぃ」

下唇を突き出し、不満をあらわにするアルメーヌ。だが確かに彼女の言うことには一理ある。

『聖女』のクラスをもつ人は『キュア』という回復魔法を使うことができるからだ。

ポーションとキュアを併用できればゾンビ・ソルジャーからの攻撃になんとか耐えることができるだろう。

だがノルマールで仲間にできる人数は『一人』まで。グラジニア大橋を渡り終えたところで、それは『三人』までとなるが、こんなところに仲間にできそうな人などいるはずはなく、コイヒンダより先の町で出会うのがセオリーだ。

「今それを言っても何もできないだろ。エビが早く食べたかったら、もう戻るぞ」

なおもごねるアルメーヌを置いて橋を戻り始める。

「はーい……」

観念したアルメーヌはがくりと肩を落として、とぼとぼと俺の背中をついてきた。

……しかし、橋を戻り終えたところで俺たちを待っていたのは、驚愕《きょうがく》の光景だったのだ――。

「ファット・アントが一匹もいない……」

*

いったい何が起こったのだろうか。

グラジニア大橋を戻ってきた俺たちはしばらくノルマール周辺を歩いたが、モンスターの気配すら感じなかった。

「たった一日でファット・アントが姿を消すなんて……」

「考えられるのは『何者かがファット・アントたちを消し去った』くらいなものね」

「それが可能なのは広範囲にわたって敵を攻撃する魔法が使える『賢者』か。それでもレベル10は必要だろう。そんな人物がノルマールにいるとは考えにくいぞ」

何はともあれ、『(2)一度戻って態勢を立て直す』という選択肢は無情にも消えてしまった。

重い足取りで再びグラジニア大橋を渡る。

相変わらずゾンビ・ソルジャーはあちこちに徘徊しており、このままでは動けそうにない。

そんな中を『強行突破』か。

それとも『とりあえず待機』か。

思案を巡らせているうちに、空はすっかり夕焼けに染まっていた。

「もしかしてまた同じ宿に泊まるつもり？　いつになったら前に進めるのかしら？」

アルメーヌの言葉から焦りが感じられる。だが俺も同じ気持ちだ。

ただでさえギャグラブの町に寄り道したのだ。これ以上のロスは許されない。

「こうなったら強行突破しかないか……」

悲壮な決意が口をついて出てくる。

もう迷っている暇はない。今出立すればあたりが真っ暗闇に包まれる前に町に到着できるはず。

そう考えて一歩踏み出そうとしたその時だった。

「もうっ！　どうしてこんな目にあわなきゃなんないのよ」

ぶつぶつとつぶやく声が聞こえてきたかと思うと、長い影がこちらに伸びてきたのだ。

はっとなって声の主のほうを見る。

西日を背にして浮き上がってきたのは、長めのスカートをはいた小柄な女性のシルエット。だが特徴的なのは頭の上にぴょこんと生えた三角の耳と、お尻から伸びたふさふさの尻尾――。どうやらＲＰＧの世界ではおなじみの『獣人』と呼ばれる種族のようだ。

しばらくして彼女の姿がはっきりと見えるようになってきた。

『聖女』であることを表す純白の修道服とフード。

だが俺の心をとらえたのは彼女の服装ではなく、明らかに見覚えのある顔だ……。

そして俺が名前を口にする前に、彼女のほうから大きな声で話しかけてきたのだった。

「あっ！　先生！　中村先生ですよね⁉　私、こんな恰好ですけど山本です！　山本萌香です！先生を探してたんですよ！」

それは確かにナースの山本萌香その人だったのである。

なぜ萌香がここにいるのか――。それを今、問いただしている場合ではなさそうだ。

もうすぐ陽が暮れてしまう。その前にコイヒンダに到着しなくては……。

ただ一つだけ確認しておかねばならないことがある。

「山本さんの『クラス』はなんだ？」

「え？　確か『聖女』と言われたような……。あと『弱点透視』っていう特殊能力もあるって聞いたわ」

俺とアルメーヌは互いに顔を見合わせ、ニンマリ笑った。

「なに？　どうしたの？」

状況が飲み込めず、目を丸くする萌香。

そんな彼女に対し、俺は手を差し伸べたのだった。

「俺たちの仲間になってくれ！」

■法則その7　逃げきれたと油断した時はたいてい転ぶ

――ねえ、お兄ちゃん！　知ってる!?　敵に追いかけられている最中に油断すると、たいてい転んで絶体絶命のピンチに陥っちゃうのがお約束だよ！　だから敵との距離が離れても「逃げきれた！」って口にしたら絶対にダメだよ！　あ、でもね……。

＊

「ちょっと待ってください！　私は『仲間になってくれ』ってことには『はい』と言いましたけど、こんなことになるなんて聞いてません！」

「説明している暇なかったし、説明したところで反対するだけだろ！　それよりも『キュア』の使い方は分かってるよな？」

「え、ええ、まあ。私もこっそり『キープ・キリング』やってましたし。こうやって……」

両手を俺にかざしながら説明しようとする萌香を遮り、話を進める。とにかく時間がないのだ。

「なら話は早い！　アルメーヌはポーション、山本さんはキュア。二人とも俺がダメージを食らったらすぐに使ってくれ！　いいな？」

「うん！　分かったわ！」

アルメーヌが二つ返事でうなずく。その勢いに押された萌香は首を小さく縦に振ったが、戸惑いは隠せないようだ。

それも無理はないだろう。『キープ・キリング』をプレイしたことがあるならなおさらだ。

なぜなら俺たちはゾンビ・ソルジャーの群れに突入しようとしているのだから――。

「よしっ！　行くぞ！　俺の背中から離れるなよ！」

「おおっ！」

「ちょ、ちょっと待ってくださいってばー！」

萌香の悲痛な声を置き去りにして、俺は思いっきり地面を蹴った。

コイヒンダまで続く石畳の道を全力疾走していく。その間に袋から取り出したブースト・マッシュルームをかじった。とたんに腹から力が湧き上がる。

「うりゃあああ！」

自然と咆哮《ほうこう》が口から飛び出した。

目の前に迫る一体のゾンビ・ソルジャー。あと三歩というところで、こちらの存在に気づいた。

「グオオオ！」

モンスターが低いうなり声をあげながら、こん棒を思いっきり振り下ろしてくる。

本来ならば一度立ち止まって、その攻撃をやり過ごすのが定石だろう。

だがそんなことをすればたちまち他のゾンビ・ソルジャーに囲まれてしまう。

「二人とも回復の準備だ‼」

俺はさらに加速した。

——ガンッ！

「うぐっ！」

痛烈な一撃が肩に直撃し、目の回りそうな激痛が走る。それでも想定通り、致命的な一撃ではなく、アルメーヌと萌香の方へ顔を向けた。

「翔太！」

アルメーヌの振りまいたポーションで全身のしびれが取れる。

彼女に遅れまいと萌香も魔法を唱えた。

「キュア！」

柔らかな光が俺を包み込み、痛みがやわらいでいった。

いいぞ！　これなら大丈夫だ！

「そこをどけえええええ‼」

凶悪なモンスターといえども元は人間だったのだ。

勢いよくぶつかれば体勢を崩すはず！

俺は左肩を突き出しながらゾンビ・ソルジャーに突進した。

——ドンッ！

「グオッ！」

予想通りにモンスターは道の脇へよろけた。同時に前方がぽっかりと空く。

「今だ！　走れ！」

号令と共に三人でひとかたまりになってモンスターの横をすり抜けていった。

「やったぁ！　成功ね！」

「アルメーヌ！　気を抜くな！　次がくるぞ！」

今度は右からゾンビ・ソルジャーが襲いかかってきた。

力一杯振り下ろされたロングソードを、装備した短剣で受け止める。

——ガキン。

鈍い金属音が響くと同時に俺はゾンビの腹を思いっきり蹴り飛ばした。

「グッ……！」

モンスターが背後によろめく。だが次の瞬間、背中に鋭い痛みが走った。

「ぐああっ！」

道の左から襲ってきたゾンビの一撃をもろに食らってしまったのだ。

慌ててアルメーヌと萌香が回復を試みた。

全快には程遠いが動けないことはない。

「うがあああ！」

振り向きざまに全体重をかけて体当たりした。

意表を突かれたゾンビはその場でしりもちをつく。

再び空いた前方を埋めるように俺たちは前進を再開した。

「先生！　大丈夫!?」

萌香が心配そうな声をあげる。

痛みが引かず、脂汗が額に浮かんできたが、それを見せずに声だけを響かせた。

「大丈夫だ！　問題ない！」

だがさっきの一撃はまずかった。人間にとっての弱点は『背後から攻撃されること』というのを今さらながら思い知らされる。

もう一度背後から襲撃されたら戦闘不能になるに違いない。

そうなれば『全滅フラグ』は免れない。

コイヒンダまではまだ距離があるし、ゾンビ・ソルジャーも視界にとらえているだけで数十体はいるじゃないか。

立ち止まることは許されない。だが慎重にならねばならない。

「いつでも頭はクールに……」

小さくつぶやいた後、ゾンビ・ソルジャーの動きを冷静に見定める。

すると一つの法則に気づいた。

「なるほど……。二人で一組ってわけだな」

ノルマールから旅立った勇者とその仲間とすれば、彼らが二人一組なのも納得がいく。

とにかく複数のゾンビに挟まれてはダメだ。少しでも孤立しているヤツを選んで進もう。

そう言い聞かせて足を一歩踏み出そうとした時だった。

「ねえ、あれを見て！」

アルメーヌの指さしたほうには、大きな満月。

そこに漆黒のフードをかぶった人物の影がくっきりと映っていたのだ。

「魔王か……。俺たちに全滅フラグが立つのを高みの見物ってわけか」

「そういうわけにはいかないわ！」

「ああ、その通りだ！　いくぞ！」

これまでと同じように攻撃を受けながらゾンビを突き飛ばして道を作っていく。

ダメージはかなり蓄積されてきたが、それでも動きは鈍らない。これもゲームの世界の利点ってやつだな。

「絶対にここを抜けるんだ‼」

強い決意が痛みと疲れを吹き飛ばしてくれた。

そうしてついにゾンビ・ソルジャーの群れを突破したのである。

「見えたわ！　あそこがコイヒンダよ！」

アルメーヌが指さした先に町の門を示す明かりが煌々《こうこう》とともっている。

空は茜色から紫色に変わってきたが、まだ周囲が見えないほどではない。

「よし！　最後のひと踏ん張りだ！　いくぞ」

「うん！」

「はい！」

残された力を振り絞って道を駆けていく。ゾンビ・ソルジャーの群れとの距離が開いていくのが、ヤツらのうめき声が小さくなっていることから分かった。

もう大丈夫だ。

安堵感《あんどかん》で肩の力が抜けていく。

だがその次の瞬間。脳裏にミカの声が響いてきたのだ。

——敵に追いかけられている最中に油断すると、たいてい転んで絶体絶命のピンチに陥っちゃうのがお約束だよ！


パンと頬を張られたかのように目が覚める。

そして「油断するなよ！」と声を張り上げようとしたその時だった。

背後から絶対に口にしてはならない言葉が耳に飛び込んできたのだ……。

「先生！　上手《うま》く逃げきれましたね！」


まずいっ！

そう思った時はもう遅かった。

——ステーン！

「きゃっ！」

石畳の隙間につまずいた萌香が前のめりに転んでしまった。

さらに悪いことに、近くの茂みから姿を現したゾンビ・ソルジャーが、無防備な萌香に襲いかかったのだった――。

■法則その8　モンスターの群れには『法則』がある

――ねえ、お兄ちゃん！　知ってる!?　モンスターの群れには『法則』があるの！　その法則を知らないと、痛い目にあうからね！

＊

どんなことにも『お約束』というものは存在する。

学園もののラノベであれば、物語の冒頭で主人公の少年がすっころんでヒロインに抱きつき、ぶっ飛ばされる。少女漫画であれば、ひとりぼっちの少女に偶然ヤンキー少年が声をかけて、二人の距離が急接近する。時代劇であれば最後は必ずチャンバラシーンがあり、主人公が決めゼリフを言う……といった具合だ。

そして今、目の前で起こっているのは、ゾンビ映画の『お約束』としか言いようのないシチュエーションだった。

大量のゾンビ・ソルジャーの群れから抜け出して、油断したところですっころぶ。さらにはぐれていたゾンビに襲われたのだから……。

「きゃあああ！」

膝をついたまま悲鳴をあげる萌香。

「萌香ぁぁぁぁ！」

俺はありったけの脚力で大きく足を踏み出すと、彼女の前で両手を広げて仁王立ちした。

「グオオオ！」

このゾンビどこかで見たことがあると思ったら、王宮の時に目の前にいた巨漢ではないか。彼の丸太のように太い腕から繰り出される鉄拳が腹に吸い込まれていった。

――ドゴンッ！

鈍い音と同時に目の前が一瞬真っ白になる。

「翔太！」

「先生！」

二人がほぼ同時に回復を施してくれたおかげで、なんとか意識を取り戻すことはできたが、同じ攻撃をもう一度食らえば確実に戦闘不能となり『死亡フラグ』が俺の頭上に立つだろう。そうなれば次に萌香が狙われて同じように『死亡フラグ』を立て、自動的にアルメーヌにも『死亡フラグ』が立つ。つまり、たちまち『全滅フラグ』が立ってしまうのは目に見えているということだ。

「山本さん、立てるか」

「ええ」

巨漢ゾンビを短剣で牽制《けんせい》しながら、萌香に手を貸して立たせる。

だがすぐに彼女は右足首をさすった。

「いたっ」

「くじいたか？」

「どうやらそのようです……ごめんなさい」

しゅんとなって耳と尻尾が下がった彼女を穏やかな声で励ます。

「謝る必要はねえよ」

とは言え、この状況で走って逃げるというのは無理だ。

ちらりと来た道のほうに目をやるとゾンビ・ソルジャーの群れがこちらに向かってきている。

急いで巨漢ゾンビに対処しなければ……。だがこれといったアイデアがまったく浮かばない。焦りが俺の顔に浮かんでいたのだろうか。萌香が目を潤ませながら懇願してきた。

「先生！　先生とアルメーヌちゃんだけでも逃げてください！」

だが俺はあっさりと拒んだ。

「見捨てるわけねえだろ。山本さんは仲間である前にミカの恩人なんだぜ。それに大切な友人だ。この命に代えても守ってやる。だから変な気を起こすな」

「先生……」

頬をピンク色に染めて、上目遣いで俺を見つめる萌香。絶体絶命のピンチにもかかわらず尻尾がぷんぷんと振られているものだから緊張感に欠けてならない。

そこにアルメーヌが鋭い声をあげた。

「余計なおしゃべりはここまでよ！　こうなったら戦うしかないわ。萌香さん、特殊能力で弱点を見極めてくれないかしら」

「え、あ、はい！　ええっと……。ゾンビ・ソルジャーの弱点は『火の魔法』。それと『頭部への攻撃』です」

「だそうよ。んで、どうするの？　翔太」

そんなことを言われても俺は魔法が使えないんだから、やることは一つしかねえだろ！

「うりゃああ！」

巨漢ゾンビに向かって大きくジャンプしながら頭に短剣を叩《たた》きつけた。

「グオオオ！」

巨漢ゾンビが怯んで一歩、二歩と後退する。

「チャンスよ！　翔太！　頑張って！」

アルメーヌの声援が飛ぶ。……が、彼女の期待にこたえるつもりはない。


——ねえ、お兄ちゃん！　知ってる!?　モンスターの群れには『法則』があるの！　その法則を知らないと、痛い目にあうからね！


……だったよな、ミカ。

俺はくるりと振り返った。

「ほえ？」

「先生？」

目が点となった二人の横を、てくてくと通り過ぎる。

そして彼女たちを背にして短剣をかまえた。

「ここのゾンビ・ソルジャーは『二人一組』で行動しているってのが法則なんだよ」

そう大声を張り上げた直後に、茂みからゾンビが飛び出してきた。

予想通りだ。もし巨漢ゾンビに追撃をくらわせていたら、このゾンビに萌香は襲われ、『死亡フラグ』を立てていた。それに気を取られているうちに俺も背中から攻撃を受け、同じく『死亡フラグ』を立てていたに違いない。そして俺たち二人が『死亡フラグ』を立てたことで、アルメーヌにも『死亡フラグ』が立つ——つまり『全滅フラグ』が立っていたということだ。

「食らえええ！」

前のめりに突っ込んできたゾンビの頭を、思いっきり短剣で斬りつける。

「グガアア！」

ゾンビが二歩後退し、どうにか危機を脱した。

しかし状況は決して良くなったわけじゃない。

左右からじりじりと迫ってくる巨漢とその仲間のゾンビ。さらに背後からはゾンビの大群がすぐそこまでやってきている。

「しょ、翔太。ど、どうするのよ？　嫌よ私。こんな不死のヤツらの餌食になるのは！」

顔を真っ青にして震えるアルメーヌ。

だが『不死のヤツ』というくだりは、お前にも当てはまってるんだけどな。

そんなことを考えるほどに、俺には余裕があった。

なぜならミカの言葉を信じていたからだ——。

――あ、でもね。転んじゃった人が絶体絶命のピンチになったら、予想もつかない方法で助けられるところまでが『お約束』なんだよ！


……と、その時だった。

「ファイア・ストーム‼」

低くてよく響く声がこだましたかと思うと、ぴかっと眩しい光が射《さ》したのだ。

思わず目をつむった瞬間に、生ぬるい風が通り過ぎていく。その直後、ごおっと燃える音と肉が焦げる臭いが、『お約束』の起こったことを確信させた。

「グガアアア！」

目を開けると巨漢ゾンビたちが火に包まれてもがき苦しんでいる。

そして彼らの頭にはしっかりと立っていたんだ。

漆黒の旗が――。

「アルメーヌ‼」

俺のかけ声に呼応するようにアルメーヌの目が赤く光る。

「この不死やろうめぇ！」

彼女は必殺の鎌を斜めに斬り上げて巨漢ゾンビの体を真っ二つにした。

さらに体を回転させながらもう一体のゾンビを袈裟斬《けさぎ》りにしたのだった。

「よしっ！　やったぞ！」

月のほうに目をやると、いつの間にか魔王の影は消えていた。

「俺たちの勝ちだな」

さらに強敵を倒したことでレベルアップしたのを感じる。

気力がみなぎり、背後にいるゾンビの群れに自然と視線が向いた。

するとすべてのゾンビたちに死亡フラグが立っているのが目に飛び込んできたのである。

「片付けにいこうか」

「うん！」

ところが……。

「あれは……」

なんとゾンビの大群がたった一人の青年によって、次々と倒されていくではないか！

まるでダンスをしているかのような華麗な身のこなしでロングソードを自在に振るっている。

彼はすべてのゾンビを叩きのめした後、俺たちの前に軽いステップでやってきた。

「萌香さん、無事でよかった！」

その爽やかすぎる笑顔には確かに見覚えがある。

『十年に一人のイケメン』こと、新米看護師のタケシだ。なんとその隣には大きな荷物を持った色白の少年――怜音もいるではないか……。

「タケシくん。それに君は……レオンくん!? どうしてここに？」

驚きを隠せない萌香に対し、純白の手袋をしたタケシはにこやかに告げたのだった。

「萌香さんを迎えにきました！」

と……。

■法則その9　レベルが低いうちにドンドン先に進んじゃうと、いきなり全滅することがある

——ねえ、お兄ちゃん！　知ってる!?　ＲＰＧのサブイベントはクリアすると冒険を有利に進めることができるんだよ！　レベルが低いうちにドンドン先に進んじゃうと、いきなり全滅することがあるからね！　特に困っている町があったら遠回りしてでも助けてあげてね！

＊

「ようこそ！　ここはコイヒンダの町だよ！」

ＲＰＧの世界にはＮＰＣ……ノンプレイヤーキャラクターと呼ばれる、人が操作しないキャラクターが多数存在する。彼らの多くはセリフが決まっており、町に入ってすぐの場所に立っているこの少年もまたそのうちの一人だ。彼は町の名前だけをひたすら連呼しているわけだが、こうしてリアルに見ると滑稽以外の何物でもない。

「ようこそ！　ここはコイヒンダの町だよ！」

さて、タケシらと共に町に入った俺たちが向かったのは、エビ料理を提供する食堂。そこで食事をしながら、話をすることにしたのである。

料理がずらりと並んだところで、タケシと共にいた長髪のイケメンが立ち上がってお辞儀をした。顔を上げた際に少しだけ乱れた金色の髪を右手でかきあげる。一つひとつの動作が洗練されて

おり、まるで一輪のバラの花が咲いたかのように場に華やかさを加えている。

すごいな……と率直に感心したが、驚くのはまだ早かった。

「はじめまして。俺はクレイン。クラスは『賢者』で、特殊能力は『得られる経験値三倍』だ」

おいおいおい。かなり反則級の能力の持ち主じゃないか！

『賢者』は攻撃魔法と回復魔法をまんべんなく覚えることができる最上級クラスのうえに、『得られる経験値三倍』は他人よりも三倍レベルアップするのが早いってことだ。

「他人と比べてずいぶんと恵まれているなぁと自分でも感じているんだけどね。その代わり、魔法を封じる魔法やアイテムの影響を確実に受けてしまうっていう弱点もあるんだよ」

「ははは！　でもそんなものを受けるほど鈍い男じゃないだろ！　つまり君は無敵さ！」

タケシが大笑いする横で、恐る恐るクレインのレベルを確認すると、なんと20もある……。

そりゃあ、広範囲に攻撃できる火の魔法『ファイア・ストーム』を使えても不思議はない。

ついさっき棚ぼたでレベル6に上がっていい気になっていた自分が悲しくなる。

ああ、こんな優秀な仲間がいてくれたら、さぞかし冒険は楽だろうなぁ。

何気なく俺の仲間であるアルメーヌのほうへ目をやる。すると彼女は頬にソースをつけながらエビチリを一心不乱にむさぼっていた。

「はぁ……」

俺の冷たい視線に気づいた彼女は、

「ん？　どうひたの？」

頬をリスのように膨らませて目を丸くする。

俺は首を横に振り、話題を変えることにした。

「ところでレオンくんはどうしてタケシと一緒にいたんだ？」

「あの……。僕は……」

目を伏せて口ごもった怜音。何か言いづらい理由でもあるのだろうか。それとも単に人見知りの性格によるものなのか。

どちらか判断がつかぬうちに、彼の代わりにタケシが落ち着いた口調で答えた。

「グラジニア大橋を渡ったところで俺たちと出会ったんですよ。とても困っているようだったので仲間に加えてあげた、というわけです。俺たちと一緒にいれば安全でしょうからね」

怜音は口を真一文字に結んで固くなっていた。

目を細くして彼に視線をやったタケシは穏やかな声色で続けた。

「彼のクラスは『運搬士』。荷物を運ぶのが得意なクラスだそうです。特殊能力は『クラスチェンジ』だそうで、何かのきっかけでクラスが変わるとか」

「『運搬士』？　そんなクラス聞いたことねえぞ」

俺が口をはさむと、今度はクレインが鮮やかな金色の髪をかきあげながら口を開いた。

「俺も初めて聞いたな。でもどんなに重い荷物を持っても、移動速度が変わらないんだとか。それに武器を装備することができない代わりに大きな盾を装備することができて、防御力が高い。意外と便利なクラスだよ」

「だからあんたたちの『荷物持ち』をさせてるってことか？」

眉をひそめた俺に対し、タケシが笑い飛ばした。

「アハハ！　中村先生。もしかして俺たちが彼のことをイジメている、とお思いです？　もしそうだったら誤解ですよ。彼は自ら望んで俺たちの荷物を持っているのですから」

「そうなのか？」

怜音のほうへ目を向ける。彼は小刻みに震えてうつむき、答えようとしない。

何かに怖がっているようにも思えるが、気のせいだろうか……。

「なあ、なにか……」と言いかけた俺の言葉を萌香が遮った。

「とにかく！　レオンくんのことをタケシくんたちが助けてくれたってことでいいじゃないですか！　ねっ！」

彼女の鋭く尖った声に場が静まり返る。

そんな中でもアルメーヌは大皿を持ってカツカツと音を立てながらエビ料理を食べ続けている。

なんという図太い神経の持ち主なのだろう。

彼女は空になった皿をドンとテーブルに置いた後、メニューを見ながら素っ頓狂な声をあげたのだった。

「ねえ、シュリンプカクテルってどんなお酒なの？　エビ味のカクテルってこと？」

*

「もともと俺は萌香さんとパーティーを組んでいたんです。でもノルマールの街中ではぐれてしまって……。探しているうちに、同じように仲間とはぐれたクレインと出会ったんですよ」

食事を終えた後、そう切り出したタケシはクレインと目を合わせて微笑み合った。

イケメン同士が目を合わせるって、どうしてこんなに絵になるのだろうか。

羨望のまなざしを向ける俺に対し、クレインが淡々とした口調で続きを説明した。

「そこで俺とタケシで一時的にパーティーを組んで互いのパートナーを探そうってことになったんだ。だがいくら探しても見つからなかった。そこで必ず通るだろうグラジニア大橋を渡って待つことにしたのさ。そうすれば互いのパートナーを仲間にして四人のパーティーにできるからね」

「そうして橋を渡りきったところでレオンくんを見つけたんです。クレインは『自分のパートナーは見つかりそうにないから、レオンくんを助けることを優先しよう』って言ってくれて。本当にいいヤツなんですよ。顔も心も綺麗《きれい》って、ズルいと思いません？」

お前がそれを言うか？

とツッコミを入れたくなる衝動を抑えていると、クレインが半ばあきれたように言った。

「困っている人がいたら助けるのが勇者の役目だろう？　タケシだって初めて町を出たばかりなのに、『町の人たちが困らないようにファット・アントを一掃しておこう。あいつら他の勇者たちを倒してずいぶんといい気になってるみたいだから』って持ち掛けてきたじゃないか」

「アハハ！　そうだったね！　それで本当に二人で一掃しちゃうんだから、俺たちって……」

「「最強のパーティーだよな!!」」

声を揃《そろ》えた二人は愉快そうにハイタッチした。

はいはい、そうですねー。イケメンだからって何でも許されると思うなよ。それにお前らキャラかぶりすぎだろ。せめてどっちかは寡黙になってくれんかね。

……と心の中でどうでもいいことをブツブツとつぶやきつつ、ふと浮かんだ疑問をぶつけた。

「ところでファット・アントを倒した後、なぜすぐにグラジニア大橋を渡らなかったんだ？」

それまで饒舌《じょうぜつ》だったクレインがピクリと眉を動かし、口を結んだ。するとすかさずタケシが口を開いた。

「強敵と戦ったものだからポーションが尽きちゃいましてね。ノルマールに戻って買い物をすませた頃にはもう夕方だったので、一泊してから旅に出た、というわけです」

「そうか。悪かったな。話の腰を折って」

「いえ、ええっと。どこまで話したんでしたっけ？　ああ、そうでした翌朝、俺たちは……」

その後はタケシが語りだした。

グラジニア大橋のたもとにある宿屋の主人に、俺たち三人がゾンビの群れに突入していったのを聞いたタケシたちは、魔法でゾンビたちを攻撃したという。

――ＲＰＧでは不思議なことに、味方の魔法攻撃は人間には当たらず、モンスターだけにダメージを与えるんだよ！

つまりミカの言ってた法則がそのままこの世界でも通用したということか。

クレインの魔法は見事に俺たちを避けてゾンビ・ソルジャーだけを焼き払った、と。

何はともあれ彼らに助けられたのは事実だ。俺は素直に頭を下げた。

「あの時は本当に助かったぜ。ありがとな」

タケシは慌てて手を振った。

「やめてください！　運が良かっただけですから！　たまたまですよ！　……ところで、先生たちも魔王のいる城へ向かっているんですよね？」

「ああ、そうだが」

「だったら俺のパーティーと一緒に行きませんか？　俺とクレインの二人でモンスターを倒しますので、先生たちは後ろからついてきていただくだけで大丈夫ですよ。萌香さんとレオンくんもそのほうが喜ぶでしょうし」

　タケシの言葉に萌香と怜音の二人が顔を見合わせる。何かを期待しているように萌香のふさふさの尻尾が横に振られた。つまり彼女はタケシの言う通りにしてほしいのだろう。

　だがパーティーを組むアルメーヌに何も聞かずに、俺の一存で決めてしまうのはどうか。ここは彼女の意見も尊重するべきだろう。きっと建設的かつ客観的なことを言ってくれるに違いない。

　そこでアルメーヌのほうを見た。だが、お腹《なか》が膨れた彼女は会話に興味がないのか、幸せそうな顔でうつらうつらしているではないか……。

　うん、期待した俺が馬鹿であった。

　俺はタケシのほうに向き直った。

「その申し出はありがたい。ただし俺たちもモンスターとの戦闘には参加させてもらうぜ。いざ古城で魔王と決戦となった時に、今のままのレベルじゃ、足を引っ張るだけだから」

　タケシは大きくうなずくと、俺に右手を差し出してきた。

「ええ、もちろんです！　そのほうが俺たちも助かります！　じゃあ、これからよろしくお願いします！」

「ああ、こちらこそよろしく頼むよ」

差し出された彼の手を固く握る。やる気に燃える瞳に反して、その手はひんやりしていたのが意外だったな。

そして俺たちが手を離したところで、クレインが地図を広げた。

「話がまとまったところで、今後のことを確認しておくぞ。コイヒンダの北にある『迷いの森』を抜け、ボーリップという港町に入る。そこで船を手に入れ、魔王城のある孤島を目指すんだ！」

熱っぽく語ってくれたのはいいが、実際にはその孤島は岩に囲まれており、上陸することができないんだけどな。

ただ船を手に入れる、というところまでは彼の言う通りだ。

「異論はないさ」

俺が返答した後、タケシが勢いよく立ち上がった。

「よしっ！　では決まりですね！　では今日はもう遅いですし、宿に行って休みましょう！」

そう締めくくり、腰からお金の入った革袋を取り出す。それはパンパンなほど膨れており、いったいいくら入っているのか、想像もつかないほどだ。

彼はなんでもないようにさらりと言った。

「ここは俺が払います！　俺たちの提案を受けてくださったお礼です」

新米看護師におごられるというのは、先輩医師としてのプライドが傷つく……というタイプではない俺は、「ありがとな。お言葉に甘えさせてもらうぜ」と頭を下げた。

正直言って、アルメーヌがオーダーしすぎたせいで、いくらかかるのかヒヤヒヤしてたのだ。これから先の冒険に同行してもらえる件といい、まさに渡りに船とはこのことだろう。

「うあ？　もう終わり？　私まだシュリンプカクテルってやつを飲んでないわ」

眠い目をこすりながらアルメーヌがとぼけた声をあげた。俺は半ば強引に彼女の手を取って立たせた。

「シュリンプカクテルはお酒でもなければ、飲み物でもないぞ」

と告げて、彼女を引っ張りながら店を出た。

こうして俺たちの新しい旅が始まる——。そう思っていた矢先のこと。

「もし？　おぬしらは魔王討伐を目指しておられる勇者様かのう？」

白いひげをはやした老人にそう声をかけられたのである。

目を丸くしたタケシが「ええ、そうですが、あなたは？」と問いかけた。

すると老人はタケシの手を取って大声で懇願したのだ。

「お願いしますじゃ！　姫様を……。姫様のお命をどうかお救いくだされ！」

と——。

＊

ＲＰＧには『サブイベント』と言って、本編のストーリーとは関係のないイベントがつきものだ。白ひげのじいさん……グレッグからの依頼もそれに当たるとすぐに分かったのは、彼の国、クライミニスが『北』ではなく『東』にあると聞いたからだ。

グレッグいわく、その国の姫が原因不明の病に冒され、数日前から眠ったまま起きないとのこと。彼女は食事すらとれない状況で、日に日に呼吸が弱くなっており、このままだと衰弱死してしまう……。魔王を倒す冒険に出ている勇者なら、解決できるのではないかと思ってここまでやってきた、と彼は涙ながらに長々と語った。

話を聞き終えたところで、タケシがクレインと目を見合わせた。言葉には出さなかったが二人とも同じ意見のようで小さくうなずき合っている。そして再びグレッグに向き合い、申し訳なさそうに首を横に振った。

「グレッグさん。俺たちは魔王を倒すために派遣された勇者です。だから力にはなれません。ごめんなさい」

「そうじゃったか……。お引き止めしてすまなかったのう……」

グレッグは残念そうに肩を落とした。

もしこれがサブイベントではなく、本編だったなら、「イエス！」と言うまで何度も粘られていたことだろう。サブイベントの場合は「ノー！」と言ってしまえば、それで終了だ。

じいさんは寂しそうにとぼとぼとその場を去っていく。

しかしその背中に鋭い声が突き刺さった。

「ちょっと待ちなさいよ！」

その声の主はアルメーヌだった。振り返ったグレッグに彼女はぐいっと詰め寄る。

「ここには勇者がもう一人いるのだけど？」

「はて？　どういう意味ですかな？」と目を丸くする彼に見せつけるようにして、ビシッと俺を指した。

「確かに翔太はいかにもモブキャラって感じの冴えない男だけど、れっきとした勇者なのよ！　彼に何も聞かずに立ち去るのは無礼だと思うの！」

おいおい、無礼なのはどっちだよ――。なんてツッコミを入れている暇はなさそうだ。

なぜならグレッグが期待に満ちた目で俺を見つめているのだから……。

「お願いしますじゃ！　姫様を……。姫様のお命をどうかお救いくだされ！」

ああ、じいさん。おぬしもまたＮＰＣだったか……。

ゲームなら会話をスキップする機能があるんだけどな。現実にはそういうわけにはいかない。だから俺たちはもう一度同じ話を長々と聞かされるはめになったのだった。

＊

翌朝――。

「本当に『東』へ行くの？」

俺はちらりとアルメーヌの横顔に目をやって、「フン」と鼻を鳴らす。

「聞くまでもねえだろ」

「困っている町があったら助けてあげてね――。ミカの言うことは絶対に守るんだから。やっぱり翔太は『兄バカ』だわ」

俺はベンチから立ち上がった。

「お前だってこうなることを望んでいたんだろ。じゃなきゃ、なんでわざわざじいさんを引き留めたんだよ」

「ふふ、私はただ『勇者はもう一人いる』って教えてあげただけよ」

歌うような軽い口調で口ごたえをしたアルメーヌが、門に向かって一歩足を踏み出す。

紫のスカートがふわりと膨らみ、彼女の黒髪もまた躍った。

俺はその背中を見て、昨晩のことを思い出していた。


――タケシたちには悪いが、俺は『東』へ行く。『レベルが低いうちにドンドン先に進んじゃうと、いきなり全滅することがある』って聞いてるんでな。

――そうですか……。中村先生。俺たちは予定通りに『北』へ向かいます。萌香さんも俺たちと一緒に行きましょう。

――え？　私？　ええっと……。それは……。

――レオンくんも、萌香さんと一緒に旅したいよね？

――え、あ、……うん。

――レオンくん……。

――これぱっかりは山本さんの好きにすればいいさ。俺たちについてきてくれるなら、門番が朝の交代をするまでが待ち合わせの時間だ。それまでに東の門まできてくれ。

その時間は過ぎた。萌香の姿はない。

「まあ、普通に考えればそうだよな……」

低い声を漏らした後、門に向かって歩きだした。

しかし門のすぐ手前まできたところでアルメーヌが足を止めた。

忘れものでもしたのか、と声をかけようとしたが、その前に彼女のほうから問いかけてきた。

「萌香さんがこなくて寂しい？」

「は？　別に寂しくなんかねえよ。そもそも俺たちと一緒にいるより、タケシのパーティーにいたほうが安全だしな。それにレオンのこともあるし。ただ……」

「ただ？」

「彼女、出会った時に言っただろ。『先生を探してたんですよ』って。つまり俺がこの世界にいることを知ってたってことなのか……。それを聞きそびれちゃったなって」

「ふーん」

アルメーヌはつまらなそうに声を漏らした後、門に向かって駆け出す。

意表を突かれた俺は急いで彼女の背中を追いかけた。

「ちょっと待てって！」

「そこを通りまーす！」

彼女のかけ声に、門番がゆっくりと門を開ける。東の国……クライミニスに続く道が目に映ってきた。

「さあ、眠れるお姫様を助けにいくわよ！」

今日の青空のように澄みきった明るい声だ。

心の中のモヤモヤが一気に吹き飛んだ。

「ああ、そうだな。いっちょやってやるか！」

そう気持ちを切り替えて、門をくぐった直後——。

「急に意識を失って目覚めないとなると、やはり脳の異常でしょうか？」

聞き覚えのある声が真横から耳に飛び込んできたのだ。

俺とアルメーヌはピタリと足を止めて、声のしたほうに体を向けた。

すると目に飛び込んできたのは、門の脇に一人で立っていた萌香だった。

「や、山本さん⁉」

彼女は腰に手を当てると、むくれた顔で詰め寄ってきた。

「遅いですよ！　女子をどれだけ待たせる気ですか？　『東の門まできてくれ』って言ったのは先生ですよ！」

「いや、まさか門の外にいるなんて……。すまなかったな」

腕を組んだ萌香は顔をふいっとそらす。

「もし悪いと思っているなら、一つだけお願いを聞いてください！」

「お願い？」

眉をひそめた俺に対し、彼女はふさふさの尻尾で口元を隠しながら、消え入りそうな声で『お願い』を口にした。

「……下の名前で呼んでください……」

「は？　何を言っているのか、よく聞こえなかったんだが……」

「だぁかぁらぁ！　私のことを『萌香』って呼んでくださいって言ってるんです！　ゾンビに襲われた時に呼んでくれたみたいに！」

「あの時は思わずだな……」

顔をしかめた俺を無視するように、萌香は先を急ぎ始めた。

「野暮な抵抗してる暇なんてないわ」とアルメーヌが首をすくめる。

「ああ、そうだな」

肩の力を抜いた俺は、萌香の背中に大きな声をかけた。

「おい、萌香！　一人で勝手に行くな！　モンスターに襲われたらどうするんだよ！」

萌香の大きな耳がピンと立つ。尻尾が左右に大きく揺れているのは、彼女が早足で歩いているからだろうか。

俺はニコリと微笑みかけてきたアルメーヌと一緒にその背中を追いかけたのだった――。

法則その10　見た目が可愛らしいモンスターに油断しちゃダメ！

――ねえ、お兄ちゃん！　知ってる!?　見た目が可愛らしいモンスターに油断しちゃダメだよ！

眠らされたり、麻痺《まひ》攻撃してきたりするからね！

＊

突然だが、俺は女子というものがまったく理解できない。

おしゃれなカフェでコスパの悪いランチをとる気持ちも、可愛らしい小物を長時間かけて選ぶ気持ちも、男に求める気配りも、一切が分からないのだ。いや、分かろうと努力はしているつもりだ。しかしそこには見えない壁みたいなのが存在していて、理解させまいとしているように思えてならない。そしてそれは萌香とアルメーヌに対しても同じだったのである。


「医療従事者として、原因不明の病に倒れている患者さんを見捨てるわけにはいきません！　先生の仲間になった理由はそれだけです！」

『それだけです』の部分だけやけに強調していたのは気のせいだろうか。

萌香の横に並んだアルメーヌが彼女の顔を覗き込んだ。

「ふーん。でもほんとは別の理由があったりして」

「んなっ!?　あ、あ、あ、ありませんよ！」

首と尻尾を懸命に横に振る萌香。一方のアルメーヌはますます冷たい視線を彼女に送っている。

「ふーん。なんか怪しいなぁ」

明らかに困ったように耳を垂らしている萌香に、俺は助け船を出した。

「まあ、なんだっていいじゃねえか。正直言って、萌香が仲間に加わってくれると心強いぜ。誰かさんは戦闘でほとんど役に立たないからな」

「な、な、なんですってぇぇ！　翔太！　今のは聞き捨てならないわよ！」

アルメーヌの興味が萌香から俺へそれていく。

俺はちらりと萌香を見た。彼女はつぶらな瞳を大きくしたが、すぐにふさふさの尻尾で顔を隠してしまった。

元の世界でもそうだったが、相変わらず彼女の考えていることはよく分からん。

そう思い、彼女から前方に視線を移すと、一羽《わ》のウサギがたたずんでいた。小型犬くらいの大きさで、まるで綿毛のようなふわふわの白い毛に覆われている。

なおも俺にかみついてくるアルメーヌに、「あれ、見てみろ」と指さした。

「わあ、ウサギだぁ！」

「ほんとね！」

アルメーヌと萌香が駆け寄っていった。人を怖がらないのか、そのウサギは鼻をひくひくさせたまま、二人の様子をうかがっている。

「可愛い！」

「うん！　すごく可愛いわね！」

ウサギは二人が可愛いと褒めるたびに、あごをくいっとあげる。まるで言葉を分かっていて、ドヤ顔をしているようだ。

しかし野生のウサギなんてこの世界にもいるんだな。ん？　まてよ。何かが引っ掛かる……。と次の瞬間、ビビッと電撃のようにミカの声が脳裏に響いてきたのだ。

――見た目が可愛らしいモンスターに油断しちゃダメだよ！　眠らされたり、麻痺攻撃してきたりするからね！

「しまった！　そいつはモンスターだ！　二人とも、今すぐ離れるんだ！」

アルメーヌと萌香が驚いた顔で俺のほうを振り返る。その間にウサギの毛色がピンクに変わり、甘いにおいが漂ってきたのである。

「うぐっ……」

空気を吸い込むだけで耐えがたい眠気が襲ってくる。口をふさぎながら距離を取った。においが感じられなくなると共に意識がクリアになる。

しかしウサギの目の前にいた萌香は逃げきれなかった。

「せ……先生……。弱点は……頭……」

彼女は仰向けに倒れ、そのままスヤスヤと寝息を立ててしまった。

一方のアルメーヌはというと……。

「このウサギめぇ！」と、鬼のような形相でモンスターを追いかけまわしていた……。

どうやら彼女には眠らせる攻撃は効かないようだな。

「まてぇぇ！」

「ピィッ！」

ウサギのモンスターが鳴き声をあげながらこちらに逃げてきた。

助けを求めるように赤い瞳を潤ませている。

……が、いくら甘えてこられても、例外を許さないのが中村翔太という男だ。

——先生の鬼ぃぃ！　ちょっとくらい大目に見てくれてもいいのにぃ！

と何度若い看護師の女子に罵倒されたことか。

しかし俺は知っているのだ。たとえその場で許したとしても、裏では何を言っているか分からないことを。このウサギも助けたとたんに、俺を眠らせてくるに違いない。

甘えてくるヤツほど疑ってかかれ、というのがポリシーなのだ。

だから悪く思うなよ。

——ズガッ！

俺はモンスターの頭に短剣を思いっきり叩きつけた。

「ピギィッ！」

一撃でウサギは瀕死となり、死亡フラグを立てる。その背中をアルメーヌが真っ二つに切り裂いたのだった。

*

ウサギのモンスターは倒した。だがもう一つ問題が残されていたのだ。

それは萌香のことだった。

「まったく起きる気配がないわね」

アルメーヌがツンツンと萌香の頬をつつく。肩も揺らしてみる。……が、耳がふわりふわりと揺れるだけで、彼女はぐっすり眠ったまま。

「こうなったら抱っこして進むしかないわね」

「うむ。……って、まさか俺に彼女を抱っこしろというのか⁉」

「当たり前じゃない。か弱い私ができるはずないでしょ」

「仕方ないな……」

俺は萌香をうつ伏せにした。

「えっ？　お姫様抱っこするんじゃないの？」

「いや、それだと俺の腰を痛めるからな。ファイアマンズキャリーをする」

「なに？　その無駄にかっこいいネーミングは」

「災害時に負傷した人を消防士が救出するのに使っていたことから名づけられた担ぎ方だよ。いいから、見てろ」

わきの下に両手を入れ、肩の上に担いだ。

ちょうど彼女の腹が俺の肩に乗っかっている状態だ。だらりとした足を右腕で抱える。

「なんか夢もロマンもない抱っこね……」

「抱っこに夢やロマンを求めるんじゃない。よし、行くぞ」

こうして旅が再開されたわけだが、萌香は町に着く寸前で目を覚ました。彼女が肩の上で大暴れしたのは言うまでもないだろう。

その際に「どうせ抱っこするなら、もっとロマンチックにしてください！」と怒られたのだが、どうして彼女たちは抱っこにロマンを求めるのか……。

やはり俺には女子というものがよく分からない。

■法則その11　危険だと思ったら、重要なアイテムであっても取りに行かずにイベントを進めること

——ねえ、お兄ちゃん！　知ってる⁉　危険だと思ったら、重要なアイテムであっても取りに行かずにイベントを進めることだよ！　だってね……。

＊

ＲＰＧでは『内乱』というのをよく見かける。厄介なのは国家転覆を狙う悪いヤツは、十中八九モンスターと手を組むということだ。さらになぜかそのモンスターが王宮の中に紛れ込んで、主要人物の一人になりすましているパターンが多い。そもそもモンスターに国を乗っ取られてしまったら、転覆もなにもなくなってしまうのにな……。

さて昼前にクライミニスに到着した俺たちは、さっそくグレッグの案内で姫の容体を確認することにした。

なおグレッグは姫の教育係で、彼女の大叔父にあたるらしい。

「こちらがシェリー姫じゃ。母親はこの子を産んですぐにあの世へ旅立ってしまったんじゃが、美しい見た目も優しい心も母親に似た良い子でのう……」

見た目は十歳にも満たないだろう。肩まで伸びたブラウンの髪と、雪のように白い肌が特徴的な

可愛らしい女の子だ。巨大なベッドですやすやと寝ている。

「どうやら悪い病気ではなさそうだな」

「うむ。わしの読みでは『眠りの魔法』をかけてくるモンスターの仕業じゃな。しかし姫様が王宮の外に出たことはない。つまりそのモンスターは王宮の中に紛れ込んでおるということじゃ。そこで勇者様。王宮に潜むモンスターを見つけ出し退治してくだされ！　そうすれば魔法はおのずと解けるはずじゃ！」

　そこまでグレッグが話したところで、ドアのほうから大きな声が聞こえてきた。

「グレッグ様。この王宮にモンスターなどいるはずもなかろう。そもそも町の中にどうやって紛れ込むというのか」

　ずかずかと部屋の中に入り込んできた恰幅《かっぷく》のよい黒ひげの男。人を小馬鹿にしたような態度の彼を見てグレッグは苦い顔をした。

「ゲブン殿。いくら国の政を預かる大臣とはいえ、ここはおぬしが気軽に入ってきてよい場所ではない」

「そんな細かいことを言っている場合ではないでしょう！　シェリー様は王位継承権第一位の御方。その御方に万が一のことがあったらこの国は大変なことになってしまいますぞ。今は姫様の目を覚ますことが最優先！　それには『目覚めの鐘』が必要なことは明白。それを勇者様には取りに行っていただけばよかろう！」

　クライミニスのすぐ近くにそびえる『朝焼けの塔』。そこには夜明けと共にひとりでに鳴り響く『目覚めの鐘』なるアイテムがあるとのこと。その鐘には人々の目を覚ます魔法の力があり、この町の人々は鐘の音とともに起床しているそうだ。

「鐘から近ければ近いほど、強い覚醒効果があると言われている。だから姫様の目の前でそれを鳴らせば、必ずや目を覚ますだろう」と、ゲブンは力説した。

……とそこにまた違う人物がやってきた。

分厚い化粧でド派手なドレスを着た長髪の女性と、小さな男の子だ。二人とも金色の髪をしている。二人のうち、女性の方がけたたましい声でまくし立てた。

「ゲブンの言う通りですわ。ケニーちゃんのためにも、勇者様には一刻も早く『目覚めの鐘』を持ってきてほしい」

「勇者様！　お姉ちゃんを助けてください！」

「お姉ちゃん？　ということは……」

「わたくしはリザベルト。このケニーちゃんとシェリーの母親にして、この国の王妃ですわ」

こいつは驚いた。まさかこの短時間で主要な登場人物が次々と現れるとは……。

さすがはサブイベント。展開が早い。

変なところに感心している俺に、アルメーヌが問いかけてきた。

「翔太、どうするの？」

アルメーヌが眠っている姫のほうへちらりと目をやる。

彼女の言わんとしていることはよく分かっているつもりだ。

なぜなら俺にもはっきりと見えているからな。

彼女の小さな額に立った『漆黒の旗』が……。

もってあと一日か。とにかく一刻も早く事態を解決せねば、イベントは失敗となってしまう。何より天使のような女の子の悲劇なんて見たくない。

では俺たちに取れる選択肢は何か。

（1）王宮に紛れているかもしれないモンスターを討伐する

（2）朝焼けの塔へ行き、目覚めの鐘を手に入れる

うむ。やっぱりこの二つしかないよな。

しかしグレッグのじいさんには悪いが、（1）は選べない。

そもそも本当にモンスターが王宮の中にいるのか？　もしかしたら姫に魔法をかけて、もう町の外へ脱出したかもしれない。それに魔法をかけた相手を倒したからといって、その魔法が解けるという確信もない。現に萌香はウサギに眠らされた後、この町に入る寸前まで目を覚まさなかった。

つまりリスクが大きすぎるのだ。

俺は全員を見回した後、ぐっと腹に力を込めて告げたのだった。

「朝焼けの塔へ行こう。まずは姫様の目を覚ます。王宮に潜むモンスター探しはそれからだ」

それを聞いたリザベルト王妃は鼻を鳴らした。

「もし失敗して、シェリーの命が救えなかったら、あなたたちは牢屋《ろうや》いきよ。覚悟なさい」

「ねえ、お母さん。なんで失敗したら勇者様たちを牢屋にいれちゃうの？」

「それはね。牢屋は悪いことをした人が、いい人に生まれ変わるためにあるからよ。お姉ちゃんの

命を救えなかったら悪いことでしょ。だから勇者たちが失敗したら入れるのは当たり前のことなの。頭の良いケニーちゃんならわかるわよね？」

「そっか！　勇者様！　失敗しないように頑張ってね！」

　ケニーの満面の笑みに送り出されて、俺たちは朝焼けの塔へ向かったのだった。

＊

「うりゃっ！　萌香！　続くんだ！」

「えいっ！　アルメーヌちゃん！」

「任せて！　とどめよ！」

　朝焼けの塔の三階。俺たちは襲ってくるモンスターを倒しながらここまできた。はじめのうちは苦戦することもあった。だが三人の息がだいぶ合ってきたからか、ほとんどダメージを食らわずにすむようになったのは大きな進歩だ。

　一息ついたところで、俺は全員のレベルを確認した。

「おお！　俺とアルメーヌが13で、萌香は10まで上がってるぞ！」

「やったぁ！」

　くるくる回りながら喜んでいるアルメーヌ。だが彼女の場合はレベルアップしたところで何も変わらないんだけどな……。

　苦笑いを浮かべる俺の前に、萌香がニコニコしながらやってきた。

「へへっ！　実は私、新しい魔法を覚えたんですよ！」

『聖女』はレベルアップすると、『キュア』の他にも味方を支援するような魔法を覚える。

「どんな魔法だ？」

「解毒魔法の『デトックス』です！」

魔法のネーミングがまんまだな。ちょっとくらいはひねってもよさそうなものだが。

ただ毒攻撃を仕掛けられても怖くないというのは、とても便利だ。俺は素直に喜びを表した。

「いいぞ！　萌香！」

「えへへ」

萌香が耳を後ろにして尻尾をぶんぶん振りまわしている。

その様子はとても愛くるしく、思わず頭をなでたくなる。しかしそんなことをしたら、「セクハラです！」とかみつかれるだろうから絶対にしないが。

飼ったことないけど、きっと愛犬がいたらこんな気持ちになるんだろうな。

「先生、どうしたんですか？」

萌香が目を丸くして小首をかしげる。アルメーヌはなぜか白い目で俺を見ていた。

「あ、いや、なんでもない。先を急ごう」

「はい！」


その後も俺たちは呼吸を合わせてモンスターを倒しながら進んでいき、ついに最上階にたどり着いた。だが目に飛び込んできたのは驚くべき光景だったのだ。

大広間の中央に三つの頭を持った獅子《しし》のモンスターがいる。その奥には大きな鐘。あのモンスターがこの塔のボスに違いない。レベルは10か。今の俺たちならまったく問題なく討伐できるだろう。

　だが俺の目を釘付《くぎづ》けにしたのはそのモンスターではない。隣にたたずむ、黒のフードを目深にかぶった人物だった――。

「魔王ね……」

　アルメーヌが低い声でうなる。それを聞いた萌香が驚きの声をあげた。

「えっ⁉　魔王！」

「しっ！　声が大きい」

　俺たちは見つからないように身を潜めて様子をうかがった。

　心臓がドクドクと音を立てる。呼吸が荒くなるのをこらえるのに必死だ。

　一方の魔王は獅子のモンスターに向かって言った。

「ヘル・キメラよ。ここにも勇者がくるかもしれない。もしやってきたら瀕死に追いやれ」

「グルルルル……」

「決して殺すな。とどめをさすのは私だからね」

　そう言うと、魔王はヘル・キメラと呼んだモンスターの頭の一つに手をのせる。直後にドンッという地響きと共に、ヘル・キメラの全身の毛が逆立ち、金色に輝きだした。

　何が起こったのかと不審に思ってレベルを確かめてみると、なんと一気に『35』まであがっているじゃないか！

「さてと……。お前が上手くやったら私はまたここへくるからね。私はこの塔にいるすべてのモンスターのレベルを上げてから、『迷いの森』に現れたという別の勇者を相手にしてこよう」

そう言い残して魔王は消えていった。

「先生！　『迷いの森』にはタケシくんやレオンくんがいます！　なんとかしないと！」

詰め寄る萌香に俺は低い声でさとした。

「萌香。気持ちは分かるが、今は目の前のイベントのクリアに集中するんだ。それにタケシとクレインは俺たちよりもずっとレベルが高いんだぜ。そう簡単にやられたりしないさ」

「でも心配です……」

しゅんとなって耳と尻尾を下げる萌香。俺は彼女の両肩をつかんで言った。

「松下先生からも言われてるだろ。『頭はクールに、ハートは熱く』ってな。どんな状況でも自分たちがやらねばならないことを見失ったらダメだ」

萌香は目を大きく見開いてまばたきをしていたが、すぐにぐっと表情を引き締めた。

「先生、分かりました。今はシェリー姫を助けることに集中ですね！」

「じゃあ、さっさとヘル・キメラを倒しにいくわよ！」

意気揚々とヘル・キメラのほうへ向かおうとするアルメーヌ。

俺は彼女の肩をむんずとつかんだ。

「待て待て」

「ひゃっ！　な、なんで引きとめるのよ!?　ヘル・キメラを倒さないと『目覚めの鐘』を持ち帰れないんでしょ!?」

「そんなことは分かってる。だがヤツのレベルは35。天地がひっくり返ってもかなわん」

「じゃあ、どうするつもりなの？」

「今考えているところだ。しかし魔王め……。なんとしても俺たちを全滅に追いやりたいんだな」

はたしてどうしたらいいのか……。

悩んでいるうちに、よぎったのはミカの言葉だった。

——危険だと思ったら、重要なアイテムであっても取りに行かずにイベントを進めることだよ！　だってね、『アイテムと同じ効果のある魔法』を覚えることもあるんだもん。

とある『賭け』がポンと頭に浮かぶ。

「それだ！　下の階へ戻るぞ！」

「えっ？　まさか何もせずに戻るんですか？」

「翔太、どういうこと？」

俺は目を丸くする二人と共に階段を下りたのだった。

*

『キープ・キリング』のクライミニスでのサブイベントに臨むうえで推奨されるレベルは8くらいのはずだ。なぜならボスのヘル・キメラのレベルが10だったのだから。

しかし魔王による妨害で、ヘル・キメラのレベルは大きく引き上げられてしまった。

ヘル・キメラだけではない。塔に棲息《せいそく》するすべてのモンスターのレベルが上がってしまったのである。

であるならばその妨害を逆手に取れないか――。そう考えたのだ。でもそれは成功するか分からない、まさに『賭け』だった。


夜明け前――。

俺たちはクライミニスに戻ってきた。昨晩は一睡もしていないせいか、眠くて頭がぼーっとしている。アルメーヌにいたっては立ったままうとうとしていた。

そんな俺たちを迎え入れたのはゲブンだった。彼はまるまるとした顔に満面の笑みを浮かべながら、声を弾ませた。

「さすがは勇者様だ！　さあ、『目覚めの鐘』を見せておくれ」

「いや、まずは姫様のところまで案内してもらおうか」

ゲブンは一瞬だけ苦虫をかみつぶしたような顔をしたが、すぐに元の笑顔に戻す。

そして「もちろんだとも！」と返事をして、前を歩きだした。

王宮に入り、シェリー姫の部屋までやってくると、グレッグが寝ずに待っていた。

よほどシェリー姫のことが心配なんだろうな。目の下にはくまができ、唇は白くなっている。それでも俺たちへの期待をにじませるようにその声は力強かった。

「待っておりましたぞ」

窓の外を見ると空が白み始めており、姫の呼吸は弱々しくなっている。

もう残された時間がごくわずかであるのは、誰の目にも明らかだ。

「萌香、ここに」

「はい」

俺は萌香を姫の前に立たせた。

グレッグとゲブンがかたずを飲んで見守っている。

……と、その時だった。


――カラーン、カラーン、カラーン……。


鐘の音が窓の外から聞こえてきたのだ。不思議と眠気が消えていく。

「なるほどこれが『目覚めの鐘』の効果ということだな」

「眠気がポンとどこかへ飛んでいってしまったわ」

「ええ、すっきり爽快です！」

和気あいあいとしている俺たちの横で、

「な、なんだと……」とゲブンの顔が真っ青になる。

グレッグもまた目を見開いて驚きをあらわにしていた。

そりゃそうだよな。鐘の音が外から聞こえてきたということは、『目覚めの鐘』はまだ朝焼けの塔にある証《あかし》なのだから……。

満を持して俺は号令をかけた。

「萌香！　頼む！」

「はい！　目覚めの魔法！　『アラーム・マジック』‼」

これが『賭け』の正体だ。

つまり俺たちは『目覚めの鐘』を取りにいかず、朝焼けの塔に出現するモンスターをひたすら倒しまくって、レベルアップを図っていたのである。

ただし魔王のせいで塔のモンスターは大幅に強化されていた。だから最初はかなり苦戦を強いられたさ。だが相手が強敵なほどレベルアップが早い。一体、二体と倒していくうちにレベルは上がっていった。

――ワウゥゥゥゥゥ！

獣人である萌香の『遠吠《とおぼ》え』も便利だったな。モンスターを探すために塔の中を歩き回らなくても、彼女の遠吠えで勝手に向こうから近づいてくるんだから。

途中何回か休憩を挟んだが、実に十時間もの間、俺たちは戦い続けた。まあ夜勤のシフトに数時間残業したと思えば、へっちゃらさ。そして気づいた頃にはみなレベルが20を超えていた。

こうして狙い通りに『聖女』である萌香が『眠りを覚ます魔法』を覚えてくれたのである。

『キープ・キリング』の世界を作った人も、まさかクライミニスのイベントにレベル20で挑むなんて想定していなかっただろうからな。これもモンスターを強化した魔王のおかげ。ピンチをチャンスに変えた、とはまさにこのことだ！

「頼む！　効いてくれ！」

祈るような気持ちで魔法の効果の行方を見守る。

すると奇跡は起こったのだ――。

「ん……。ここは……？　お姉ちゃんは誰……？」


ミステリーで犯人捜しがなぜ難航するのか。

考えるまでもなく、被害者が物言わぬ姿になっているからだ。

では被害者が目を覚まし、犯人の顔をしっかりと覚えていたとしたら――。

*

「私を眠らせたのはゲブン大臣だよ」

姫が目を覚ましたと報せを受けた国王や王妃も駆けつけた中で、彼女は堂々と犯人を名指しした。ゲブンが顔を真っ青にしたのは言うまでもない。

「おのれぇぇぇ！　『目覚めの鐘』さえ手に入れてしまえば、この町の住民どもを永遠に眠らない奴隷にして働かせることができたというものを！　こうなったらこの場で全員をぶっ殺してやるわぁ！」

窮地に追い込まれたゲブンがついに正体を現した。

それは巨大なウサギのモンスター。つまりコイヒンダからクライミニスに向かう道中で出くわしたウサギのボスってことだな。二本足で立って両手を大きく広げている。

「ぐへへ！　驚いて声も出せないって顔だな！　俺をコケにしたことを後悔しながら死ぬといい！

ぐわっはははは！」

だがもう一度言うが、このイベントの推奨レベルは『8』くらい。つまりこのゲブンのレベルもその程度ということ。

俺はふぅとため息をつき、首を横に振った。

「悪いが、あんたじゃ相手にならねぇ」

「なんだとぉぉ！　まずは生意気な小娘からやってやる！」

ゲブンはシェリー姫のほうを向く。その前に萌香が立ちはだかった。

「させません！」

「こざかしいわぁぁ！」

彼が鋭い爪を振り上げた瞬間に、俺は一気に間合いをつめた。

「な、なに⁉」

俺を迎え撃とうとゲブンが振り返る。だがスピードの差は歴然。彼が鋭い爪を振り下ろす前に、俺の短剣はうなりをあげて大きな腹を切り裂いた。さらにその背中には萌香の追撃が炸裂《さくれつ》する。

「ぎゃあああああ！」

部屋中にこだまするゲブンの絶叫。言わずもがなその頭上には『漆黒の旗』。

「せ、せめて小娘を道連れに！」

往生際の悪い彼にとどめをさしたのは、

「残念ね。それは無理な願いだわ」

アルメーヌの巨大な鎌だった。閃光《せんこう》のように斜めに振り下ろされると、ゲブンは大きな音を立てながら床に崩れ落ちた。

「やった！」

とアルメーヌがぴょんと飛び跳ねて喜びをあらわにし、

「これで解決ですね！」

萌香もまた尻尾を勢いよく振って、声を弾けさせる。

グレッグをはじめ、その場にいるすべての人がほっと胸をなでおろした。

だが……。

「まだ終わりじゃねえぞ」

俺の低い声に場が一気に凍り付く——。そんな中、淡々とした口調で続けた。

「ＲＰＧの世界では『モンスターは町の中に入れない』というのが常識でな。この町も同じだ。だからたとえ人間に化けていたとしても、ここに入ってくることはできない」

「ではどうしてこやつはここにおったのじゃ？」

グレッグが仰向けになっているゲブンを見下ろして首をかしげた。

「誰かがここに入ってこられるように手引きしたんだろうな」

「いったい誰が……？」

「それを答えるのは俺じゃない」

俺はシェリー姫の小さな肩にポンと手をのせた。

「姫様、完全に眠りにつく前に、ゲブンは誰かと話をしていなかったかい？　覚えているなら教えてほしい」

シェリー姫が口を真一文字に結んでうつむく。明らかに何か知っているが、答えたくないといった様子。だがここで真犯人を野放しにしたら、また同じことが繰り返されるだろう。

そこで俺は国王に目配せをした。すると彼は穏やかな口調で姫をさとした。

「シェリー、言いたくないなら指をさすだけでいい。この国の安全のためなんだ。勇気を振り絞って、父さんに教えておくれ」

コクリとうなずいた姫は震える人差し指をゆっくりと上げていく。

そうしてその指の先にいたのは……。

リザベルト王妃だった――。

*

――あとは目覚めの鐘さえ手に入れば、国中全員の眠りと覚醒を意のままにできる。そうすればこの国は王妃、あんたのものだ。他人が産んだ娘ではなく、実の息子を国王にする夢もかなう。

王妃はゲブンの口車にまんまと乗ってしまったということだ。

もし事が上手く運んだら、それこそ真っ先に殺されたのは、ゲブンの正体を知る王妃だっただろう。そうしてゲブンはクライミニスの国を乗っ取るつもりだったに違いない。

哀れな王妃だ。今頃、牢屋の中で己の愚かさを悔いているだろうな。

さて俺たちがクライミニスを出ることにしたのは騒動の翌日だった。

さすがに一晩中戦い続けた疲労は簡単には抜けず、朝方宿に入った後、起きたのは『目覚めの鐘』が鳴り響く翌朝だったわけだ。

「ふふ。サブイベントは大成功ね」

アルメーヌが嬉しそうにくるくると回る。

「ああ、おかげでレベルも25まで上がったしな」

「強いモンスターを倒しまくったおかげで、お金だって1万ベルも手に入ったんでしょ！　美味《おい》しいものが食べ放題だわ！」

うっとりとした表情でよだれを垂らしている彼女に、俺は鞭《むち》をうつように鋭い声でたしなめた。

「いや、このお金は使い道があるからな。１ベルたりとも無駄遣いはできないぞ」

「えーっ！　なによ、それ！　翔太のケチ！」

頬を膨らませたアルメーヌの横から今度は萌香が明るい声をあげた。

「姫様が目を覚ましてよかったですね！」

「ああ。ケニーも『お姉ちゃんを助けてくれてありがとう』って嬉しそうだったしな」

彼は実の母親が事件の黒幕で牢屋に入れられたのだが、あまり意に介していなかったようだ。というのも『牢屋は悪いことをした人が、いい人に生まれ変わるためにあるからよ』というリザベルトの言葉を信じているかららしい。

――お母さんがもっといいお母さんになるのが楽しみなんだ！

……だそうだ。まさにブーメランとはこのことだな。しっかり反省して『いいお母さん』になって帰ってきてほしいものだ。

「私もこれからはモンスターに眠らされないように気をつけなくちゃ！」

耳をひくひく動かして気合いを入れる萌香。するとアルメーヌが急に声を弾ませた。

「あっ！　リスだ！」

「えっ⁉　わあ！　本当ね！　可愛いー‼」

ずいぶんと人に馴《な》れたリスだ。萌香とアルメーヌの二人が近づいても逃げようとしな……。

「おいっ！　二人とも！　そいつから離れろ‼」

■法則その12　モンスターの特性に合わせた倒し方がある

――ねえ、お兄ちゃん！　知ってる⁉　モンスターの特性に合わせた倒し方もあるんだよ！　たとえば『木』のモンスターは燃やしてしまうとかね！

＊

ＲＰＧの戦闘には『防御する』というコマンドがある。文字通りに攻撃をせずに、守りを固めて受けるダメージを軽減させるために利用する。人数が多いパーティーであれば、敵からの攻撃に耐えられないメンバーは『防御する』を利用し、他のメンバーが攻撃する、という戦略もとれるだろう。しかし仲間が誰もおらず、一人で戦闘に臨まねばならない場合、『防御する』を使ったらどうなるのか。敵からのダメージを減らせるが、敵にダメージを与えることはできない。つまり戦いに勝つことをあきらめ、少しでも戦闘不能に陥るまでを長引かせることが目的、ということになる。

いや、もう一つあるとすれば、奇跡が起こるのを待つということか――。

さて、クライミニスを出た俺たちは、コイヒンダで装備を整えた後、すぐに次の目的地に向かうため、『迷いの森』に入った。

その名の通りに気を抜くとすぐに迷子になってしまう。高い木々に囲まれてあたりは薄暗く、前後左右を見回しても同じような風景しか目に映らない。

だがすでにゲームでこの森はさんざんさまよったからな。森を抜けるまでのルートを何となく覚えていたのはラッキーだった。

しばらく進んでいくと予想通りに大きな湖に出た。ここだけは視界が開けていて、さんさんと太陽の光が降り注いでいる。

「この湖の向こう側に出て、まっすぐ進めばゴールだ」

「んじゃ、早くいきましょ」

アルメーヌが湖に向かって歩きだす。俺は彼女の肩をつかんだ。

「待て待て」

「なによ！」

「なによ、じゃないだろ。どこに向かうつもりだ？」

「泳いで渡るに決まってるでしょ。私こう見えても泳ぎは得意なんだから」

そう得意げに告げたアルメーヌは手でクロールの真似をしながら、

「奇跡を起こせっ！　ミラクル・タイム♪」と、世界水泳のテーマソングを口ずさんでいる。

そういえば、ちょうど彼女の入院中に世界水泳が開かれていて、ミカと二人で大盛り上がりしていたな。

　俺はため息をつき、首をすくめた。

「ＲＰＧの世界では『湖を泳いで渡る』という行動はとれないのが常識だ」

「そんな常識打ち破っちゃえ！」

　それも世界水泳の熱血スポーツキャスターが連呼していたセリフだ。相当感化されているみたいだな。

「ねえ、ダメ？」

　上目遣いで見てくるアルメーヌ。彼女は単に泳ぎたいだけだろう。

　俺は首を横に振った。

「この湖は右回りに進むのが正解だ」

「ぶー。翔太のケチ！」

「まあまあ、アルメーヌちゃん。ここは先生に従いましょ。おぼれて湖の底に沈んだりしたら大変だもの」


　その後も右や左に曲がりながら進んでいく。

　その間に何体かのモンスターと遭遇したが、クライミニスのサブイベントをクリアした俺たちの相手にはならない。

　魔王がこの森にきていたはずだが、妨害らしい妨害もなく、あっさりと湖の対岸へとたどり着いたのは意外だったな。しかしここで気を抜くわけにはいかない。

「よし！　あと少しだ！　頑張ろう！」

「うん！」

この頃にはアルメーヌの機嫌も戻っていた。

「ボーリップはマグロ料理が名物なんだって！　ふふ、楽しみね」

相変わらず食べることしか頭にないようだ。そんな彼女が何かを見つけて指さした。

「ねえ、見て！」

「あれは……」

そこはルートから外れた袋小路《ふくろこうじ》になっている場所だ。目に飛び込んできたのは石造りのモンスターが思いっきり何かを殴りつけている光景だった。

「ストーンゴーレムか！」

俺の記憶通りならば、『キープ・キリング』のストーンゴーレムは魔王城に出てくる厄介なモンスターだ。レベルは50前後。弱点らしい弱点もなく、攻撃力も防御力も格段に高い。あえて欠点をあげるとするならば、知性が低く挑発に乗りやすいことと、スピードがのろいことくらいだろう。

言うまでもなく、今の俺たちが太刀打ちできる相手ではない。

――そんじょそこらのボスクラスのモンスターよりも手ごわいのよね。

とミカもしかめっ面をしていたのを思い出す。

「魔王の仕業ね……」

「ああ、それ以外は考えられないな。まさかラストダンジョンに出現するモンスターを引き連れてくるとは……」

しかしいったい何を執拗《しつよう》に殴り続けているのだろうか。

「先生！　あれは人間じゃないですか？」

よく目を凝らすと、ストーンゴーレムの巨体の向こう側に大きな盾を前面に押し出して防御を固めている人間の姿があった。あの様子では盾で防いでいても、かなりのダメージが蓄積されているはずだ。しかもまったく攻撃ができておらず、放っておけば『死亡フラグ』が立つのは火を見るよりも明らかだった。

「助けましょう！」

萌香が尻尾の毛を逆立てて飛び出そうとする。しかし俺は彼女を手で制した。

「待てって。今飛び出していっても全滅するのが落ちだ」

「先生！　ならばあの人を見殺しにするつもりですか!?」

正義感のかたまりのような萌香がすごい剣幕で詰め寄ってくる。

しかし無理なものは無理だ。冷静に考えればストーンゴーレムが引きつけられているうちにこの場をやり過ごしてしまうのが最善と言えよう。

「今の俺たちでは残念だが……」

そう首を横に振った俺に対し、萌香は唇をかみしめた。

「先生は……。先生はどんな患者にだって絶対にあきらめなかったじゃないですか。レオンくんが退院する時だって……」

「レオンが退院する時……」

ふと思い起こされたのはこの世界にやってくる一ヵ月ほど前のことだ。

俺は今の萌香のように、鬼のような形相で松下先生に詰め寄ったんだ。

――松下先生！　納得いきません！　どうしてレオンくんを退院させるんですか⁉　昨晩だって発作が起こったばかりじゃないですか！

――もちろんご両親の意向だよ。家族と過ごす時間を大切にしたいというね。

――俺は絶対にあきらめたくありません！　もし……万が一、負けてしまう運命だとしても、戦って負けるのと、戦わずして負けるのとでは、失うものが同じでも得られるものがまったく違うからです！　だから、だから、だからもう一度説得させてください！　お願いします！


記憶がよぎった瞬間に血が沸き立った。こめかみあたりに鈍い痛みを覚え、目が冴えていく。そんな俺の背中を軽く押すように、アルメーヌの柔らかな声が聞こえてきた。

「すべて翔太の心次第よ。私はあなたの決めたことに従うわ」

俺の心次第か……。

本音を言えば、一刻も早く森を抜けて魔王城を目指したい。

なぜなら俺には『そうする理由』があるからだ。

だが、ここで一つの命を見捨ててしまって本当にいいのか？

それでミカに誇れる自分なのか。いや、彼女だけじゃない。目の前にいる萌香やアルメーヌ、いつも面倒をみてくれた松下先生に対しても同じ。

何よりも自分だ。

自分で自分が誇らしく思えるのか……。

そう考え始めた時には、ひとりでに口が動いていた。


「分かった。助けよう」


萌香がしゅんとなっていた耳と尻尾をぴんと立て、きりっと表情を引き締めた。

「先生、指示を！」

彼女の張りのある声が頭の回転を速くするガソリンとなり、俺は早口で指示を飛ばし始めた。

「アルメーヌ、お前さんは『モンスターから攻撃を受けない』という特性をもっているからな。あの人のそばに近づいてこれを使うんだ」

ひょいっとポーションの入った瓶を投げる。

それをしっかりと受け取ったアルメーヌは、「ええ、分かったわ」と返事をして、飛ぶような足取りでストーンゴーレムのほうへ向かっていった。

「次に萌香」

「はい！」

気合いを入れて拳を固める彼女に対し、俺はさらりと告げた。

「ここで待機してくれ」

当然萌香は眉間にしわを寄せて抗議する。

「へっ？　どうしてですか!?　私だって役に立ってみせます！」

俺はちょっとだけ屈んで、彼女と視線を合わせる。そしてゆったりとした口調で彼女を諭した。

「俺がストーンゴーレムを引きつける。そうしてストーンゴーレムが袋小路から出たところで、あの人を助けるんだ。その後は三人で森を抜けてほしい」

「先生はどうするのですか？」

耳を垂らして心配そうにする萌香の頭に俺は手をのせた。

「心配するな。上手く撒《ま》いて、すぐに合流するから」

「先生……」

萌香はなおも心配そうに潤んだ瞳を向けてくる。姿勢を元に戻した俺は、彼女に背を向けた。

「何よりも優先すべきは苦しんでいる人を助けること、そう松下先生に教わっただろ」

「はい……」

「よし、あとは任せる。俺は萌香を信頼してるから」

「ありがとうございます。先生も気をつけて……」

「じゃあな！」

意を決して飛び出す。

確かに能力差は絶望的だ。下手をすれば一撃で倒されてしまうかもしれない。

だが俺には勝算があった。

ストーンゴーレムの動きはのろい。当然、足も遅いはず。

ならば森の中を追いかけっこすればいい。

「てめえの相手はこっちだ！」

俺は大声で叫びながら短剣をストーンゴーレムの背中に叩きつけた。

ガンという鈍い音と共に、電気が走ったように手がしびれる。攻撃をした俺が手にダメージを負うのは理不尽だろ。だがおかげでヤツがこちらを振り向いた。

よし！　次は挑発だ！

「来いよ！　それとも俺が怖くてかかってこれないのか!?」

言葉が通じたのか、ストーンゴーレムが両手を大きく広げて俺に向かってきた。

「グオオオオ！」

鼓膜が破けてしまうのではないかと思われるくらいの雄たけびに、足がすくみそうになる。だが一瞬でもためらえばヤツの鉄拳が俺の頭をかち割るのは目に見えている。

「こっちだ！」

俺はストーンゴーレムに背を向けて走りだした。

この戦いは逃げきれれば勝ちだ。

そして俺は絶対に勝てる！

だが頭からすっかり抜けていたのだ……。

ヘル・キメラを大幅に強化させた魔王が、何の手も打たずにストーンゴーレムを放つわけがないことを——。

「えっ？」

なんとわずか数歩駆けたところで、すぐ後ろに迫ってきたではないか！

ストーンゴーレムは右の拳を振り下ろしてきた。

「のわっ！」

とっさに左にステップして攻撃をかわす。ヤツの大きな岩のような拳が真横を通り抜けた瞬間に、ぞわりと悪寒が走った。

やばい……。あんなの食らったら、確実に『死亡フラグ』が立つ。いや、立つ前に死んでしまうかもしれない。

俺は全速力で駆け出した。だがそれもつかの間、またすぐに追いつかれてしまったのである。

「なんだと……!?」

今度は両脇から手が伸びてくる。

抱え込んでそのまま押しつぶすつもりだな。だがそうはいくか！

素早くしゃがみ込んで、それもなんとかかわした。

「先生！　ヤツの弱点は『すね』です！」

萌香の声が飛んでくる。

「サンキュー！　うりゃっ！」

俺は彼女のアドバイス通りに短剣をストーンゴーレムのすねにぶつけた。

「グオオオッ！」

手ごたえは先ほど背中を攻撃した時と変わらないが、明らかに痛がっている。

再び生じた隙をついて、俺は逃げだした。

それでもすさまじいスピードで追いかけてくるのが、近づいてくる足音から明らかだ。

「魔王め……。ストーンゴーレムの欠点を消しやがったな」

ちらりと振り返ると、もうすぐそこまで迫っている。

どうする？

このままではジリ貧。逃げきれるとはとうてい思えない。

つまり『死亡フラグ』が立ってしまうのは時間の問題だ。

「ははっ。とんでもなくピンチじゃねえか」

人間絶望のどん底になるとひとりでに笑みがこぼれるのはなぜなんだろうか。

必死こいて手足を動かしているのに、体は熱くなるどころか、芯から冷えきってやがる。

「グオオオオ！」

「来たな！」

左から拳をぶん回してくるストーンゴーレム。これでは横のステップでかわせない。

「ぐあああ！」

膝を落としてかがむ。……が、それはヤツの狙い通りだった——。

「ガアアア!!」

地面すれすれから襲いかかってくる右のアッパースイング。

「しまった！」

だがもうどうしようもなかった。両手を交差させて『防御する』のが精いっぱい。

——ドゴオオオオン！

何かが爆発したかのような轟音《ごうおん》がしたかと思うと、目の前が一瞬だけ真っ白になった。

勢いに身を任せて地面を転がる。

意識が戻った瞬間にまず確認したのは頭上。

大丈夫だ。まだ死亡フラグは立ってない！

しかし防御してもあと一撃食らったら、次は確実に立つだろう。

……となるとあの盾で防御していた人は何発も食らっていたのに『死亡フラグ』が立たなかったのはなぜなのだろうか……。よほど体力があるのか、それとも防御力が高かったのか。

だが今はそんなことに気を回している場合じゃない。

素早く立ち上がりストーンゴーレムの様子をうかがう。

さすがに渾身《こんしん》の一撃の後だけあって、少しだけ隙がある。

俺は再び逃げだした。

次はもうない。というプレッシャーが腹を痛くする。目の前が真っ暗になり、急速に体が冷たくなっていくのを感じていた。


――これはもう決まったことなんだ。今さらどうすることもできない。だからせめて気持ちよく病院から送り出してやるのが主治医としての君のつとめだよ。


あの時に感じたものとまったく同じ無力感に打ちひしがれる――。

「常識的に考えて無理だろ……」

思わず弱音が口をついて出てきた。……が、その瞬間だった。

――そんな常識打ち破っちゃえ！
アルメーヌの言葉が心に突き刺さったのだ。
常識にとらわれないモンスターの倒し方――。
ふっと頭をよぎるミカの言葉。

――モンスターの特性に合わせた倒し方もあるんだよ！

ストーンゴーレムの特性か……。
考えろ。何かあるはずだ。すると萌香の言葉も浮かんできた。
――おぼれて湖の底に沈んだりしたら大変だもの。
「湖に沈む……」
ストーンゴーレムは石だ。つまり水に沈む。
もし湖に足を踏み入れたら……。
「それだ‼」
一本の命綱のようなアイデアに俺は賭けることにした。
そのためにもとにかく全力疾走だ。
はちきれそうになる心臓の鼓動を感じながら必死に手足を動かす。
迫る足音。だが振り返る余裕はない。
あきらめなければ奇跡は起こる。そうだったよな？　ミカ。

だったら俺にも起こせるはずだ。もう一度、奇跡を――。

眼前が開ける。大きな湖が陽の光を浴びてきらきらと輝いていた。

俺はその水面に向かって思いっきり飛び込んだ。

「これが俺の賭けだぁぁぁぁ！」

泳法など知ったことか。足をばたつかせ、手を何度もかく。

――奇跡を起こせっ！　ミラクル・タイム♪

頭の中ではアルメーヌが口ずさんでいた世界水泳のテーマソングのサビがリフレインしていた。

「グオオ……」

ストーンゴーレムの声が途切れたところで、俺は泳ぎを止めて振り返った。

そして目に映った光景に思わずガッツポーズしたのである。

「よっしゃあ！　そのまま沈んでしまえ！」

ストーンゴーレムの頭が消え、右手だけが湖面の上に覗いている。だがそれもすぐに見えなくなったのだった。

「やっぱりあきらめなければ奇跡は起こせるんだよ」

そうつぶやいた俺は岸のほうへ戻り始めた。その頃には頭の中で何度も繰り返されていた世界水泳のテーマソングは、もう流れていなかったんだ。

■法則その13　他のプレイヤーを殺してレベルアップを狙う人もいる

――ねえ、お兄ちゃん！　知ってる!?　町の中は安全だと思ったら大間違いだよ！　プレイヤーキルしてくる人もいるの！　プレイヤー全員が『いいひと』なんてありえないんだから！

*

「翔太!!」

港町ボーリップにたどり着いた俺の胸に向かって、アルメーヌが一直線に飛び込んできた。だが俺はひらりと闘牛士のように彼女の突進をかわす。

前につんのめって転びそうになったアルメーヌは顔を赤くして抗議してきた。

「ちょっと！　感動の再会の時は抱きしめてくれるのが男ってもんでしょ！」

「服がびしょ濡《ぬ》れだから。もし受け止めたらお前さんの服まで濡らしちまうだろ」

「そういう問題じゃないもん！　この鈍感男！」

牙をむき出しにしている彼女をそのままにして、俺は前方から駆けてくる二人に注意を向けた。

「先生！　よかったぁ。無事だったんですね！」

ひとりは言わずもがな萌香だ。くりっとした瞳を潤ませながら、尻尾を振っている。

「ああ、萌香たちも無事でよかった」

もうひとりは萌香の背後で小さくなっている……。その姿は俺のよく知る人物だった。

「レオンくん。大丈夫かい？」

「うん……。助けてくれてありがとうございました。僕ひとりになっちゃって……」

か細い声からしてあまり面白くない理由であの袋小路にいたのだろう。

「まあ、立ち話もなんだ。飯でも食いながら色々と話そうや」

俺は怜音の頭をくしゃりとなでる。そして大きく目を見開いて見上げてきた怜音に対し、小さな笑みを見せたのだった。

＊

ボーリップはこぢんまりしていて、全体的にのんびりした雰囲気の町だ。カモメが悠々と飛び交う空の下、俺たちは名物のマグロ料理を出してくれる大衆食堂のテラス席に座った。

ガツガツと食べるアルメーヌの隣で小さく縮こまっている怜音に、どうして袋小路にいたのかをたずねた。

「僕、はぐれちゃったんです……。タケシさんたちから……。そしたらストーンゴーレムに襲われてしまって……」

怜音のレベルを確認すると『13』。床に置かれた大きな盾はコイヒンダで手に入れたものだろう。だからさしたる防御力は望めない。となればストーンゴーレムの攻撃に耐えることができた理由は一つしかない。

「はぐれる寸前で一時的に防御力が大幅にアップする魔法をかけてもらったということか。そこにストーンゴーレムが現れた……。ずいぶんとタイミングがよかったんだな」

俺の指摘にびくりと肩を震わせた怜音はうつむいてしまった。

「先生。レオンくんが怖がってますよ」

俺の隣に座った萌香が肘でつついてくる。だが俺は首を横に振った。

「いや、いいんだ。この際はっきりさせておこう」

そして周囲を見回した後、怜音の顔を覗き込んだ。

「安心してくれ。ここにはタケシたちはいない。君は『はぐれた』んじゃない。『置き去り』にされたんだ。違うかい？」

その言葉に真っ先に反応したのは萌香だった。

「先生！　それじゃあ、まるでタケシくんが悪い人みたいじゃないですか⁉」

「タケシが悪いヤツかは分からない。いや、俺だってこれまでの彼を知っているからな。いいヤツだって信じてるよ。でも一緒にいたクレインはどうかな」

「そこまで疑うなら証拠はあるんですよね？」

「証拠はない。だが思い当たる節はある」

「どういうことですか？」

いつの間にかアルメーヌもフォークを皿に置いて、俺たちの話に耳を傾けている。

俺はひと呼吸おいてから、自分の考えを話しだしたのだった。

「ノルマールとグラジニア大橋の間には大量のファット・アントがたむろしていた。とてもじゃないが冒険をはじめたばかりの者ではかなわない。その証に町を飛び出していった多くの勇者のパーティーが全滅したんだ」

「え？　そんな強いモンスターなんていませんでしたよ！」

「うん。僕が町を出た時もいなかった」

萌香と怜音が目を見合わせて首をかしげている。

「ああ、俺とアルメーヌが一度橋を渡って、その翌日に戻ってきた時にはもういなくなっていたんだ。つまりその間に何者かがファット・アントを一掃したということになる」

そこまで話したところで、アルメーヌがはっとした顔で声をあげた。

「あっ！　そういえばタケシとクレインの二人で一掃したって言ってたわよね！」


――困っている人がいたら助けるのが勇者の役目だろう？　タケシだって初めて町を出たばかりなのに、『町の人たちが困らないようにファット・アントを一掃しておこう。あいつら他の勇者たちを倒してずいぶんといい気になってるみたいだから』って持ち掛けてきたじゃないか。

――アハハ！　そうだったね！　それで本当に二人で一掃しちゃうんだから、俺たちって……。

――最強のパーティーだよな!!


俺はニヤリと口角を上げる。

「ああ、確かに言ってたな。だがおかしいと思わねえか？　あいつらはなぜファット・アントを一掃できたんだ？」

「先生、それは彼らのレベルが高かったから、に決まってます！　そんなことで彼らを疑うのは間違ってますよ！」

萌香が尻尾をぶんぶん振って口を尖らせた。

「ああ、そうだな。確かに彼らのレベルが高かったんだろうな」

「もうっ！　先生はいつからそんなに疑《うたぐ》り深《ぶか》くなったんですか！　この世界にいる人はみんないい人に決まってます！　悪いのは魔王だけですから！」

ぷいっと顔をそらした萌香。だが俺は淡々とした口調で続けた。

「じゃあ、なんで彼らはレベルが高かったんだ？　『初めて町を出たばかり』なのに」

「えっ……？」

三人とも目を大きく見開いた。

「複数のプレイヤーが同じ世界にいる場合、プレイヤー同士で戦うことができるゲームもあるからな。もしこの世界がそうだとしたら？」

「まさか……」

萌香が顔を真っ青にして首を横に振る。

「その反応だったろうな。ノルマールの路地裏でクレインに背中から襲われた勇者たちも」

「プレイヤーキル……ね。ミカから聞いたことがあるわ。多くの人が集まるオンラインゲームでは命を狙ってくるプレイヤーもいるから注意が必要って」

アルメーヌが低い声で言った。

萌香はいまだに信じられないといった風に小刻みに震えている。

「安全かつ手っ取り早くレベルアップできるうえにお金も奪い取ることができる。グラジニア大橋で『荷物持ち』を仲間に入れるほどの大量のアイテムを持っていたのも納得というわけだな」

俺は怜音に視線を向ける。彼は口を一文字に結んでうつむいていた。

クレインが彼に何をしたのかは分からない。

しかしひとりぼっちの少年がひどくおびえている様子を見れば、かけなくてはいけない言葉なんて一つしかなかったのだ――。


「俺たちは君の『仲間』だ。絶対に辛《つら》い思いなんてさせない」


怜音が顔を上げて俺を見つめてきた。俺はその視線をまっすぐに受け止める。

嘘《うそ》偽りなど微塵《みじん》もない。そう瞳に想《おも》いを込めた。

そして身を乗り出して、彼の頭を優しくなでた。

「よくひとりで頑張ったな」

「中村先生……。僕……。僕……」

怜音の声が震える。その瞳には涙がたまってきた。

そんな彼に対し、俺は『あの時』と同じように小指を突き出した。

「病院で約束したろ。君に何かあったら俺が絶対に助けてやるって。それを破ったら針を千本飲まなくちゃいけないからな」

その一言で怜音の感情が爆発した。彼は大粒の涙を流しながら大声で暴露したのだった。

「うあああああ！　僕は……。僕は『おとり』にされたんだ！　クレインに！」

と……。

＊

――いいか、レオン。今俺はお前に強力な魔法をかけて防御力を大幅にアップさせてやった。この魔法の効果は五日ほど持つ。だからお前がストーンゴーレムを引きつけるんだ。

――えっ？　そしたら僕はどうなっちゃうの？

――『防御する』で守りを固めていれば、しばらくは死なないさ。その間に俺とタケシはボーリップへ行く。ボーリップにはお金で雇える傭兵《ようへい》がいると聞いた。彼らに救援を頼んでお前を助けるから。

――そ、そんな……。

――クレイン、もう時間がない。ストーンゴーレムは俺たちを逃がす気はないんだってさ。見た目と同じく頭の中も石のように固いみたいだ。

――タケシ、分かったよ。じゃあレオン、頼んだぞ！

――ちょ、ちょっと待ってよ！　嫌だ！　置いていかないでよ！　うああああ！

その後、怜音はストーンゴーレムから逃げながら、二人が戻ってくるのを待っていたそうだ。なんと三日間もな。だが言うまでもなく彼らは戻ってこなかった。

そうして今日、ついに袋小路にはまってしまい、ストーンゴーレムから逃げられなくなったそうだ。一方的に殴りつけられながら、来るはずもない助けを待つ心境を推しはかるだけでも胸が苦しくなる。同時にタケシたちに対し、言いようのない憤りがわいてきた。

町の人に聞けば、二日前に船で出航した二人組の勇者がいたという。きっと彼らのことだろう。

つまり最初から彼らは怜音を助けに戻る気などなかったということだ。

「大丈夫だ。今度こそは俺がずっとそばにいてやるから」

俺はそうあらためて決意を固めたのだった。

■法則その14　どうせお金は終盤になるほど余るから、序盤は使い惜しみせずにガンガン使うべし！

――ねえ、お兄ちゃん！　知ってる⁉　ＲＰＧではお金は終盤になるほど余るからね。序盤から貯《た》めておく必要はないよ！　必要な時にガンガン使ったほうがいいんだよ！

*

ＲＰＧのイベントでは『選択肢』がつきものだ。しかしたいていの場合、選択肢の一つは選びたくても選べない仕様になっている。つまり『選択肢』とはあってないようなものなのだ。

ここボーリップで『船を手に入れる』というイベントも同じ。

造船所の若い主人、リベランコが『選択肢』をつきつけてきた。

「船が欲しいんですか？　今すぐにお渡しできる船なら１万ベルになります。もしお支払いできないなら、私の頼みを聞いていただければお値引してもよいのですが……」

彼の言う『1万ベル』は普通に旅をしていれば、絶対に手に入れることができない大金だ。すなわちここでは、このひょろっとして眼鏡をかけた色の白い青年の頼み事を聞いてやるしかないわけである。

だが『キープ・キリング』をプレイした俺は知っていた。

彼の頼み事がとてつもなくめんどくさいことを……。

それは想いを寄せる若い女性、アニタに手紙を届けること。だが彼女はボーリップにはいない。なんと『はじまりの町』ノルマールにいるのだ。幼い頃はボーリップで過ごしていたが、家の事情でノルマールへ引っ越してしまったらしい。

そこでまずはノルマールへおもむいて、その手紙をアニタへ渡す。どうやらアニタもリベランコに恋をしていたようで、とても喜ぶ。しかし彼女は重い病に冒されていることがその時に分かる。

それをボーリップに戻ってからリベランコに伝えると、今度は彼女のために、病気を治すと伝わる『ゴールデン・リリー』という金色に輝く百合《ゆり》の花を採取してきてほしいと頼まれる。『ゴールデン・リリー』が町の外れにある『まどわしの洞窟』に咲いていることを、博物館で教えてもらってからその洞窟へおもむく。

そこで花を手に入れたら、再びノルマールにいるアニタに渡しにいくのだが、到着した前日に彼女は他界していたのである。

それを知ったリベランコは嘆き悲しみ、町を去ってどこかへ行ってしまう。幼い頃アニタと二人でよく遊んでいた『まどわしの洞窟』ではないかと彼の母親から聞き出し、そこへ向かう。すると彼は洞窟に潜んでいた悪魔によってモンスターにされてしまっていたのだ。

いったん町に戻ってそのことを彼の母親に報告すると、モンスターになったリベランコと悪魔を討ち果たしてほしいと、涙ながらに頼まれる。

再び洞窟に戻り、リベランコと悪魔を討伐。そうしてリベランコが大事にしていた船を、形見として彼の母親から譲り受ける——という流れだ。


何度もノルマール、ボーリップ、洞窟を行き来させられるうえ、挙げ句の果てには誰も幸せにならないという胸くそ悪いイベントだ。

しかも一つでも手順を間違えれば、船を手に入れることがかなわなくなってしまい、強制的に『全滅フラグ』が立つという残酷な仕様となっている。

つまりこのイベントを手っ取り早くクリアするには、朝焼けの塔で稼いだ1万ベルを使ってしまうに限るのだ。


——RPGではお金は終盤になるほど余るからね。序盤から貯めておく必要はないよ！　必要な時にガンガン使ったほうがいいんだよ！


ミカもそう言ってたしな。それにイベントの途中でまた魔王に邪魔されたら、今度こそ『全滅フラグ』が立ちかねない。

そのことをアルメーヌたちに食堂で説明していた俺は、ちゅうちょなくお金を取り出した。

「はい、これが1万ベルだ」

「え？　まさか払ってくれるんですか？」

「当然だ。そのために差し出したんだから」

「そ、そうですか……」

何のためらいもなく大金が出てくると思っていなかったのだろう。明らかに戸惑っている。だが俺は彼の反応など意に介さずに話を進めた。

「船の準備が整うまでどれくらいかかる？　船乗りも用意してくれると助かる」

「え、あ、はい。ええっと……。明日には出航できるようにしておきます。……待っている間にこれをノルマールにいるアニタという女性に届けてくれませんでしょうか……？」

彼は恐る恐る懐から手紙を取り出す。どうしても頼み事を聞き入れてほしいようだな。

でもゲームをしていた時から不思議に思っていたことがある。それを聞いてみることにした。

「なぜ自分で渡しに行かないんだ？」

「町の外はモンスターがうろついているんですよね？　怖くて外に出られません。私は弱いから……。どうかお願いいたします！　大事な人なんです！」

なるほどな。彼に町を出る『勇気』がなかったために、全員が不幸な結末を迎えることになるわけか。

懸命に頭を下げるリベランコに対して、俺は冷たく言い放った。

「悪いがあんたの頼みを聞くつもりはない」

「そうですか……。すみませんでした。無理を言って」

しょげる彼の様子に胸がチクリと痛む。

だが心を鬼にして彼を突き放した。

「いいんだ。それより早く準備に取り掛かってくれないか」

「あ、はい」

俺に気圧《けお》されたリベランコがトボトボと船着き場へ向かっていく。

その寂しそうな背中を見ながら、萌香が口を尖らせた。

「先生！　届け物くらいならお安い御用だと思うんですけど」

「ここからノルマールまでは往復で四日はかかるからな。俺たちにはこれ以上遠回りしている時間なんてない」

俺は真剣な表情で萌香を見た。すると彼女は何かに気づいたように目を丸くした後、顔を曇らせ、言葉を濁した。

「そうですよね……。ミカちゃんのためにも……」

これで確信した。彼女が『俺を探していた』と言った理由。

彼女も『あの画面』を見たのだ――。だがその話はまた今度じっくり聞くとしよう。

今はすべきことがあるからな。

俺たちは造船所を離れ、今夜泊まる予定となっている宿のほうへ向かった。

ところが俺は宿の前までやってきても足を止めなかったのである。

「翔太？　どこへ行くの？」

「ちょっと用事を思いついたんだ。まどわしの洞窟まで行ってくる」

勘のいいアルメーヌはその目的に気づいたようだ。

「ふふ。ちょっと興味があったのよね。金色に輝く百合に」

彼女はひょいっと軽い足取りで俺の隣に並んだ。すると背後から萌香の声が聞こえてきた。

「先生！　私も行きます！　洞窟に潜む悪魔を放置しておくわけにはいきませんもの！」

俺はちらりと怜音を見た。その視線に気づいた彼は背を丸めて目を伏せる。

「ぼ、僕はここで待ってるよ……。武器も持てないし、足手まといになるだけだから……」

俺、萌香、アルメーヌの三人が顔を見合わせる。目の前に進んでいった萌香がフォローする前に怜音は背を向けて言った。

「まどわしの洞窟に住む悪魔は『ドルイド』といって、幻惑の魔法を使って混乱させてくるんだ。だから万が一その魔法にかかりそうになったら、『気付け薬』を嗅ぐといいよ。それからドルイドの魔法を封じるには『魔封じの粉』を振りかけるといいんだ。しばらく経ったら魔法が使えなくなるアイテムだよ。ぼ、僕のリュックには『気付け薬』と『魔封じの粉』がいっぱい入っているから好きなだけ持っていって」

なおも何か声をかけようとする萌香の肩にぽんと手をのせた俺は、彼女と目を合わせた後、小さく首を横に振った。

「ありがとう。遠慮なく『気付け薬』と『魔封じの粉』を使わせてもらうよ」

怜音のリュックからアイテムを取り出した後、彼の頭をくしゃりとなでた。

「すぐに帰ってくるからな。大人しく待っててくれ」

そう告げて宿の前から立ち去った。

一羽のカモメが優雅に青空を舞っている。

その下を俺たちはひとかたまりになって進んでいったのだった。

*

俺は昔からバッドエンドの物語が嫌いだ。多少ご都合主義であったとしても、ハッピーエンドのほうが読み終えた後の爽快感が違うからな。

だからこの世界で起こることも、できる限りハッピーエンドにしたいと思ってる。

ミカ。当然お前のことも同じだ。絶対にハッピーな結末にしてみせる。

それだけは譲れないんだ——。


リベランコに船と船乗りの手配を頼んだ翌日の早朝。雲一つない空に朝日が眩しく輝くなか、俺たちは四人揃って再び彼のもとを訪れた。

「準備が整いましたよ。船乗りも全員揃っております！　いつでも出航できます」

笑顔で俺たちを迎えてくれた彼に対し、ぺこりと頭を下げた。

「そうか。ありがとう。急がせた礼にこれを受け取ってほしい」

俺はそう告げるなり後方に控えていたアルメーヌを呼んだ。

そして彼女が、両手で持っていた花を差し出した。

「これは……」

朝日を浴びてきらきらと黄金色に光る大きな花を前に、リベランコが目を丸くする。

俺は穏やかな声で言った。

「重い病気でも治すと言われている『ゴールデン・リリー』だ」

「どうして私に？」

「これを持ってノルマールへ行くんだ。この町には傭兵がいると聞いた。５００ベルもあれば腕のいい用心棒を雇えるだろ」

しばらくキョトンとした表情で俺とゴールデン・リリーを見比べていたリベランコだったが、突然はっとした顔になって詰め寄ってきた。

「ノルマール……。アニタに会いに行けと、言いたいのですか？　もしかして彼女は病気なんですか⁉　どうして彼女のことをあなたが知っているのですか⁉」

色白の顔を真っ赤にさせて興奮している彼に対し、俺は淡々とした口調で答えた。

「悪いがいちいち質問に答えるつもりはない。彼女に会いに行くか、行かないか。決めるのはあんた次第さ」

「むふふ。１万ベルも手に入れたんだから、彼女をこっちに連れてきて一緒に暮らせばいいと思うわ。きっと喜んでくれるわよ！」

「まどわしの洞窟も安全になりましたしね！　だからデートだってできますよ！　洞窟の中ってとても神秘的でロマンチックですよねー。うふふ」

アルメーヌと萌香の二人がニタニタしながらちゃちゃを入れてくる。

口を閉じて目を白黒させるリベランコ。だがまだ腰が引けているようだ。

そこで俺はかんで含めるようにゆっくりと告げた。

「確かに外はモンスターがうろついているから、怖がる気持ちはよく分かる。けどな、俺思うんだ。どんな人でも人生で一度くらいは勇気を振り絞らなきゃなんねえ時があるってな。余計なお節介かもしれないが、今のお前さんはその時だと思う」

「勇気を振り絞る時……」

リベランコは口を半開きにして目を見開いている。俺はぐっと腹に力を込めて言った。


「バッドエンドを嘆きたくなければ、自分の手でハッピーエンドをつかみにいくんだ」


彼の表情が引き締まってきたのを確認した後、俺はみんなを引き連れて船のほうへ歩きだした。

「ありがとうございます！　この花を持ってアニタに会いに行ってきます！　そしてもし彼女が重い病に冒されていたなら、ノルマールに現れたという噂の名医に診てもらおうと思います！　みなさんも頑張って！　応援しております‼」

水平線の向こう側にも届きそうなくらいの大きな声が背中に突き刺さる。

俺は振り返らずに右の拳を突き上げた。

頑張れよ、と思いを込めて——。

*

その日の夕方。夕食を終えた後、俺は萌香を誘って船べりまでやってきた。

　水平線に沈みゆく太陽を背に、萌香が首をかしげた。

「先生、どうしたんですか？」

「ちょっと話があってな」

「話ですか……。んなっ！　も、もしかして、こ、こんなところで⁉　で、でもいいですよ。私、心の準備はできてますから」

　なぜか頬を赤らめて尻尾を勢いよく振っている萌香。

　そんな彼女に対して、俺は普段通りの口調で告げた。

「教えてほしいんだ。『あの日』萌香が何を見たのかを」

「へ？　あの日……って、もしかしてミカちゃんの誕生会の日のことですか？」

　期待外れの言葉だったからか、それとも思い出したくないことを思い出してしまったからなのかは分からないが、彼女の耳がしゅんと垂れる。

　俺は彼女の肩をつかんで続けた。

「頼む。俺もあの日に何があったのか話すから！」

　俺の気迫に押されるように萌香はこくこくと首を縦に振っている。

「わ、分かりました。お話しします！」

　俺はそっと彼女の肩から手を離した。

「助かるよ。驚かせてすまなかったな」

「いえ、いいんです。でもどうしてなんですか？」

　俺は水平線に視線を移した。沈みかけた太陽が別れを惜しむように、最後の輝きを放っている。

その光を全身で感じながら、一度深呼吸をした。

そして完全に空が紫色に変わったところで、彼女の問いに答えたのだった。

「はっきりさせておきたいんだ。ミカをこの世界に連れ去ったのは誰だったのかを」

■法則その15　海に出現するイカのモンスターはやたら強い

――ねえ、お兄ちゃん！　知ってる!?　ＲＰＧでは船旅がつきものだけど、海に出現するイカのモンスターはやたら強い場合が多いからね！　攻撃力が高かったり、十本の足で連続攻撃してきたり……。特に船を手に入れたばかりの時は絶対に遭遇したらダメだよ！　すぐに全滅しちゃうんだから！

＊

「ウソ……。アルメーヌちゃんはアニメの世界から現実世界にやってきたというのですか？　そんなこと信じられません！」

ミカの入院中に俺がアニメ『キープ・キリング』の世界へ飛ばされたこと。その世界で最後まで生き延びて、クライヴの陰謀を打ち破ったこと。さらにアニメの世界から帰ってきた後に、アルメーヌが現実世界にやってきたこと……。

これらを萌香にこと細かく話したが、予想通りにまったく信じてはくれなかった。

どう説明しようかと思案していると、彼女は不審そうな顔でたずねてきた。

「ちなみに先生はどんなキャラだったんですか？」

「ん？　イルッカって男だよ。まあ、知らねえよな。第一話であっさり殺されるモブキャラなんだから」

「んなっ！」

耳をぴょこんと立てた萌香は、次の瞬間にはニヤニヤしながらつぶやきだした。

「先生が推しキャラのイルッカだったなんて……。私が人気投票で彼に一票を投じた時に、同僚のユカリちゃんは『ええーっ、なんでそんな冴えないおっさんがいいのぉ？』って不思議がってたけど、私の目に狂いはなかったということね。先生がイルッカ……。なら納得よね。うふふ」

「萌香？」

「な、なんでもありません！」

ふさふさの尻尾で口元を隠した彼女は、上目遣いで俺を見ながら続けた。

「……もし先生の話が本当だとして、今回のことと何の関係があるんですか？」

どうやら少しは信じる気になってくれたみたいだな。

俺は小さくため息をついてから答えた。

「その関係を確かめるために、俺たちがこの世界に飛ばされてきた経緯を確認しておきたいんだ」

「そうですか……。分かりました」

「ありがとう。じゃあ、まずは俺から話すぞ。あれはミカが退院する数日前のことだったな――」

――クライヴがヴァンパイアとして復活したわ。あなたとミカの命を狙うためにね。

*

そうアルメーヌに告げられた時は、俺だって信じられなかったさ。

彼女いわく『ヴァンパイアにかまれて死んだ者はヴァンパイアになって復活する』らしいんだが、それも初耳だった。

だがこの時点で『いったい誰がクライヴなのか』、アルメーヌですら知らなかったんだ。

「正体が分かるまではミカの退院を延ばしたほうがいい。そうすればあなたも私もそばにいてあげられるから」という彼女の申し出を、俺は断った。

病気を克服した人をいつまでも入院させておくわけにはいかないし、何よりもミカは新学期から高校に通えるのをずっと楽しみにしてたんだぜ。

胸もとに大きなリボンをつけ、深緑のブレザーとチェック柄のスカートの制服に身を包み、仲良しの友達と楽しく過ごしたい――。他の人にはありふれた日常かもしれない。でも大病を患ったミカにしてみれば、とても大切な夢だったんだ。そんな夢を壊すことなんて俺にはできるはずがなかったんだよ。

そうしてミカは無事に退院して、新たな生活が始まった。

すぐに友達ができたって喜んでいたな。

「ナナちゃんはね、転校生なんだよ！　私も同じようなものだからすぐに意気投合しちゃったの！　ねえ見て！　お揃《そろ》いでシルバーのブレスレットを買ったの！」

シンプルなデザインのブレスレットを俺に見せた時のミカの顔は、青空に輝く真夏の太陽のように眩しかった。

そのナナとは一度だけ顔を合わせたことがある。

ミカと二人で俺が働いている病院に差し入れを持ってきてくれた時だ。ちょうどアルメーヌ、萌香、怜音、松下先生の四人もその場にいたんだっけ。

モデルのように背の高い子で、口元にある小さなほくろが特徴の綺麗な顔立ち。

さらに女子高生には思えないほど大人っぽくてしっかりしているのが印象的だった。

「はじめまして。有田《ありた》と申します。ミカさんと仲良くさせていただいております。これからよろしくお願いします」

挨拶の後も親しげに話しかけてきたな。

アルメーヌはそれが面白くなかったのか、

「私、あの子苦手だわ」

とナナに向ける視線がやけに冷たかったのを覚えている。

だがアルメーヌがどんな感情を抱こうとも、しっかり者のナナがミカの親友でいてくれるのはありがたい、そう思えたのだ。

最後はナナが怜音のスマホで俺たちの集合写真を撮って解散した。わずか十分足らずだったけど、すごく楽しいひとときだったのを覚えているよ。

ミカが退院してから二ヵ月は何の問題もなく平穏な日々が続いた。

クライヴのことが頭から消えた時もあるくらいだったよ。

だがそれは十月半ばの日曜のこと。

この日はミカの誕生会で、俺の暮らすワンルームマンションが開催場所だった。

誕生日プレゼントを買いに都心まで出た俺とアルメーヌは、夕日が空をオレンジ色に染める中、家路を急いでいた。

「ミカとナナの二人はもう部屋の中にいるそうだ。合鍵を渡しておいてよかったよ」

「翔太がプレゼントを選ぶのに時間をかけすぎたのがいけないのよ！」

「それを言うならお前だってランチをのんびり食べてたじゃないか。しっかりデザートと食後のコーヒーまでつけて」

「だって！　せっかく二人っきりだったから……ってもういいわ。ところでケーキを六つも買ってたけど、私たちの他に誰がくるの？」

「山本さんとタケシが夜からきてくれるらしい」

「ふーん、そうなんだ。それは賑《にぎ》やかになりそうね。ところで翔太お気に入りの松下先生は？」

「先生は学会でその後は懇親会に参加しないといけないみたいで、こられないそうだ」

「翔太お気に入りってくだりを否定しないんだ。ふーん」

「なんだ？　すねてるのか？」

「すねてなんかないもん！　バカ、バーカ！」

他愛もない会話をしているうちに部屋に到着する。そして何も考えずにドアを開けた。

しかし声がまったく聞こえない……。

いつもならケラケラと大笑いするミカの声が耳に飛び込んでくるはずなのに……。

「ミカ？」

部屋に明かりはついている。玄関にはミカとナナの靴。それから二人のバッグが床に並んで置かれていることだけは確認できる。しかし肝心の彼女たちの姿は見えない。

嫌な予感がぶわっと胸の中に広がる。急いで靴を脱ぎ部屋の中に転がり込んだ。

「ミカ！」

大きな声をあげたものの、俺はまだ心の隅で期待していた。

——あはは！　ビックリした!?　どっきり作戦大成功だよ！

ミカが満面の笑みを向けてくれるのを……。

しかし淡い期待はその光景を目にしたとたんにもろくも崩れ去った。

部屋の隅でミカはこうべを垂れ、腕をだらりと投げ出しながら、壁にぐったりと寄りかかっていたのである——。

「ミカ……？」

俺の呼びかけにもまったくの無反応でピクリとも動かない。

「ミカ！　おい、ミカ！　目を覚ませって！　ミカァァァ!!」

俺は彼女の両肩を強く握って揺すった。しかしミカは糸の切れた操り人形のように、俺にされるがままがくがくと揺れている。

そこにアルメーヌの高い声が響いてきた。

「ナナがどこにもいないわ！」

「トイレと風呂場は確認したのか⁉」

「もちろんよ！」

俺とアルメーヌは顔を見合わせた。

こわばった表情と青白い顔色からして、恐らく考えていることは同じだろう。


——ナナがミカになにかしたのか⁉


グワンと脳みそを揺らされたかのような衝撃を覚え、思わず目をつむる。

焦り、怒り、悲しみ、困惑——。様々な感情が俺の中で暴走していた。

しかしどんな時でも冷静に対処するよう、松下先生から叩き込まれたため、次の瞬間には体が勝手に理性的な行動を取っていた。

「何よりも優先すべきはミカの容体を確かめることだ」

荒くなった呼吸を整えた後、ミカの手首に指を当てる。

——頼む……！

俺の祈りが通じたのか、かすかな鼓動が人差し指を通じて伝わってきた。

腹の底から興奮が沸き上がるのを抑えられない。

それでも努めて冷静な口調で言ったのは、松下先生がそばで見てくれているような錯覚があったからだ。

「……脈がある。それに弱々しいが呼吸もしている」

アルメーヌが喜びを爆発させた。

「じゃあ、生きてるってことね！」

「ああ。外傷は見当たらない。首筋も……かまれてないな。となると何らかの理由で意識を失ったのだろう。よし、とりあえずベッドで寝かせよう。アルメーヌ、足を持ってくれ」

「うん！」

ミカの背後に回って両脇から腕を通す。

そしてアルメーヌが彼女の両足首を持ったのを確認してから声を出した。

「せーの！」

ミカの軽い体がふわりと持ち上がる。

……と、その時。

――ボトッ……。

彼女の手にあったスマホが床に落ちたのだ。

直後にスリープモードに入っていた画面が明るくなる。

しかしとっさに違和感を覚えた。

「ん？　誰のスマホだ？　しかもロック画面じゃないのか？」

俺はミカをベッドに寝かせた後、落ちたスマホを手に取った。どこかで見覚えがある気がするが、少なくともミカのものではない。スマホケースや余計な装飾もないシルバーのシンプルなスマホだ。

俺はそのスマホの画面に目を奪われた。黒い背景に『キープ・キリング』と書かれた白い文字。

だが見慣れたスタート画面ではなかったのだ。

「『魔王再生の章』……？　そんなサブタイトル見たことがないぞ」

長らくリリースされていない新章なのか？

恐る恐る画面をスワイプさせてみると、真っ赤な血の文字が浮かび上がってきたのだった。


『私は魔王。大事な人を助けたければ古城までこい』


その字の真下には『ゲーム・スタート』のボタン。

ためらう理由などあるわけがない。

消えたナナの正体なんて関係ない。

今はただミカを助けたい！


ボタンをタップしたとたんに遠のく意識。

しばらくして覚醒した俺の鼓膜を震わせたのは、

「あら？　ようやくお目覚め？」

アルメーヌの声だったんだ——。

＊

「なるほど。これでようやく理解できました。私とタケシくんが部屋に入った時に、先生とミカちゃんがピクリとも動かなかった理由が。先生たちはもうこの世界にいたんですね。私ビックリして思わず松下先生へ電話しちゃったんですよ。先生は『すぐにそっちへ行くから、待ってなさい』って。でもあのスマホの画面が目に入ったとたん、無意識のうちにボタンをタップしてました。だって『大事な人を助けたければ』って書かれていたのですもの！」

　興奮気味にまくしたてる萌香に対し、俺は淡々とした口調で問いかけた。

「なあ、萌香たちが俺の部屋に入った時に、その場で意識を失っていたのは俺とミカ、その他に誰かいたか？」

「へっ？　ええっと……。いえ、お二人以外は誰もいませんでしたよ」

　その答えは、野球のバッターの立場で言えば、ど真ん中に放られたスローボールのように、俺が待ち望んでいたもので、思わず歓喜の大声が口から飛び出した。

「やはりそうだったのか！」

　俺が突然大きな声をあげたものだから、萌香がビクリと肩を震わせた。

「ど、どうしたんですか⁉」

「あ、いや、すまん。でもおかげではっきりしたことがあったんだ」

「はっきりしたこと？」

　俺は咳《せき》ばらいを一つした後、船べりの手すりに手をかけて空を見上げた。

満天の星。流れ星が二つ落ちるのをとらえたところで、萌香の疑問に答えた。

「あの部屋から忽然《こつぜん》と姿を消したのは『二人』いた……」

「あっ！　もしかしてアルメーヌちゃんとナナちゃんですか⁉」

俺は萌香に視線を戻した。そして小さく口角を上げながら答えた。

「その通りだ。つまりアルメーヌとナナには『何らかの共通点』があるはず」

「それってもしかして……」

「二人とも『キープ・キリング』の世界からやってきた――。そう考えるのが自然だろうな。そしてアルメーヌがここにいるように、ナナもまたこの世界のどこかにいるのではないかと思ってる」

俺の表情が硬くなるにつれて、萌香の顔も厳しさが増す。

「やはりナナちゃんがクライヴなのでしょうか。しかも魔王ということ？　そういえばヘル・キメラに話しかけていた時の魔王の声は、ナナちゃんの声に似ていたような……」

「それはまだ分からない。だが状況からしてその線はかなり濃厚だ」

「もしそうなら早く助けなくちゃ！　ミカちゃんが危ない！」

萌香が拳を握りしめて詰め寄ってきた。

俺は大きく息を吐いた後、なるべく落ち着いた声で言った。

「焦って無茶をしたらそれこそヤツの思うつぼだ。たとえばこの船の航路も次の目的地に向かうには大海原を突っ切ったほうが早い。でもそうすると『イカ』のモンスターに襲われてしまう。『船を手に入れたばかりの時はイカのモンスターに遭遇しちゃダメ』ってミカも言ってたしな。だから遠回りでも、海岸沿いを進むルートで航行するのが正解ってことだ。浅瀬ならばヤツは出てこないし、いざとなれば近くの港に逃げ込めるしな」

「そうですよね。焦っても仕方ないですものね。うん！　私、先生に従って頑張ります！」

ふんすと鼻息を荒くしながら気合いを入れた萌香を見て、俺はニコリと微笑んだ。

……だが、ほっと心がなごんだのもつかの間、すぐその後に全身が凍り付いてしまうことになるなんて、思いもよらなかったのである。

それは萌香の一言から始まった――。


「あれ？　さっき先生は『海岸沿いを進むルート』って言ってましたよね？」

「ああ、それがどうかしたか？」

「え？　でも海岸はずっと遠くに見えてますけど……」

「はあっ!?」

しまった！　大海原をずっと見ていて、海岸のほうをまったく確認していなかったことに今になって気づくとは！

急いで振り返ってみたものの、大陸の黒い影ははるか彼方にあるではないか。

「まずい！」

俺は操舵室《そうだしつ》のほうへ視線を移した。そこにはボーリップで雇った船乗りがいるはずだ。

しかし飛び込んできた光景に目を疑った。

なんと船乗りの帽子をかぶったアルメーヌが、得意顔で舵《かじ》を握っているではないか。その隣には怜音もいる……。

「あいつら！」

慌ててその場を離れ、操舵室へ駆け込む。そしてアルメーヌの帽子を奪い取った。

「ちょっと！　何するのよ！」

「何する、はこっちのセリフだ！　なんでお前が舵を取ってるんだ!?　しかもルートを勝手に変えやがって！」

「だってせっかく船に乗ったんだから、船長の気分を味わいたかったし。それにこっちのほうが近くて早いってレオンが言ってたもん！」

俺はちらりと怜音に目をやった。彼は今にも泣きだしそうな表情でうつむいている。

「ごめんなさい。僕がアルメーヌお姉ちゃんにルートを教えたんだ。ゲームでやったことあったから……」

「大海原は危険だから止めたほうがいいってミカから教わっただろ？」

「だ、大丈夫だよ！　僕はモンスターに遭遇しないルートを見つけたんだ！」

彼は分かっていないのだ。この世界の魔王は容赦なく、俺たちに『全滅フラグ』を立てようとしていることを……。

「アルメーヌ、そこをどけ」

俺はアルメーヌから舵を奪おうと試みる。しかし彼女はむくれ顔で拒んできた。

「嫌よ！　翔太は萌香と二人で楽しそうだったじゃない！　だから私のことなんて放っておけばいいの！」

「お前……。まさかすねてるのか？」

「すねてなんかないもん！　バカ、バーカ！」

意地になっているアルメーヌは舵から手を離そうとしない。だがここで引けばイカのモンスターに遭遇するのは時間の問題だ。俺は航路を変えようと強引に舵を握った。

……と、その時だった。

「きゃあああああ！」

甲板から萌香の叫び声が響いてきたのだ。ほぼ同時にアルメーヌが前方を指さした。

「ねえ、見て！　巨大なイカのモンスターよ！」

「あ、あれはクラーケンだ！　どうして⁉　クラーケンは本編をクリアした後のサブイベント、『海底神殿救出戦』にしか出てこないってミカお姉ちゃんが言ってたはずなのに！　あわわ……。僕たちじゃ絶対にかなわないよ」

どうりで見たことがないはずだ。俺は本編をクリアした後に発生するイベントをプレイしていないからな。

ヤツのレベルは85。

まじか……。

本編をクリアしたプレイヤーの平均レベルは70ってミカから聞いたことあるぞ。現に俺がクリアした時のレベルは75だった。魔王のヤツめ。自分よりも強力なモンスターをこの海に解き放ったというのか⁉

ちなみに俺とアルメーヌのレベルは30ちょうど。怜音は27で萌香は29だ。クラーケンとのレベル差は50以上ある。

「やりすぎにもほどがあるだろ？　魔王さんよぉ」

怜音の言う通りに今の俺たちではかなわない。

どうしたらいいんだ……。眠りこけていた船乗りたちが寝室を飛び出して慌てふためく中、俺は深呼吸をしながら目をつむったのだった。

■法則その16　絶対にかなわない敵に武器を向けた時点で死亡フラグが確定する

真っ暗闇の中でミカの声が聞こえてきた。

――ゲームやっていつも不思議に思うんだけど、船って絶対に壊れないよね。あれだけ容赦なくモンスターが襲ってきてもさ。

つまり船の中は安全。だから全員を船内に待機させればよい。モンスターが現れたらわざわざ戦いを挑みに甲板まで出るから危険なのだ――。そういうことだな？　ミカ！

「それだ！　アルメーヌ！　そのまま舵を取れ！　全速前進だ！」

彼女の返事を待たずに、俺は怜音のほうを向いて言った。

「俺は萌香をここに連れてくる。船の中までモンスターは攻撃できないはずだから。レオンくん、俺と一緒に萌香を助けにいってくれるかい？　君の特殊能力は『重い荷物を抱えても移動スピードが変わらない』ところだ。万が一、萌香が動けなくなったら君が彼女を担いでここまで走るんだ。

その間は俺がクラーケンを抑え込むから」

怜音はうつむきながら首を横に振る。

「怖い……。僕には無理だよ……」

震えながら必死に拒否する彼を前にして、唇をかみしめる。だが無理強いはできない。

「分かった。じゃあ、一つだけ聞いていいかな？　クラーケンの特徴を教えてほしい」

怜音はこくりとうなずいた後、ボソリボソリとつぶやきだした。

「ええっと……。クラーケンの攻撃は常に二回。左右から、長い足を活かして周囲を巻き込む攻撃をしてくるんだ。足は十本あるけど、攻撃に利用してくるのは左右の二本だけ。あとは……雷の魔法に弱い。それから……すごく家族思いで兄弟や子どもを守るためなら自分が死んでもかまわないとまで……」

「よし、そこまででいい。ありがとな！」

俺はくしゃりと怜音の頭をなでた。彼の青白い頬にわずかだが血色が戻る。

「ここで大人しくしているんだ。いいね？」

彼がうなずいたのを確認した後、操舵室を飛び出した。まず目に飛び込んできたのは、クラーケンだ。その姿は都心の路地裏にある五階建てくらいの雑居ビルのような細長い形をしている。その目はちょうどビルの三階くらいの高さにあり、ディズニーシーの入り口にある巨大な地球儀くらいの大きさで、俺たちのことをぎょろりと睨《にら》みつけた。

だが俺の注意はクラーケンにはまったくなく、小さな体を必死に丸めながら身を固めている萌香だけに向けられていた。

「萌香！　そこでじっとしているんだ！　今助けにいくから！」

「先生！」

萌香が俺のほうを振り返る。俺は左を指さして叫んだ。

「くるぞ!!　ヤツの攻撃に備えるんだ！」

左から白い足が鞭のようにしなりながら襲ってくる。甲板全体を覆ったその攻撃は俺たちを巻き込んだ。

――バチィィィン！

頬を張られた時のような高い音が聞こえてくると共に、脳天を突き抜けるような衝撃が走る。

「まだだ！　もう一撃くるぞ！　今度は右だ！」

萌香に聞こえるように叫ぶ。その直後に再び強い衝撃に襲われた。

「うぐっ……」

前方の萌香ががくりと膝を落とす。彼女の頭上には漆黒の旗……。

「萌香ぁぁぁ！」

俺は隙を見て彼女のもとへ駆け出した。袋からポーションの瓶を取り出して口で栓を開ける。そうして彼女のそばに寄ったところで中の液体を振りまいた。

「せ……先生……」

「立てるか？」

萌香は弱々しくうなずき、ふらつきながら立ち上がる。その背中をそっと支えた。

どうやらすでに戦闘不能に陥ってしまったようで、死亡フラグは立ったまま。回復魔法すら使えなさそうだ。

この状況であと一回攻撃を食らえば、萌香は死んでしまう。ちなみにゲーム版の『キープ・キリング』で立った死亡クラグを折るためには、戦闘を終わらせるしかない。

つまり『モンスターから逃げきる』か『モンスターを倒す』のいずれかしかないのだ。

今であれば、彼女を船内に移すか、クラーケンを倒すか……。どちらも不可能だ。

絶体絶命のピンチ。この状況をどうやって脱するか。

俺が選択できるコマンドは……。

（1）攻撃する
（2）防御する
（3）逃げる
（4）アイテムを使う

シンプルだがこの四つしかない。

だがどれをとっても結果は同じだろう。すなわち萌香が死んでしまう……。

「まいったな……」

思わず弱音が漏れた。

それを聞いた萌香が耳と尻尾を垂らして瞳を潤ませる。

「せ……先生……。もういいですから……。私を置いて逃げてください……」

だが俺は即答した。

「萌香を助けにきたのに、置いて逃げるわけがないだろ。どんな結果になっても、運命を共にする以外のことは考えてねえよ」

「運命を共にする、ってつまり……。そういうことですよね。うふふ」

完全なピンチにもかかわらず、尻尾をちぎれんばかりに振っている萌香。

彼女の言う『そういうこと』が何なのかはさっぱり分からんが、元気そうでなによりだ。

これならクラーケンのみに集中できそうだな。

だがこれといった考えは浮かばない。

「しかし自分より強いモンスターを連れてくるなんて、『ありえない』だろ」

そう口に出した瞬間。一つのアイデアが脳裏をよぎったのである。

「ありえない……。そうか……。ヤツが『ありえないこと』をしてきたなら、こちらも『ありえないこと』で返せばいい」

「先生、何かいいことを思いついたんですか⁉」

萌香の問いかけに、奈落の底で垂れてきた一本の細い糸を目にしたかのような、乾いた笑みがこぼれる。

「よく思い出してみろ。萌香たちが『可愛い』と褒めたらドヤ顔したウサギ。王妃を言葉巧みにたぶらかしたゲブン。魔王の言い聞かせにうなずいたヘル・キメラ。そして俺の挑発に乗ってきたストーンゴーレム――」

「あっ！　つまりこの世界のモンスターは『言葉が分かる』ということですか⁉」

俺は小さくうなずいた。

「いちかばちかだ。『説得する』という『ありえない』コマンドに賭けてみようじゃねえか」

萌香を背にしながら一歩前に踏み出した俺は、短剣を腰の鞘にしまってからクラーケンと向き合った。

吸い込まれそうな黒い瞳が俺に向けられる。膝とあごがガクガクと震えそうなほどの威圧感を覚えた。だがここでたじろぐわけにはいかない。

あきらめるものか！　俺は絶対に『全滅フラグ』を回避してみせる！

「なあ、クラーケン！　聞いてくれ！　俺たちはお前さんを傷つけるつもりはない。それはお前さんの家族や仲間に対しても同じだ。だから俺たちが戦う理由はない！　違うか⁉」


さあ、言葉が通じるか――。

無言での睨《にら》み合いが続く……。

するとしばらくしたところで、クラーケンは振り上げていた左右の脚を少しだけ下げて、攻撃のかまえを解いたのだ。

よし！　通じたぞ！

心の中で喜びの声をあげたが、まだ終わりじゃない。その証にクラーケンの全身から発せられる殺気はまったく変わらない。

おおかた「最期の言葉くらいは聞いてやる」と慈悲を与えてやった、くらいな気持ちなんだろうな。だがそれでいい。俺だってこれからが勝負だと思ってるからな。

次はヤツの弱点をつくんだ！

――すごく家族思いで兄弟や子どもを守るためなら自分が死んでもかまわないとまで……。

怜音の言葉を信じて！

俺はありったけの大声をあげた。


「俺はこの世界の住人ではない。たったひとりの妹が魔王にさらわれてしまったからここにやってきたんだ。後ろの二人はそんな俺を助けてくれている仲間さ。お前さんなら分かるだろ？　大事な家族を失った悲しみと苦しさが！　だから頼む！　ここを通してくれ！　俺は一刻も早く取り返したいだけなんだよ！　妹の笑顔を！」


そう言いきった後、場は静まり返った。波の音だけがあたりに響いている。

相変わらずクラーケンの脚は高く上がったままだ。殺気も解かれていない。

失敗だったのか……。

そう観念しかけた時、さらに事態が悪いほうへ向かうことになろうとは――。

「せ、先生……。あれは……」

「くそったれが……」

なんと進行方向の海面を無数のモンスターが埋め尽くしているではないか……。

一斉にこちらに向かって突撃してくる。中でもブルー・サハギンというサメ型の半魚人のモンスターは泳ぎが速く、十体がひとかたまりとなってすぐ目の前まで迫ってきた。

俺は再び短剣を抜いてかまえる。

「おもしれえ……。俺は絶対にあきらめねえぞ。ミカが俺を待ってるんだ。たった一人でな。それにこたえてやるのが兄としての俺のつとめだ！」

「私も戦います！」

萌香も武器をかまえた。もう戦える体じゃないのにな。

「ありがとう。お前さんの勇気に感謝するぜ」

「先生、水臭いですよ！　私たちは運命を共にするんですもの！」

彼女の引き締まった表情を見て、自然と笑みがこぼれる。

「そうか……。俺は萌香とパーティーを組めたことを誇りに思うぜ。さあ、見せてやろうぜ。俺たちの悪《わる》足《あ》掻《が》きってやつを！」

そう悲壮な決意で言葉を絞り出した時だった。

背後から美しい絹のようになめらかで濁りのない声が響き渡ったのである。

「ふふ。翔太、ひどいわ。私をのけ者にするなんて」

俺たちは一斉に振り返った。

するとそこには妖艶な微笑をたずさえたアルメーヌがたたずんでいたのだ。

「アルメーヌ……。なぜだ？」

「なにが？」

「なぜ目を赤く光らせているんだ⁉　それにヴァンパイアの大きな鎌まで持って……」

「ふふ、決まってるでしょ。漆黒の旗を立てた者の命を刈り取るためよ」

ちらりと横にいる萌香を見る。彼女の頭上には死亡フラグが勢いよくはためいている。

「お前まさか……」

そう俺が言いかけた瞬間には彼女は、俺たちのほうに向かって疾風のように駆けだした。

ますます口角を上げながら、彼女は鎌を大きく振りかぶる。

唖然として声すら出せない俺たち。

そうして萌香のすぐ目の前までやってきた彼女は……。

――タンッ！

空高く舞い上がったのだ――。


「ねえ、知ってるかしら？　『絶対にかなわない敵に武器を向けた時点で死亡フラグが確定する』って法則」

大きな三日月のシルエットになった彼女から声が降り注いでくる。

同時に俺の目に飛び込んできたのは驚愕の光景だった。

ブルー・サハギンたちに『死亡フラグ』が立っているではないか……。

だが驚くのはまだ早かった。

――バチィィィン！

なんとクラーケンの左足がブルー・サハギンの群れを吹き飛ばしたのだ。

「ギャアアアア！」

「グゲエエエ！」

いつの間にか彼らの頭上には死亡フラグが立っていた。

だがクラーケンの連続攻撃は容赦なく、もう一度彼らの柔らかそうな腹に炸裂した。

——バチィィィン！

そこに振り下ろされる必殺の鎌。

——ザンッ！

冷酷な音と共に黒い海面がブルー・サハギンたちの血でさらに色を濃くする。

「ふふ。まだまだ始まったばかりよ。勝利の舞踏会は——」

クラーケンの脚の一本に降り立ったアルメーヌは鎌を持ったまま、ひらりと一回転した。

スカートがふわりと大きく膨らみ、艶《つや》やかな髪が星空に映える。

その後はまるで幻覚を見ているかのようだった。

クラーケンが無数のモンスターの群れを一方的に蹂躙《じゅうりん》し、自由自在に海の上を踊るアルメーヌが命の火を無慈悲に消していく——。

そうして空が白み始めた頃に、海からモンスターの姿が綺麗に消えた。ただクラーケン一体を除いて……。

軽い足取りで甲板の上に舞い戻ってきたアルメーヌは何でもないようにさらりと言った。

「ここにいるクラーケンが守ってくれるみたいよ」

「どうしてそんなこと分かるんだ？」

「さあ、どうしてかしら？　自分でも不思議なんだけど、彼女の感情と心が流れ込んでくるのよ」

魔王がヘル・キメラに話しかけていた光景がふっと脳裏によぎる。

「なるほどな。モンスターと意思疎通ができるのもヴァンパイアの能力ってことか」

「となると魔王はヴァンパイアなのでしょうか……？　やっぱりナナちゃんがクライヴであり、魔王でもあるってこと？」

あごに手を当てた萌香が渋い顔をしたところで、アルメーヌが大きなあくびをした。

「ふわあぁ。朝まで運動したら眠くなっちゃったわ。この先は船乗りとクラーケンに任せて、ちょっと休もうよ」

俺は首をすくめてクラーケンの大きな瞳に目をやった。

私に任せて、と言わんばかりにまばたきをしたクラーケンに頭を下げた後、俺はみんなを引き連れて船室へと入っていったのだった。

■法則その17　マッドサイエンティストの実験台になってはならない

——ねえ、お兄ちゃん！　知ってる!?　ＲＰＧの世界ではマッドサイエンティストがよく出てくるんだけど、たいていはろくな実験結果にならないからね！　絶対に実験台になんかなっちゃダメだよ！

*

RPGの世界では様々な生業《なりわい》の人々が暮らしている。

吟遊詩人、行商人、傭兵、兵士、王様、井戸端会議にいそしむおばちゃん——。

中でもファンタジーの世界ならではの変わった人物と言えば、超科学の研究者……いわゆるマッドサイエンティストだろう。

ゲームによって異なるが、彼らは多種多様な研究をしている。

空飛ぶ船、死者をよみがえらせる薬、永久機関で動くロボットなどなど。

中にはプレイヤーに多大なる恩恵を与えてくれるものもあるが、その多くは大失敗に終わる。だが彼らに共通して言えるのは、百年に一度の大嵐でも絶対に倒れない大木のようなたくましいプライドを持っているということ。失敗の事実を受け止められない彼らは暴走し、悪魔につけいられるのが落ちだったりするんだよな。

現実世界にいたらあまりお近づきになりたくないタイプの人間であるのは確かだ。


さて、クラーケンのおかげで安全な航行を続けることができた俺たちは、次の目的地である小さな港町コンリーシに到着した。クラーケンは一時的に仲間になったという扱いだったようで、彼女が出現するモンスターをひたすら倒しまくってくれたおかげで、苦労せずにレベルは50まで上がっている。

「ありがとな。家族で仲良く暮らすんだぞ」

船を下りた俺たちは礼を言ってクラーケンと別れたのだが、それを目の当たりにした町の人々が震えあがったのは想像に難くない。

港から離れたところで、アルメーヌが横に並んできた。

「ねえ、翔太。この町の名物はイカ料理なんだってさ」

さすがの彼女でも白い目で見ただけで何を言おうとしたか気づいたようだ。

彼女はぷくっとフグのように頬を膨らませた。

「ふん！　大人しくタコ料理で我慢すればいいんでしょ！」

＊

コンリーシを出てすぐにある『青の洞窟』を抜けて次の目的地へ向かうためには、洞窟の奥の扉を開くカギとなる六桁の数字が必要だ。一回でも間違えれば扉から飛び出した炎に焼かれて即全滅となるから、数字を手に入れるイベントをクリアしなくてはならない。その流れはこうだ。

洞窟から戻った後、町の人に話を聞くと、レイモンドがその数字を知っていることが分かる。レイモンドは町一番の力持ちで、とても気立てのよい好青年だ。

彼の家におもむいたが、妹のジャネットが出迎える。彼女いわく「兄さんはここにはいない」とのこと。しかし居場所を聞いてもはぐらかされるばかりで埒《らち》が明かない。

仕方なく町で再び聞き込みをしたところ、大けがを負ったレイモンドが妹に連れられて郊外にあるオーブリーという科学者の家に入っていったのを見たという証言を得る。

何となく想像できると思うが、彼こそマッドサイエンティストだ。

彼が研究開発しているのは『サイボーグ』。つまり機械化して頑強な肉体を持った人間を作ることである。

瀕死の兄を助けたいという一心でジャネットは、マッドサイエンティストの実験台に彼を捧《ささ》げたわけだ。

プレイヤーはオーブリーに対してレイモンドに会わせてくれと頼むが、にべもなく断られてしまう。そこで自らの身をサイボーグにしてほしいと申し出ることになる。

他に選択肢はないのかよ、と思わず画面に向かってツッコミを入れた覚えがあるが、ミカいわく「ゲームなんだから怒ってもしょうがないよ」なんだそうだ……。

こうしてプレイヤーは仲間から引き離され、オーブリーの実験室に入れられる。

言うまでもなく何もせずに実験台となればゲームオーバーだ。だから彼に「宿にいる仲間たちに手紙を届けてくれ」と頼む。

しぶしぶプレイヤーの頼みを受けた彼が部屋を出た隙をついて、レイモンドを探し始める。すると実験室の奥に閉じ込められていた町の男たちを発見、その救出に成功する。彼らいわく、オーブリーは人間を無差別に殺戮《さつりく》する兵器としてサイボーグを量産していた。さらにサイボーグの軍隊を作って世界を乗っ取り、自分の有能さを知らしめようと画策していたという。

さすがはマッドサイエンティスト。魔王の存在がかすむような身勝手かつ壮大な構想を胸に抱いていたわけだ。

その後、ついにレイモンドを見つけ出すのだが、彼はすでに人の心を失ったサイボーグとなっていた。

襲いかかってくるレイモンドとの戦闘。しかもオーブリーが戻ってくるまでに決着をつけなくちゃいけないという時限つき。もしタイムオーバーとなれば即全滅だ。

サイボーグだけあってやたらタフなので非常に厳しい戦いとなるが、勝利すると彼は一瞬だけ人間の心を取り戻して、六桁の数字と共に妹へのメッセージをプレイヤーに託してこと切れる。兄からのメッセージを受け取ったジャネットは、兄の墓を守りながらひとりで静かに暮らすことになったのだった——。

だがストーリーはここで終わらない。

実験室に囚われていた男たちによって、研究のことが町中にばらされると、人々は武装してオーブリーの家に押し入り、実験室を破壊してしまう。

オーブリーは激怒し、「僕の偉大さを全員に見せつけてやる！」と地下室へ駆け込んでいく。追いかけていくプレイヤーと仲間たち。地下室は階層の分かれた迷宮と化しており、オーブリーが作ったサイボーグがモンスター代わりに行く手を阻んでくる。

やっとのことで最奥部に着くと、オーブリーの『とっておき』であるドラゴンの形をしたロボット——『ドラゴン・サイボーグ』との戦闘となる。その戦いに勝利するとドラゴン・サイボーグは大爆発を引き起こし、地下室と多くのサイボーグたちが木端《こっぱ》微塵《みじん》に……。もちろん大爆発する前に脱出できなければ全滅となるのは言うまでもない。しかもプレイヤーは正義感たっぷりに「オーブリーを助ける！」と宣言するのだからたまったものではない。彼をかばいながら、襲いかかってくるサイボーグたちを蹴散らして進まねばならないというハンデつき。

なんでこんなヤツを連れていかなきゃいけないんだよ！　と嘆く俺の横で、ミカはケラケラ笑ってたな。

ここまで来るともはや、プレイヤーは自分で自分を殺しにかかっている、としか言いようのないくらいにハードな道のりなのだ。

その後、オーブリーは立ち直れないほどのショックで病に伏せってしまう。そんな彼に回復魔法を駆使して献身的に看病したのは、唯一残った女性のサイボーグ。彼女は彼が一番はじめに作ったもので、若くして病気で死ぬところだった彼の妻ビスだった。オーブリーは彼女の天使のような姿を見て、人とサイボーグが平和に暮らせる世の中を創るために研究を始めたのだという、初心を思い出す。

病の癒えたオーブリーは、町の人々のためになる研究をしていくと心を入れ替え、人々もそんな彼を受け入れたのだった――。

とにかくこのイベントは『時間との勝負！』という場面が多くて心臓に悪い。もっと言えば初見でクリアするのが不可能なほどにシビアなのだ。「時は金なり」ということわざがあるが、ここでは「時は命なり」と言い表すのがピタリとはまる。

ミカいわく「このスリル満点な展開こそ、ファンが病みつきになるところなんだよ！」だそうだが、こうしていざ現実となれば迷惑以外の何物でもない。

特にマッドサイエンティストの実験台にならねばならないということが、俺の気を重くした。もちろん制限時間内にサイボーグとなったレイモンドを倒せば問題ないのだが、魔王がどんな横やりを入れてくるか分かったものではないからな。

　コンリーシに到着した翌朝。宿を出て洞窟へ向かう間の俺の足取りは鉛がついたように重い。そんな俺に対し、アルメーヌがさらりと言った。

「ふふ。翔太が嫌なら私が実験台になってあげてもいいよ！　サイボーグのヴァンパイアってかっこいいじゃん！」

　俺はため息交じりに声を出した。

「そういうわけにはいかんだろ」

「どうして？　はっ！　もしかして『永遠の愛』を誓った相手を危険な目にあわせたくないから⁉　ふふ、恥ずかしがらずに最初からそう言ってくれればいいのにぃ」

「バカ！　お前っ！」

　いたずらっぽく笑うアルメーヌの一方で、萌香の目が凍えるほど冷たくなっていく。

「先生……。永遠の愛ってなんですか？」

　抑揚のまったくない声。背筋に悪寒が走る。嵐の予感を鋭く察知し、無意識に弁解の言葉が口の中にたまる。だがそれが音になって俺の口から出る前に、彼女の唇が縫製工場のミシンのように勢いよく動きだした。

「説明してください！　アルメーヌちゃんはまだ十七歳なんですよ！　不純です！　不埒《ふらち》です！」

「いや、こいつはすでに百年以上生きてるぞ」

　冷静に返したが、まったく効果がなかった。萌香はますますヒートアップして耳と尻尾の毛を逆立てる。

「そういう問題じゃありません！　見た目はミカちゃんと同じじゃないですか！」

まずいな。もし『修羅場フラグ』なるものがあれば、完全に俺の頭上に立っているに違いない。

しかしなぜ萌香はこんなにも怒っているのだろうか。

確かに彼女は正義感が強くて曲がったことが大っ嫌いな性格だが、たいていのことは笑ってやり過ごすおおらかさも兼ね備えているのにな。やはり俺には女心が分からない。

「そ、それに、せ、せ、先生はアルメーヌちゃんとどういう関係……」

とそこに割り込んできたのは、怜音の高い声だった。

「ね、ねえ！　あれを見て！」

怜音が細い指で前方をさす。俺はとっさにその声に乗じた。

「ええーっ！　あれはぁぁぁっ！」

俺が大声をあげたものだから、萌香の注意が条件反射的に前方へ向けられた。

「ど、どうしたんですか!?」

彼女の様子を見て内心ほくそ笑む。

いいぞ、怜音。これからもその調子で修羅場フラグを折りまくってくれ。

俺は彼にウィンクしたが何も伝わらなかった。むしろ不審に思ったのか、見上げてきた彼はおびえた表情で眉をひそめるばかりだったのである。


さて、ピンチを脱したところで俺も前方に目をやった。するとチリチリの髪をした、おでこの広い丸眼鏡のおっさんと、黒髪で褐色の肌をした少女が並んで倒れていたのだ。

「先生！　助けないと！」

「ああ、まずは容体の確認からだ」

俺たちは彼らのもとへ急いだ。

二人を慎重に仰向けにしてから、おっさんの手首に指を当て、耳を口元に近づける。少女に対しては萌香が同じことをしていた。

「うむ。脈はあるな。呼吸も……している」

「先生。女の子のほうも同じです」

「外傷も特になし、か」

俺と萌香は目を合わせてうなずいた。そして俺が指示を出す間もなく、彼女は魔法を唱えたのだった。

「目覚めの魔法！『アラーム・マジック』！」

心地よい鐘の音があたりに響き渡り、春風を思わせるさわやかな風が通り過ぎていく。

すると……。

「う、うーん」

「ううっ」

二人とも同時に目を覚ましたのだ。予想通りに魔法で寝かされていたんだな。

いったい誰がこんなところで？

だが俺が問いかける前に、二人のほうから声をあげた。

「兄さん！　兄さんはどこ!?」

「ぼ、僕の可愛い坊やたちはどこだ？」

キョロキョロしながら狼狽《ろうばい》している二人。うすうす勘づいていたが、彼らはオーブリーとジャネットに違いない。しかしなぜ彼らが二人揃ってここにいるのか。ますます疑問がふくらむ。

だが相手に質問する前にこちらから自己紹介をすべきだろう。

――初対面の患者さんに不信感を抱かせたらダメだよ。だから相手の嫌がる言動は絶対に慎むことだ。

松下先生もそう言ってたしな。二人の素性を知っていたとしても、それを隠しておくべきだ。

そんな風に考えを巡らせている隙に、アルメーヌが俺の脇からぐいっと顔を突き出してきた。そしてとんでもない爆弾を放り投げたのだ。

「ねえ、もしかして、あなたが町の人たちの目をごまかしてサイボーグの軍団を作り、世界を征服しようと悪だくみしているマッドサイエンティストのオーブリー？　それからこちらは、実の兄がここにいるマッドサイエンティストの手によって殺戮マシーンに変えられたことも知らずに健気に帰りを待つジャネットさんかしら？」

場が静まり返る――。

俺はアルメーヌの襟首をつかんで、ずるずると引きずりながらその場から離れた。

そしてじゅうぶんに距離を取ったところで、彼女に雷を落とした。

「アルメーヌ！　お前、どういう神経してるんだ！」

だが彼女は反省するどころか、牙をむき出しにして反論してきたのである。

「なによ！　翔太の気が重そうだったから手助けしてあげたんじゃない！　こうすれば実験台にならなくても真相が暴けるでしょ」

「しかしなぁ。物事には順序ってものが……」

そう言いかけた瞬間――。

――パァァァン！

風船が割れるような炸裂音が後方から聞こえてきたのだ。

振り返ってみると、オーブリーの丸眼鏡が派手に飛ばされていた。それを見下ろしているのは鬼の形相をしたジャネット。つまり彼女がオーブリーの頬を思いっきり張ったのである。

「あんた最低！　兄さんの体を強くしてから家に帰してくれるって約束したじゃない！　本当はノルマールにいる名医に見せたかったのに！」

オーブリーは眼鏡を拾いながらぼそっとつぶやいた。

「これだから教育レベルの低いガキは困る。気に食わないことがあればすぐに手を出す」

「なっ……‼　あんたねぇ！」

ジャネットがもう一発引っぱたこうと右手を振りかぶったところに、萌香が止めに入った。

「乱暴はダメよ！」

「はなして！　こいつは殺人鬼なのよ！　兄さんを返せ！」

「ふん、好き勝手言わせておけば、人聞きが悪い。僕は君に頼まれたから彼を不死の体にしてやったんじゃないか。感謝されこそすれ非難される覚えはない。それに僕は君にかまっている暇なんてないんだ。僕の大切な坊やたちが、下衆《げす》なヤツにさらわれてしまったんだからね。しかも全員だよ！　全員！　しめて三十二体……。ああ、どこへ行ってしまったのだろう」

　オーブリーはふらふらしながら『青の洞窟』のほうへ向かっていく。

「ちょっと待ちなさいよ！」

　いきり立つジャネットを萌香と怜音が二人がかりで抑え込む。ここで彼女を自由にしたら状況は悪くなるだけだ。俺は素早く指示を飛ばした。

「萌香とレオンはジャネットさんのことを頼む」

「はい、先生」

「うん」

「アルメーヌは俺と一緒にオーブリーを追うぞ」

「分かったわ」

　ふらふらと足元のおぼつかないオーブリーの後についていきながら、俺は今の状況を整理しようと試みた。

　彼の言う『可愛い坊やたち』とは彼の作ったサイボーグたちなのは間違いない。オーブリーの口ぶりからして、サイボーグを連れ去った人間がいるということになる。だがサイボーグは『人の心を失っている』という設定だったはずだ。生みの親であるオーブリー以外の言うことは聞かないのではないのか……。一体や二体を連れ去ることはできても、大勢となると意思疎通ができなくては無理だ。

ゲームとはまったく異なる展開に正直言って頭がついていかない。自然と眉間にしわがよっていくのが自分でも分かる。そんな俺の耳元でアルメーヌがささやいた。

「なるようにしかならないわ。そんな難しい顔しないで」

ちらりと彼女のほうへ目をやると、ニコリと微笑みかけてくる。

場を混沌とさせた一因は彼女にもあるんだけどな。そんなことなどすっかり忘れてしまったようだから、あきれたものだ。

それでも彼女の春の陽だまりを思わせるような柔らかな笑みで、荒れた心が落ち着いたのは確かだ。俺は微笑みで感謝を示した。

……とその時だった。

「うああああああ‼」

突如としてオーブリーが絶叫をあげた。大地を割らんばかりの大声に、ドクンと胸が脈打ち、緩みかけた気分が引き締まる。

「どうしたんだ？」

「翔太！　あれを見て！」

アルメーヌの指さしたほうへ目を向けると、そこには真っ黒に焦げた人間があちこちに転がっていたのである。

「よく見て。みんな体の一部が機械よ」

「サイボーグということか。それにしてもひどいな」

「洞窟の扉は開いているようね」

「つまりここに転がっているサイボーグたちは、扉を開くために六桁の数字を入力したが、失敗に終わって炎に焼かれてしまったのだな」

「そして扉を開けることができたサイボーグがいたんだわ」

「百万分の一の確率を突破してか？」

「ええ、そうなるわね」

「ならば『数字の記憶』が残っていた、としか考えられないな」

そこまで話を進めれば、おのずとそのサイボーグが誰なのか想像がつく。

その想像を確信に変えたのは、いつの間にかこちらにやってきたジャネットの金切り声だった。

「兄さんがいない！　どこにも兄さんがいないわ!!　にいさぁぁぁん！　うわぁぁぁ！」

「レイモンドだけじゃない。僕のビスもいないではないか。おお……。なんということだ。その他はみんな死んでしまった。僕の……。僕の汗と涙の結晶が……。ううっ」

二人とも座り込んで大泣きしている。

俺たち四人は互いに目を見合わせた。萌香と怜音は「どうしましょう」と言わんばかりに戸惑いを隠せないでいる。

だがアルメーヌだけはまったく違っていた――。

「とりあえず扉が開きっぱなしなのはラッキーだったわね。さあ、先に進みましょ」

目の前で悲嘆にくれる二人など見向きもせずに、てくてくと前を行き始めたのだ。

俺は彼女の肩をむんずとつかんだ。

「待て待て」

「ちょっと！　もたもたしてる場合じゃないでしょ！」

「いや、それはそうなんだが、この状況を放っておく気か？」

「当たり前でしょ！　どうせ何をやってもレイモンドは生きて戻ってこないし、サイボーグが一掃されたことでマッドサイエンティストの悪だくみは失敗に終わったんだから、それでいいじゃない！　一件落着でしょ！」

「確かにその通りだけどな……」

「じゃあ、翔太は二人が泣き止むまでここでじっと待ってるつもりなの？　私はそんなのまっぴらごめんだわ。そもそもそんなに大事なお兄さんをいかにも怪しい科学者の実験台に差し出したのが間違いだったのよ。オーブリーにいたっては同情する余地すらないわ」

　アルメーヌは俺の手を振り払い、再び洞窟のほうへ足を向けた。

　そして力強い口調で締めくくったのだった。

「どんなに悲しくても、どんなに後悔しても、立ち止まったままなら何も変わらない。アニメの世界であなたに出会う前の私がそうだったから、よく分かっているつもりよ。だから私は前に進むことを選択するの」

　これ以上、彼女を引きとめようとしても無駄だな。

「分かったよ。一緒に行くから、一人で勝手に進むな。洞窟の中は迷路なんだぞ」

　俺がアルメーヌの背中を追い始めたことで、萌香と怜音の二人も慌てて駆け寄ってきた。一方のオーブリーとジャネットはというと……。

「僕は絶対にヤツを許さない。許さない。許さない。許さない……」

オーブリーのほうはぶつぶつ言いながら町のほうへ帰っていった。

そしてジャネットは悟りを開いた僧侶のように吹っきれた表情で俺たちの背中についてきた。

「私もいきます！　兄さんがこの洞窟のどこかにいるかもしれないから！」

アルメーヌが何か言いたげに俺を見て首をわずかにかしげる。俺は抑揚をつけずに、しかし後ろにいるジャネットにも届くような大きさで声をあげたのだった。

「前に進もうぜ。立ち止まって誰かを追い返す暇なんてないからな」

■法則その18　限界突破するとバグを起こす場合がある

——ねえ、お兄ちゃん！　知ってる⁉　RPGでレベルが上限に達するとそれ以上成長しなくなるんだけど、限界突破するゲームもあるんだよ！　たいていはもっと強くなるんだけど、ゲームによっては限界突破するとバグを起こしてかえって弱くなることもあるから注意だよ！

＊

RPGには『周回プレイ』を楽しむプレイヤーも多い。本編をクリアした後、レベルを引き継いだまま最初からやり直すことができるゲームもあるくらいだ。

ではなぜ『周回プレイ』を人々は楽しむのだろうか。

最初のプレイでは無視したサブイベントやアイテムを回収したいから。

エンディングの分岐点で異なる選択をしたいから。

……とゲームを最大限楽しみたいという理由が大きいのは何となく想像がつく。

だがもう一つ、大きな理由があるように思えてならないのだ。

それは『チートの気分を味わいたいから』ではないか。

すなわち初見のモンスターでもあっさりと弱点を突けるし、イベントでも迷わずに正しい選択肢を選ぶことができ、出現するボスの攻略法もバッチリ。

苦労してきたことを、何のストレスもなく通過できる爽快感は中毒性が高い。

そして『ダンジョン攻略』もそのうちの一つだろう。つまり初めてプレイした時は悪戦苦闘した迷宮を、わずかな時間でクリアできたとしたならば、どれほど気持ちがいいことか——。


「すごくあっさりと攻略したわね。『青の洞窟』って『キープ・キリング』で一番長くて難しいダンジョンって聞いたことあったのに」

アルメーヌは気の抜けたコーラを飲んでいる時のように眉をへの字に曲げているが、俺は感動に打ち震えていた。

『青の洞窟』をゲームでプレイした時は、攻略するのに一週間もかかったのだ。それをわずか半日で攻略できたのだから最高の気分だ。それもさんざんこの洞窟で何回も『全滅』の憂き目を味わってきたからに他ならない。ちょっと進んでは全滅し、またちょっと進んでは全滅して……。そんなことを何度も繰り返していくうちに、体が勝手に攻略方法を覚えてしまったというわけだ。

「すごい……。こんな風に攻略できるって知らなかったよ。僕は結局『青の洞窟』をクリアできなかったから」

　目を丸くした怜音が頬を桃色に染めている。いくら練習してもできなかった鉄棒の逆上がりが、たった一日でできるようになったような驚きと興奮が彼の小さな体の中で渦巻いているんだろうな。それは彼の隣にいる萌香も同じようだ。彼女は尻尾を振りながら明るい声をあげた。

「私もこの洞窟でつまずいてゲームをリタイアしたので、なんだかとっても不思議な気分です！　本当にクリアできるんですね！」

　俺は彼らの興奮が乗り移ったかのように弾んだ声をあげた。

「それもみんなが仲間だったから成し遂げられたんだ。萌香は傷ついたみんなを癒《いや》す魔法を唱えてくれたし、レオンは大きなリュックのアイテムで戦闘を有利にしてくれた。そしてアルメーヌは瀕死のモンスターにとどめをさしてくれたからな」

「何よりも先生が冒険をリードしてくれたのがとても心強かったですよ！」

「そ、そうだよ。中村先生はいつも僕たちをかばって戦ってくれたし」

「ふふ、団結の勝利ってやつね。とても気分がいいわ」

　俺たち四人ならば『ゲーム・ブレイカー』になれるぞ！

　ミカ！　絶対にお前を助けてやるからな！

　場は最高の雰囲気に包まれていたが、バシャッと冷水を浴びせたのはジャネットの一言だった。

「兄さんはどこにもいなかったわね……」

　この世の終わりのように顔を青くしたジャネットは、唇をかみしめてうつむく。彼女の心痛が伝わってきて、なんて声をかけたらよいか分からないでいると、アルメーヌがさらりと問いかけた。

「ジャネットのことをどうするの？　この先まで彼女を連れていくつもりなのかしら」

『青の洞窟』を抜けた先では、世界各地に散らばった六つのオーブを求めて旅に出ることになる。それらを一式揃えると伝説の剣『エクスカリバー』が手に入る。そしてエクスカリバーを魔王城へ続く地下迷宮の扉の前でかざすと、封印が解かれて、自由に行き来ができるようになるのだ。

言うまでもなくこれまでよりもさらに強力なモンスターが現れて、プレイヤーの行く手を阻んでくる。とてもじゃないが無力な女性を守りながら進むことはできない。

俺が返答に困っていると、ジャネットが消え入りそうな声をあげた。

「私のことは置いていってください。ここからは一人で兄さんを探しますから……」

そこに助け船を出したのは萌香だった。

「とりあえずここから一番近い町まで連れていってあげましょうよ！　もしかしたらそこで見つかるかもしれませんし。それにもし見つからなくても町の中なら安全でしょう？」

俺は彼女の意見に同意した。

「ああ、そうだな。このグリーン大草原を北に抜ければ町があるはずだ。それから忘れないうちに１０００ベル渡しておこう。当面の生活には困らないはずだから」

「翔太って可愛い女の子には甘いのね」

「トゲのある言い方だな。別に彼女が少年やおっさんだったとしても同じことをしただろうよ。一緒に『青の洞窟』を抜けた仲間じゃないか」

「仲間……」

ジャネットの猫のような切れ長の目が大きく見開かれる。

「ああ、そうだ。一緒に冒険した仲間だ。どんなに離れていてもな。だから君は一人じゃない。そのことをこれからも忘れないでくれよな」

1000ベルの入った革袋を握りしめたジャネットは瞳を潤ませながら口を真一文字に結んでいる。俺は彼女から目を背けて言った。

「悪いな。湿っぽい空気は嫌いなんだ。そろそろ行こう。暗くなる前に町にたどり着きたいしな」

そうして一歩足を踏み出した時。

――ドォォォォン！

洞窟の中から何かが爆発した音が聞こえてきたのだ。

さらに切羽詰まった声が鼓膜を震わせた。

「タケシ！　もうすぐ出口だ！　洞窟を出て戦うんだ！」

「分かった！」

その声は確かにクレインとタケシの二人だ。彼らはすぐに出口から姿を現した。

「あなたたちは……」

俺たちの姿を見たタケシが一瞬だけ棒立ちになる。その手をクレインが引っ張った。

「ボケッとしてる場合じゃない！　おい！　君たちもすぐにそこから離れるんだ！　死にたくなければな！」

そう言い終わらないうちに再び強烈な爆裂音が聞こえてきた。同時に出口から二人の人間が吹き飛ばされてきた。

彼らは声も出さずに仰向けに倒れた。そのうちの一人を見てジャネットが叫んだ。

「兄さん！　兄さんだわ!!」

よく見れば二人とも体の一部が金属でできている。つまりサイボーグということ。もっと言えば洞窟の入り口で消えたというレイモンドとビスだろう。となるとあの惨状を作り、二人をさらったのはクレインたちということなのか？

「助けなきゃ！　兄さんが危ない！」

ジャネットが果敢に飛び出そうとするのを、萌香とアルメーヌの二人が押さえた。

すると今度はオーブリーの声が聞こえてきた。

「あははは！　逃がさないぞ！　絶対にお前たちだけは逃がすものか！」

そうして直後の光景に俺たちは言葉を失ってしまったのだった――。

「バカな……」

なんとオーブリーとドラゴンの形をしたロボットの背後から、大きな鎌を持ち黒いフードを目深にかぶった者がついてきたのである。

「魔王!!」

「オーブリー！　まさかあんた、そいつにそそのかされたんじゃないでしょうね!?」

アルメーヌがかみつくような姿勢で甲高い声をあげる。

「あははは！　そいつという言葉遣いはこの御方に失礼だろう。この御方は素晴らしいよ。僕の最高傑作のドラゴン・サイボーグを手なずけるだけじゃなくて、その能力を限界ギリギリまで引き出したんだから！」

思い出されたのは朝焼けの塔でヘル・キメラのレベルを大幅にアップさせた時の光景だ。ドラゴン・サイボーグはあちこちに電光が走っており、毛並みを金色に輝かせたあの時のヘル・キメラとよく似ている。

「サイボーグはモンスターと同じ扱いということだな」

レベルを調べてみると……『97』だと!?

ちなみにレベルは99までしか上がらない。つまり今のドラゴン・サイボーグは間違いなくこの世界で最強クラスということだ。いや、もしかしたら最強かもしれない。

心にぽっかりと大きな穴が空き、戦意など微塵もわかない。

これが何度目か忘れてしまったが、もう一度口に出さざるを得なかった。

「魔王のヤツ……。やりすぎだろ……」

と……。

しかし絶望に打ちひしがれている場合ではない。体長五メートルはあろうかという巨大なドラゴン・サイボーグは一歩また一歩と俺たちとの距離をつめてきているのだから。

「ハイ・キュア」

ビスが『キュア』よりも回復力の大きな魔法を唱え、レイモンドと自分の傷を癒した。

「うがあああ!」

レイモンドは大きく手を広げてドラゴン・サイボーグの行く手を阻もうとする。だがドラゴン・サイボーグの右前足から繰り出された鉄拳でいとも簡単に吹き飛ばされてしまった。

ドスンと大きな音を立てて、俺たちのすぐそばで仰向けに倒れる。恐らく二百キロはあるだろうレイモンドの巨体を、まるで空の段ボール箱を投げるように軽く飛ばすとは……。

「兄さん！」

ジャネットが彼の体に抱きつく。だがレイモンドは無反応で苦しそうにうめき声をあげるだけだった。さらにその横にはビスもまたドラゴン・サイボーグによって吹き飛ばされてきた。そんな彼らに対して、クレインが大声を張り上げた。

「おい！　お前たち！　とっとと立つんだ！　立って俺たち人間の『盾』になるんだよ！」

やはりクレインがサイボーグたちのことを操っていたのか……。

しかしなぜだ？　なぜそれができる？

俺が混乱している中、萌香がレイモンドとビスに回復魔法をかけていた。

「やめて！　これ以上、兄さんを傷つけないで！」

ジャネットがレイモンドに覆いかぶさる。だがレイモンドは彼女を押しのけて立ち上がった。

「兄さん、もうやめて」

しかしレイモンドは彼女の声にはまったく反応せずに足を引きずりながらゆっくりとドラゴン・サイボーグのほうへ向かっていった。

「兄さん……。やっぱり兄さんは兄さんではなくなってしまったの？　私の言葉が分からないの？

答えてよ、兄さん……」

ジャネットが涙ながらに悲痛な声をあげたがレイモンドは振り向こうともしない。

「いかないでぇぇぇ!!」

泣き崩れるジャネット。俺は唇をかみしめた。

どうすることもできない自分が悔しい。

今彼の代わりにドラゴン・サイボーグの前に出ても、一撃で戦闘不能に陥るのは目に見えているし、次の瞬間に魔王の鎌の餌食となるのは間違いない。

「はは……。いいぞ。もう少し粘ってくれれば、俺がとっておきの魔法をぶっ放してやるから！」

クレインの乾いた声がさらに神経を逆なでする。

震える拳。足が前に出そうになるのを必死にこらえる。

……とその時だった。

「勘違いしないで。あなたの声はしっかりとお兄さんに届いているわ」

アルメーヌの凜《りん》とした声があたりに響き渡ったのだ。

「えっ？」

ジャネットがはっとなって顔をあげる。アルメーヌはニコリと彼女に微笑みかけた。

「あなたを守るために戦いに挑んでいるのよ。彼はそう言ってる」

サイボーグは人の心は失っているが、何も考えていないわけではない。モンスターと同じ思考を有しているから、アルメーヌはレイモンドと心を通わせることができたってことか。

「兄さん……」

ジャネットがかすれた声を振り絞ると、レイモンドは右手を高く上げた。それに合わせてアルメーヌが彼の言葉を代弁したのだった——。

「どんなに絶望的な状況でも一つくらいは希望があるものだ。だから俺は絶対にあきらめない」

冷えきっていた全身の血液が電子ケトルの中の水のように一瞬で沸騰する。頭がさえわたり、このピンチをいかに脱するか、あらゆる脳細胞がたった一つのテーマに対して動きだした。と、そこにミカの声が響いてきた。

――たいていはもっと強くなるんだけど、ゲームによっては限界突破するとバグを起こしてかえって弱くなることもあるから注意だよ！


「それだ……。それに賭けるしかない」

「なにか思いついたのね」

「ああ、一つ試してほしいことがあるんだ」

今度は俺がアルメーヌに耳打ちした。それを聞いた彼女は「正気なの？」と目を丸くする。だが俺は本気であることを示すように大きくうなずいた。

小さく首を横に振った彼女の背中にそっと手をあてて、「頼んだぞ！」とささやく。

そしてほんの少しだけその背中を押した。

「どうなっても知らないんだから」

押し出されたアルメーヌはあきれた声をあげ、レイモンドの背後にぴたりとつく。それから俺が彼女にしたように、レイモンドの背中に手をそえた。

「えいっ！」

短く気合いを入れると同時に彼女の艶やかな黒髪がわずかに揺れる。だがそれ以上のことは何も起こる気配がない。

失敗か……？

そう思った瞬間だった。ドラゴン・サイボーグの口から白い光線が発せられたのである。

レイモンドに向かって一直線に伸びてくる。もし彼が受け止めきれなかったら、背後にいる俺たちもあの光線に巻き込まれることは目に見えていた。

「伏せろ!!」

懸命に声を張り上げる。しかし目に映った光景に時が止まってしまったかのような衝撃を覚えたのだった。

――バシィィィン！

なんとレイモンドが光線を片手で弾《はじ》き飛ばしたではないか。向きを変えた光線は上空へと消えていく。

これにはさすがのオーブリーもたまげたようだ。

「ありえない。ありえない。ありえなぁぁぁい！　ドラゴン・サイボーグの『白き炎の光線』を、ただのサイボーグが腕一本で防ぐなんてあってはならない現象だ！」

そりゃそうだろうな。さっき調べたところレイモンドのレベルは50そこそこだった。

でも今は違う。ドラゴン・サイボーグより一つ高い98。

そう……失敗じゃなかったんだ。アルメーヌはレイモンドの能力を引き上げることに成功していたのだ。

「やはり推理の通りだったな」

ノルマールでは、ヴァンパイアには『魔物使い』という特殊能力があるが、モンスターの標的にならないということ以外は分かっていなかった。

しかしヴァンパイアである魔王が、モンスターと意思疎通を図ったり、触れただけでレベルアップさせたりするのを目の当たりにしていたからな。アルメーヌにも同じ能力があるのではないかと考えたのだ。

「おのれぇぇ！　なあ、あんた。頼む！　ドラゴン・サイボーグをもっと強くしてくれないか。礼ははずむから」

オーブリーが魔王に話しかけた。魔王は首を縦にも横にも振らずに、静かにドラゴン・サイボーグのそばまでよるとその左足に手をそえた。

――ドンッ！

地面に重い岩を叩きつけたような音がしたかと思うと、ドラゴン・サイボーグの全身に黄色の電光がビリビリと駆け巡る。見ればレベルは限界の『99』まで上がっていた。

これで誰もかなわなくなってしまったというわけだ。だがそれでよかった。いや、むしろこうなることを待ち望んでいたのだ。

「今だ！　次の作戦を実行するんだ！」

「分かったわ！」

アルメーヌはレイモンドの横をすり抜け、ドラゴン・サイボーグに向かって疾風のように駆けていく。そうして太い足の真横に立って手をそえた。

「えいっ！」

先ほどと同じようにアルメーヌが気合いを入れたとたんに、ドラゴン・サイボーグの電球でできた瞳がバリンと音を立ててはじけ飛び、全身から白い煙が立ち昇る。さらにその場でくるくると回転し始めた。

レベルを確認すると「edfa%3ˇ　gaa」となっている。明らかにバグっているな。いわゆるオーバーフロー状態を引き起こしているのは明らかだ。

完全に戦意は失われ、バチバチと何かがはじける音が聞こえだした。こうなると待ち受ける結末は一つしかない。

「爆発するぞ！　みんな！　ここから離れるんだ！　早く！」

あまりの急な展開についていけず唖然としている萌香と怜音をともなってグリーン大草原を全力で駆け抜ける。若干足元がぬかるんでいるが、そんなことを気にしている場合ではない。

「転ぶなよ！　慎重に。でも急ぐんだ！」と怜音に声をかける。すぐ後ろにはアルメーヌもしっかりついてきているようだ。ジャネットを抱えたレイモンドと、呆然としているオーブリーの腕を引っ張るビスの姿もある。さらにタケシとクレインも必死に手足を動かしていた。

そうしてちょうど草原の真ん中までやってきた時、

――ドカァァァァン！

かなり離れたにもかかわらず鼓膜が破れてしまうのではないかと思うくらいに大きな爆発音がこだまし、生ぬるい一陣の風が通り過ぎていったのだった。

＊

「やったか……」

クレインが半ば放心状態といった感じで声をあげた。肩まである長い髪が乱れ、顔の半分に覆いかぶさっているが、それでもイケメンゆえに映えている。隣のタケシにいたっては呼吸ひとつ乱さずにクールな動きで、クレインの肩にぽんと手をのせた。

「ああ、俺たちの勝利だ」

「はは……。ざまぁみろ。俺たちにかなう敵はいないんだ」

言っておくがお前たちは何もしてないからな、と憎まれ口の一つでも叩いてやりたい気分だったが、あいにく息をするのに精いっぱいなほどに肺が悲鳴をあげている。

そして彼らに向けられた注意など、次の瞬間にははるか彼方へ吹き飛んでいった。なぜなら俺たちからわずか五歩のところに魔王が静かにたたずんでいたのだから――。

「ここでやるつもりか？」

クレインが見た目からして高級な魔法の杖《つえ》をかまえる。それを制したのは相棒のタケシだった。

「クレイン。ここでは戦わない。あくまでも魔王城で決着をつけるんだ」

魔王はじっと動かぬまま、ただ俺たちを見ているようだ。顔の大半は影になっていてまったく見えない。しかし俺の視線はとある特徴を確かにとらえていた。

「口元に小さなほくろ……」

記憶を高速で逆再生させる。そして一点で止まった。

――はじめまして。有田と申します。ミカさんと仲良くさせていただいております。これからよろしくお願いします。

「ナナ……。お前、やっぱりナナなんだろ⁉」

魔王は俺の問いには答えようとはしなかった。ただ大きな鎌をこちらに向かってつきつけてきた。白くて細い腕がわずかに覗く。そこにはシンプルなデザインのブレスレットがキラリと光っていた。それが目に入った瞬間に、俺の心は貫かれた――。

――ねえ見て！　お揃いでシルバーのブレスレットを買ったの！

「ナナ！　どうしてだよ⁉　どうしてミカをさらったんだ⁉　お前たちは親友だろ！　それにミカは何の関係もないじゃないか！」

自分でも驚くほどの大きな声に、魔王はようやく俺のほうへ顔を向けた。しかし彼女の口から出た言葉は俺の期待にこたえるものではなかった。

「魔王城へたどり着けば分かる」

「頼む！　頼むからミカを自由にしてやってくれ！」

魔王は答える代わりに首を横に振った。そうして全員を見回した後に、背筋が凍るような冷たくて低い声をあげた。

「私はお前たちを絶対に許さない」

それだけ告げると彼女は煙のようにその場から消え去っていったのだった。

■法則その19　ライバルキャラとは無駄な戦いを避けたほうがいい

——ねえ、お兄ちゃん！　知ってる⁉　ＲＰＧではライバルキャラがよく出てくるんだけど、無駄な争いは避けたほうがいいよ！　たいていはプレイヤーよりも強いからね！　最後になれば逆転するチャンスが絶対に訪れるから、それまでは我慢だよ！

＊

ＲＰＧではライバルキャラが登場する、とミカは教えてくれたことがあったが、『別のプレイヤーがライバルになる時もある』というのは聞かなかったな。

よくよく考えてみればこのゲームの世界には勇者がたくさんいるのに、魔王は一人。となれば『誰が最初に魔王城にたどり着き、魔王を倒すのか』という競争になってもおかしくない。その競争に勝てば賞賛の嵐を受けるだろう。しかしもし負けたならば、いったいどんな運命が待ち受けているのだろうか——。

ドラゴン・サイボーグを倒し、魔王が立ち去ったから一件落着……とはいかなかった。

「じゃあ、先を急ごうか」

「ああ、そうしよう」

クレインの呼びかけにタケシが応じ、二人はグリーン大草原を次の町がある北に向かって歩きだした──。とここまではよかった。しかし彼らはレイモンドとビスを連れていこうとしていたのである。

当然、ジャネットが慌てて声をあげた。

「待って！　兄さんを連れていかないで！」

クレインとタケシは足を止め、視線を交わす。そしてクレインが髪をかきあげながら言った。

「魔王を倒し、世界に平和をもたらすためには彼らの助けが必要なんだ。もちろん分かってくれるよね」

「でもなぜ兄さんなのですか？　もっと他に……町には勇者様と一緒に冒険したいという若者はたくさんいます！　お願いです！　これ以上兄さんに辛い思いをさせないでください！」

必死に頭を下げるジャネットに対し、クレインは大きく口を開けて笑い飛ばした。

「はははは！　安心したまえ！　サイボーグが辛い思いをするってことはないよ。彼らには苦痛を感じることのないように改良が加えられているのだから。それよりも彼は『盾役』としては優秀だし、もう一人のほうは『回復役』として使えるからね。俺たちが安全に旅を続けるのにはピッタリなんだ。悪いけど魔王を倒すまでは返すつもりはないよ」

「そんな……」

今にも泣きだしそうな顔をするジャネットを前にしても、クレインは笑顔を崩さなかった。

「数週間……いや数日の辛抱だ。それが終わればお兄さんは莫大《ばくだい》な富と名声を持って君のもとへ帰ってくるからね。それまで楽しみに待っているといい。それとも何かい？　彼らの代わりとなる『盾役』と『回復役』を知ってるとでも言いたいのかな？」

彼はそう言いながらちらりと怜音と萌香を見た。二人の表情が蛇に睨まれた蛙《かえる》のように固まる。

するとアルメーヌが抑揚すらつけずに彼を問いつめた。

「あら？　今の視線はもしかして『レオンと萌香の二人をこちらに寄越すなら、サイボーグたちを返してやってもいい』と言っているように見えたのだけど。違うのかしら？」

アルメーヌの冷たい視線にクレインは大げさに額をぺしっと叩いて反省する振りをした。

「ははは。お嬢さんにはそう見えてしまったかぁ。本音を隠すのは難しいね。うん、そうだね。君の言う通りだよ。ちょっと見ないうちに二人ともすごくたくましくなったからね。俺たちとパーティーを組む資格はじゅうぶんにあると思っていたのは確かさ」

「いちいちイラッとさせる言い方するわね。もっとはっきり言ったらどうなの？　翔太に先を越されたくないから、パーティーを解散に追い込みたいってね」

「おい、アルメーヌ。それ以上はよせ」

思わず彼女のことを止めに入ったが、もう遅かったようだ。

クレインの目から急激に温度が失われていく。同時に場の空気がピンと張り詰めていった。

そしてしばらくした後、深いため息をついたクレインは力のない声をあげた。

「この際はっきり言っておくよ。この世界に必要な勇者の数はたったひとり。それがここにいるタケシだ。俺たちの魔王討伐に協力するつもりがないなら、ここで降りてほしい。もちろんタダとは言わない。だからその二人を俺たちのパーティーに加えるのさ。魔王を討伐したあかつきには報酬を山分けしてあげられるからね」

「なるほどね。あなたは最初からサイボーグたちを連れていく気はなかったのね。翔太を冒険から離脱させるためのきっかけを作りたかっただけ」

「まあ、そういうことになるね。じゃあ、おしゃべりはここまでだ。そこの二人を俺たちに託して冒険をやめてくれないかな？　魔王は必ず俺たちが倒して、君の望みをかなえてあげるから」

　俺はなおも口を開こうとするアルメーヌを制して、クレインの前に出た。

「嫌だと言ったら？」

「口にせずとも分かると思っているのだけど、違うかい？」

　クレインの語気に力が戻り、眼光は獲物を狙う鷹《たか》のように鋭くなっている。

「ああ、分かった。ならもう一つだけ聞きたい。お前さんが魔王を倒したい理由はなんだ？」

　俺は眼光を強めた。クレインはまったく目をそらそうとせずに、しっかりとした口調で答えた。

「もちろん英雄になりたいからさ。もっと言えば俺はこの世界の主人公でありたい。ただそれだけだよ。君の理由は違うとでも言いたいのかい？　まさか金のためとか言わないでくれよな。幻滅するから」

　俺は彼から目を離し、小さな笑みを作った。

「この世界の主人公になりたい——か。そのセリフ、前もどこかで聞いたことあったぜ」

「ん？　何のことだい？」

「いや、こっちの話だ。気にしないでくれ」

　さて、これ以上は何を聞いても時間の無駄だろう。

　俺の取れる選択肢は二つ。

（1）クレインの要求をはねのけて、レイモンドとビスを取り返すために戦う
（2）大人しくクレインの要求に従って、冒険をあきらめる

さてと……。今のクレインのレベルは85か。俺のレベルは62だ。

残念ながら戦闘になれば組み伏せられるのは目に見えている。

ならば取るべき選択肢は一つしかない。

「残念だがここまでのようだな……」

ため息をついた俺のことを、心配そうに見つめる萌香と怜音に顔を向けた。

「二人ともここでしばらくお別れだ」

「先生！　私、嫌です！」

「僕も！」

二人が顔を真っ赤にして抗議してきた。だが俺の決意は鉄のように固く、落ち着いた口調で彼らを諭した。

「ジャネットさんに哀《かな》しい思いをさせたくないだろ？　オーブリーも一人にしたらまた何をしでかすか分からないし。もちろん一刻も早くミカを救うため、という理由もある。今は彼らといがみ合ったり、功を競っている時ではない。二つのパーティーが力を合わせて魔王城への道を切り開く時なんだ。分かってくれ」

耳と尻尾を垂らして寂しそうにうつむく萌香。怜音にいたっては目からぽろぽろと涙を流している。

俺は彼らの肩に手をのせて締めくくったのだった。

「次に会った時にはもう一度四人でパーティーを組もう。約束だ。いいね？」

萌香がしぶしぶ首を縦に振ると、怜音もそれに続いた。

二人の様子に笑みをこぼした俺は再びクレインのほうを向いた。

「二人を頼む。くれぐれも邪険には扱わないでほしい」

「ははは。当たり前だ。仲間を大事にすることは自分の身を守ることにもつながるからな」

「そいつはよかった。あとレオンは俺の妹からこの世界のことをよく聞かされている。だから選択に迷った時は彼を頼るんだ」

「君の妹は何者なんだい？」

「この世界のことを知り尽くした人だよ。残念ながら今は魔王に囚われてる。レオンは彼女にとっては……まあ、一番弟子みたいなものだ」

クレインが怪訝《けげん》そうに怜音に目をやる。怜音はおっかなそうに首をすくめた。

だが俺が刺すような視線を向けるとクレインは半ばあきらめたようにうなずいた。

俺とクレインの話が一段落ついたところで、タケシが前に出てきた。

「中村先生。俺たちが必ずミカさんを先生のもとへ連れて帰ります！」

「ああ、頼むよ。まずは魔王城への道を切り開け。お前さんたちならできると信じてるぜ」

「お任せください！」

タケシが力強い口調で言った。俺が小さくうなずいたのを見て、クレインが大きな声で号令をかけた。

「さあ、行こう！　魔王を俺たちの手で倒すんだ！　ははは！」

こうしてクレイン、タケシ、怜音、萌香の四人は北へ、俺とアルメーヌの二人は南へと足を進めた。彼らの足音が遠くへ消えていく。

「本当にこれでよかったの？　あなたは『世界を危機から救う勇者』から『冴えないモブキャラ』に変わってしまったのよ」

横に並んできたアルメーヌが淡々とした口調で問いかけてきた。

「ああ。『冴えない』という形容は余計だけど、それでいいさ」

「ふーん、彼らを信じるのね？」

彼女の問いには答えず、口角をわずかに上げてみせた。

それを見たアルメーヌは小さなため息をついた後、弾むような足取りで前に出た。

そして背中を見せたままつぶやいたのだった。

「私は何があってもあなたを信じてるから」

俺とアルメーヌの『勇者としての冒険』はこうして幕を閉じた。

だがそれでよかったんだ。

なぜならこれから『クライヴの正体を暴く』という旅が始まるのだから――。

第2章　主人公になりたいヴァンパイアの物語

■プロローグ　袋小路にネズミを追い込んだ猫の気分

僕の名はクライヴ。僕はアニメ『キープ・キリング』の世界で『主人公』になるはずだった。そしてそれは『ほとんど』達成された。クズだった父親をあの世送りにできたし、僕の人生を汚したボブ、ナタリア、アルヴァンの三人の死を目の前で堪能することもできた。あとは婚約者のセルマをこの手で殺《あや》め、小さな町から大きな世界へ飛び立つことができればパーフェクトだったんだ。

だが完全無欠な物語はたったひとりの男によって台無しにされた。

イルッカ・ヴィロライネン——。忘れもしない。セルマの兄にして真っ先に死ぬはずだった冴えない男によって、僕の希望に満ちた未来は奪われてしまったのだ。

悔しかったさ。血の涙というものがあるなら、僕の瞳からは確実に流れていただろう。でもアルメーヌにかまれ、冷たくなった僕の体ではそれすらかなわなかった。肉体を失った後も、まるで業火にあぶられているような苦しみは続いた。魂は浄化されることなく、あの世界にとどまり続けた。だから僕は彼のことをずっと見ていた。いつか再び肉体を手に入れ、この手で彼の首を絞める日がくることだけを信じていた。

だが僕の祈りは届かなかった――。

数十年の時を経てイルッカはあの世界からいなくなったのだ。

もうこの手で復讐《ふくしゅう》することすらかなわない……。

肉体を失った時以上の喪失感に、僕は行くあてもなくさまよい続けた。

消えてしまいたい――何度もそう思ったが、その術《すべ》すら僕には分からない。なぜ神は僕を存在させているのか、その答えはどんなに苦しんでも分からずじまいだった。

だが弓矢は弦を引けば引くほど、強く飛ばせるのと同じように、憎しみはためればためるほど鮮やかな復讐劇を演じることができるというものらしい。つまり臥薪嘗胆《がしんしょうたん》の日々は僕にとっての助走期間だったわけだ。

そしてその日は突然やってきたんだ。


――イルッカ・ヴィロライネン……いや、今は中村翔太。彼はこの世界の因果を知りすぎた。世界の均衡を保つため、あやつの存在を消さねばならぬ。その役目を担うのはお前だ。お前をヴァンパイアとして生まれ変わらせてやろう。やってくれるな？

星のない曇り空から降り注いできた声。口のない僕は激しく踊ってみせることで返事の代わりとした。こんなにも興奮したのは初めてのことで、自分でもどうしたらいいのか分からないくらいに混乱していた。ようやく冷静に物事を考えられるようになるまで三日も費やしたのは、自分でも幼稚だったと反省している。

何はともあれ僕にはチャンスが与えられた。しかしただ彼の息の根を止めるだけでは面白みに欠ける。一回目の人生は地味なまま終わってしまったのだ。今度こそ『主人公』になれるように派手な演出をしなくては……。

そのために『三つの条件』を思いついた。

一つ目は『アルメーヌに彼の死を見せつけてやること』だ。

彼女は僕という存在がありながら、時が経つにつれイルッカに同情し、最後は彼のことを愛しており、彼の後を追って別の世界へと旅立っていった。その過程を僕は目の前で見せつけられたのだ。ならば今度は僕の番だ。その愛する人が無様に死んでいく姿を見て、僕を裏切ったことを後悔させてやる。

そこで僕は心の中で祈った。僕にチャンスをくれた神に届くように。

――僕がヴァンパイアとして復活したことをアルメーヌに伝えてください。

と……。

二つ目は『彼の妹、ミカを彼の目の前で殺す』ということ。

『キープ・キリング』の世界で彼が守り抜いたものを、異なる世界で壊す――なんて素晴らしい演出なんだ！　考えただけで鳥肌が立ってしまうよ。彼が妹の命乞いをするシーンは僕にとっては一生忘れることができない感動的なものとなるだろう。

それから三つ目は『彼にとって最上の喜びの日にすべてを実行する』ということ。

後から知ったことなのだが、それは『退院した妹が初めて迎える誕生会の日』なんだそうだ。実に妹思いのいいお兄さんじゃないか。いいだろう。その日までは彼も彼の妹も生かしておいてやる。そして彼らがこのうえない喜びをかみしめたところで地獄へ叩《たた》き落としてやるのだ。

僕はその日がくるまでひっそりと牙を研いでいた。もちろん彼と彼の妹のそばでね。

そんな中、僕の思惑通り、ある日を境にアルメーヌが血相を変えて彼らを守ろうと周囲に目を光らせ始めたのは傑作だったな。ただ、僕の存在を知ってもなお飄々《ひょうひょう》としていた翔太には殺意がわいた。それでもグッとこらえて、その日がくるのを待っていたのだ。

そしてミカの誕生会の日はついにやってきた。

……が、まさか彼らが肉体を残し、魂だけを『キープ・キリング』の世界に飛ばすなんて、まったくの予想外だったさ。こうなってしまうと、こちらの世界で彼らの頭上に『黒い旗』が立つことはありえない。つまりヴァンパイアの僕が殺すことはできない。

いったい誰の入れ知恵なのか。さらに『魔王』なる者がいったい誰なのか。

想像すらつかなかったが、それでも不思議と焦りはなかった。

逃げたものは追いかければいい――。

実に単純な理屈だろう？　それに『キープ・キリング』の世界は僕にとっては『ホーム』であり『主人公』になれる場所でもある。

袋小路にネズミを追い込んだ猫の気分、とでも言おうか。

僕は鼻歌を歌いながら、『キープ・キリング』の世界へ戻っていったのだ。

そこで出会ったのが『最高のパートナー』だった。

ひと目見た時から僕はほれ込んでしまったよ。彼の持つ心の闇にね。どうやって心を見透かしたかって？

目を見ればすぐに分かったよ……と言いたいところだけど、あいにく僕にそんな力はない。

じゃあ、どうして分かったのかって？

答えはすごく単純で、彼の足元には勇者とおぼしき死体がいくつも転がっていたのだ。それらをニヤニヤしながら見下ろし、こうぼやいていたんだぜ。

「この世界に勇者はひとりしかいらない」

最高にイケてると思わないかい？

そこで僕は自分が『不死』のヴァンパイアであることを明かした。彼はすごく興奮してくれたよ。だから右手を差し出してこう言った。

「なあ、君。俺と一緒にこの世界の『主人公』になってみたいと思わないか？」

とね。

それから僕たちは『勇者狩り』をはじめた。つまりノルマールに現れた勇者たちを片っ端から殺し続けたのだ。おかげでレベルはどんどん上がったし、お金もじゅうぶんに手に入った。だが問題が一つあった。

「町の外には『ファット・アント』という凶悪なモンスターが大量に出現して多くの勇者たちを惨殺したようだけど、俺たちの獲物を横取りするなんていい度胸してるじゃないか」

「町の人たちが困らないようにファット・アントを一掃しておこう。あいつら他の勇者たちを倒してずいぶんといい気になってるみたいだから」

「はは、勇者らしい発言で感心するな」

「そう言わないでくれよ。僕たちはこの世界の『主人公』なんだぜ」

「ああ、そうだったな。じゃあ、こうしよう。まだまだこの町には勇者がいる。ファット・アントを片付けたら、町に戻って彼らを一人残らず排除しよう。なぁに、一日ですべて片がつくさ」

こうして僕たちの『殺し続ける《キープ・キリング》』冒険は始まったのだ。

■第1話　美しいプランに不要なもの

旅はどうだったかって？

正直言ってだるくて仕方なかった。時折魔王の妨害は入るし、無駄に長かったからね。

それに臆病者の怜音を仲間にしなくてはならなかったのは苦痛だったさ。それもすべて翔太を油断させるため。さらに言えば怜音をこちらに引き込んでおけば萌香がおのずと釣れる。万が一僕の正体が暴かれても彼らを『盾』にすれば翔太は身動きがとれない。もっとも萌香と怜音が翔太のパーティーに加わってしまったのは誤算と言えば誤算だったな。それでも今はこうして僕のそばに二人はいる。翔太が僕の正体に気づいておらず、『クライヴは魔王に化けている』と信じている証拠だ。愚かとしか言いようがないよ。

しかしあきらめの悪い翔太がこうも簡単に魔王討伐から身を引いたのは意外だった。

――私はお前たちを絶対に許さない。

魔王の脅しに怖気《おじけ》づいたのか。僕たちとの実力差がありすぎることを見抜いたからか。どんな理由があるにせよ、身を引いた時点でチェックメイトさ。

これからすぐに僕は魔王を倒し、英雄となってミカを連れて帰る。大歓声が僕たちの帰還を包み、その晩は祝勝パーティーが盛大に催される。そこに翔太も現れるに違いない。

じゅうぶんに再会の喜びを味わわせたところで、彼らにむごい死をプレゼントしてあげるとしよう。天国から地獄に落とされた、あの時の僕のように。

そうだな……。

彼らが『魔王と裏でつながっていて、僕の命を狙っていた』という設定をでっちあげるのがいい。そうすれば彼らは善良な市民たちによって裁かれ、汚物を見るような視線の中で処刑されることになるから。

我ながら惚《ほ》れ惚《ぼ》れするほどの美しいプランだ。


さて、僕の復讐が果たされる時が、いよいよ間近に迫ってきた。

六つのオーブとかいう石ころを集めさせられ、見た目だけは派手なエクスカリバーという武器を手に入れた僕たちは、魔王城へ続く迷宮に入った。以前に攻略した『青の洞窟』よりも短くて助かったよ。それでも抜けるのに三日がかりだったけどね。

怜音は相変わらず臆病で『盾役』のくせになかなか前に出てこなかったし、萌香は怜音が少しでもダメージを受ければすぐに回復魔法を使った。もっとも彼ら二人がまったく戦力にならなくても問題はない。いわば彼らは『お飾り』みたいなものだから。

そうしてついに魔王城へたどり着いたのである。

*

魔王城は最終決戦の場所にふさわしく、目が回りそうなほどに複雑な構造になっていたよ。地上五階、地下三階の八層になっており、五十三もの階段を上下にいったりきたりしなくてはならない。その間にかつて苦戦させられたストーンゴーレムをはじめとして、厄介なモンスターたちが次から次へと襲いかかってきた。『盾役』の怜音はげっそりして疲弊しきってるし、彼を回復する萌香も体力が尽きかけているようで、眉間にしわを寄せて険しい顔つきをしている。

そんな中、僕は笑いをこらえるのに必死だった。なぜなら僕にはモンスターを操る術が備わっていたのを、彼らはまったく気づいていなかったからだ。つまり僕は現れたモンスターに対し、こっそりとレベルを上げてから、怜音だけを狙うように仕向けていたのさ。彼と萌香が疲弊しきって、げっそりするのも当然と言えよう。

そしていつしか彼らはまったく使い物にならなくなっていた。その代わりに多くの強敵を倒したことで僕とパートナーのレベルは限界近くまで上がっていたんだ。

こうなれば僕の美しいプランには『不要なもの』だ。だから僕は彼らを『排除』することにしたのである。

魔王城の最上階に現れたのは左右に分かれた二つの扉だった。それらを前にして怜音が小さな声を発した。

「僕、聞いたことあるよ。魔王のいる玉座の間の前で、最後の選択を迫られることになるって。正しいほうを選べば魔王との決戦に挑めるけど、間違ったほうを選ぶと、部屋に入ったとたんに死亡フラグが立ってしまうんだ」

「ねえ、レオンくん。そこまで知っているなら左右のどちらを進むべきか、分かるんじゃない？」

萌香の問いかけに怜音はうつむきながら首を横に振った。

「プレイするたびに正しいほうが変わるんだってミカお姉ちゃんが教えてくれたんだ。だから『勘』に頼るしかないんだよ」

『勘』ね……。それは良いことを聞いた。『不要なもの』を排除する絶好機の到来に僕の胸の鼓動が高まる。僕はパートナーと顔を見合わせると、翔太の言う通りに、『選択に迷った時は怜音を頼ること』にしようと提案した。

僕は知っていたのさ。怜音は『絶望的なほどに勘が悪い』。選んだ分かれ道はことごとくハズレということを。

もちろんそれは運だめしにすぎない。当然、彼が『正解』の扉を開く可能性もあるだろう。その時は、僕の手で『不正解』を作り出してしまえばいい。つまり周辺のモンスターを操って、彼らを一斉に襲わせればいいのだ。当然とどめは僕がさしてあげよう。そうなれば久しぶりに『プレイヤーキル』だな。

どちらを選ぼうとも、怜音と萌香にとっては『地獄へ続く扉』というわけだ。

「レオンくん、大丈夫。自分を信じて！」

「う、うん！　僕、頑張るよ！」

二人は相変わらずうすら寒い茶番を演じている。でもそれを拝めるのもこれで最後か。

「いくよ！　えいっ！」

「行きましょう！」

怜音がドアを開け、萌香の号令と共に二人は部屋の中に足を踏み入れる。部屋は灯《あか》り一つついておらず真っ暗で先を見通すことはできない。

しかしヴァンパイアの僕にははっきりと見えていた。

怜音と萌香の頭上にはためく『漆黒の旗』が——。


——バタンッ……。


僕は扉を閉めた。部屋の外から……。

「ちょっとタケシくん？　クレインさん？　どうしたの⁉」

「も、萌香さん！　モンスターが！　しかも囲まれてる！」

怜音の悲痛な声と同時に、扉を叩く音が耳をつんざく。

「タケシくん！　クレインさん！　早くここを開けて！」

萌香の切羽詰まった声に、僕のパートナーが反応した。

「おいおい、さすがにこのまま放置しておくのは、人でなしじゃないのか？　彼らの助けがあったからここまで順調にこられたわけだし……」

ははっ。『人でなし』か。そうだね。僕は『人』ではない。

復讐に燃えたヴァンパイアさ——なんて冗談とも本気ともつかないことを口にするのはさすがに野暮だから、僕は一言で返した。

「あいつらは『主人公』にふさわしくない、だろ？」

と——。


「うああああああ！」

「きゃあああああ！」

ついにモンスターたちが襲いかかったのだな。二人の絶叫が聞こえる。

ああ……。なんて心地いいんだ……。

しばらくして彼らの気配が完全に消失した。

モンスターに食われたか。それとも部屋の奥に連れ去られてじっくりとなぶり殺されるか。

どちらでもいい。とにかく僕の美しいプランから退場してくれたことに感謝しているよ。

「二人ともありがとう」

そうつぶやいてから、僕はパートナーと共に右のドアを開けたのだ。

■第2話　決着をつけるために

扉の先は、ただの長い廊下だった。深紅の絨毯《じゅうたん》が敷かれ、両脇には鎧をかたどった置き物がずらりと並んでいる。これらのうち何体かはモンスターとして襲いかかってきたけど、そんなちんけな仕掛けなんて織り込みずみだ。あっさりと蹴散らして、僕たちは堂々と廊下の中央を闊歩《かっぽ》していった。

そうしてついにこの瞬間がやってきた。目の前にはひときわ豪勢な扉。この先に魔王がいる。僕を英雄に仕立て上げるためだけに鎮座しているのだ。

ずいぶんと遠回りさせられたが、この扉を開ければ僕の『美しいプラン』は完成する。

「行こう」

「ああ、これで決着をつけよう」

僕たちは同時に扉を強く押した。

――ギィィィ……。

しかし部屋に足を踏み入れた直後に僕は違和感を覚えた。

漂ってくるカビと酸を混ぜたような刺激臭。空虚さを感じさせるほこりまみれの大理石の床。

何かがおかしい……。

そう感じながら、慎重に部屋の中を進んでいく。

それから部屋の一番奥までやってきたところで、目に飛び込んできた光景に声を失ってしまったのだった。

「誰もいない……」

空の玉座。その脇にあるガラス製のテーブルに無造作に置かれているのは、弱々しい音を立てて動いている黒い心臓。

――ここから遠く離れた辺境の地に、ひっそりとたたずむ古城がある。そこに隠されていた『魔王の心臓』の封印が解かれた！　それを食らった者は魔王となるという。つまり魔王が現れたということだ！

ノルマールの王はそう言っていた。まさかこれが『魔王の心臓』なのか？

しかし食われた跡はない。ということは……。

「そうか！　そういうことだったのか！　ははははは!!」

わき出した感情が口から笑い声となってあふれてくる。

「なにがそんなにおかしいんだ？」

「だってそうだろう？　まんまとだまされていたんだよ！　ここにたどり着くまでね！」

「だまされていた？　どういうことだ？」

ひとしきり大笑いした後にこみあげてきたのは、飲み込んだものを跡形もなく溶かす灼熱《しゃくねつ》のマグマのような怒りだ。自分でも鬼のような形相をしているのが分かる。

僕は感情のおもむくままにエクスカリバーを荒々しく玉座に突き刺した。

「魔王は最初からいなかった！　くそったれが!!」

ナナとか言ったな。あの女。よくも僕を出し抜いてくれたな。

今すぐ探し出して八つ裂きにしてやる！

僕は早足で部屋を出た。だが長い廊下の真ん中あたりまでやってきたところで、沸点に達していた怒りが鎮まってきたのだ。とたんに顔を出した理性が冷静に語りかけてくる。

感情に身を任せてはダメだ。『キープ・キリング』の世界に来た目的を思い起こせ、と。

そうだ。僕の目的はミカをつかまえて、翔太の目の前でなぶり殺しにすること。

すなわちこの城では彼女さえ手に入れば、魔王などいてもいなくても関係ない。むしろ無駄な戦いをせずしてラッキーだったではないか。

僕はピタリと足を止めて、遅れてやってきたパートナーに声をかけた。

「魔王は僕たちが倒した。それでいいね？」

「え？　あ、ああ。まあ誰も見ていないわけだしな。問題ないだろ」

「では魔王に連れ去られたという若い女性を救い出そう」

「ああ、分かったよ。しかしどこに幽閉されているんだ？　ここまで広いと探し出すのにひと苦労しそうだ」

「いや、彼女は『フードを目深にかぶった女』と一緒にいるはずさ。なぜならその女が彼女をさらったんだからね」

「しかしその女がどこにいるのやら……」

「そうだな。それが問題だ」

廊下から外に出る前に二人で考え込む。

そもそもあの女は何者なのだ？

何が狙いなのだ？

はっきりしているのはミカをこの世界に連れ出し、僕と翔太をおびき寄せたヴァンパイアであること。そして僕たちを亡き者にしようとしているということ――。

「ヴァンパイア……か。そうかヤツはヴァンパイアだ！　となれば『黒い旗』が立った相手しか殺せない。この城で『確実に黒い旗を立てることができる部屋』で彼女は俺たちがやってくるのを待っているに違いない」

「もしかして『入ったとたんに死亡フラグが立ってしまう部屋』ということか？」

僕は強い確信をもって首を縦に振った。

「しかしあの部屋でレオンと萌香は殺されたんだぞ。危険すぎると思わないか？」

「あの二人より俺たちは圧倒的に強いだろ」

「まあ、それはそうだが……」

「冒険に危険はつきものさ。主人公らしく堂々と入ってやろうじゃないか」

僕は渋るパートナーを引っ張るようにして廊下から外に出ると、すぐ左隣にある扉のドアノブに手をかけた。

一度だけ深呼吸をして心を落ち着かせる。

相手は僕と同じヴァンパイア。少しでも油断すればたちまち首をはねられてしまう。

でも相手が一人なら負ける気がしない。あの女を返り討ちにし、ミカを手に入れてから部屋を出れば、フラグは消えるはず。

それに絶対に負けられないんだ。あの屈辱を晴らすまでは――。

――ガチャッ。

ゆっくりと扉を開け、闇の中に足を踏み入れた。

――バタンッ。

ひとりでに扉が閉まる。その直後、何かの粉が頭上から大量に降り注いできた。

「な、なんだ？」

「分からない。しかしダメージはなさそうだ。とりあえず灯りをともそう」

松明《たいまつ》に火をつけた後、自分の頭上に目をやると、黒い旗が風もないのに力強くはためいている。

ここでヴァンパイアに奇襲されるとまずい。僕は相手を牽制するため、暗闇に向かって声を張り上げた。

「もう君に逃げ道はない！　大人しく出てきて、堂々と戦うんだ！」

そう言い終えるやいなや、タンタンと足音が耳に届いた。その音が徐々に大きくなってくる。僕は武器をかまえながら松明を前方にかざすと、人のシルエットがぼんやりと浮かんできた。

そうして少し離れたところで足音がやんだ。その代わりに聞こえてきたのは低い声だった……。

「逃げ道はない……ねぇ。そいつはあんたのほうじゃねぇのか？」

ドクンと胸が脈打つ。

「その声は……」

脳を激しく揺らされたかのような衝撃に目が回る。だが歯を食いしばって、気を強く持った。松明をかざしながら一歩前に出る。

するとほのかな灯りの中から浮かび上がってきたのは……。

翔太だった――。

僕は無意識のうちに窓ガラスを粉砕するような怒号を発していた。

「しょうたぁぁぁぁぁ!!」

間違いない。くせっ毛がはねるツーブロックの髪型も、いつでも眠そうな二重まぶたの目も、人を小馬鹿にしたような緩んだ口元も……。彼をかたどるすべてが、僕の憎む中村翔太であることを如実に表していたのだ。

我を忘れた僕は剣を振りかぶりながら彼に向かって突撃する。

だが「ヒュッ」という空気を切り裂く不気味な音が耳に入ったとたんに、危険を察知した体が勝手に動きを止め、武器を音のほうへ突き出していた。

――ガキッ!

鈍い音が闇の中に響いたかと思うと、首筋まで迫っていた青白い刃が目に映った。

「ヴァンパイアの鎌……」

慌てて松明の光を鎌の持ち主に当てる。映し出されたのは黒いフードを目深にかぶった人物だった。ヤツは魔王じゃない。ならばいったい何者なのだ?

僕はヤツのことを知らない。だが意外にも彼女は僕の正体を見破っていたのである。

「クライヴ。私はあなたを許さない」

恨み、憎しみ、怒り——あらゆる負の感情がこもった女の声。しかし聞き覚えはない。

「いったいお前は何者なんだ？」

女がフードを取る。妖艶な大人の女性と無垢《むく》な少女が同居したような美しい顔立ち。だがそれも見覚えはない。

「私を忘れたとは言わせない！」

切れ長の目を大きく見開き睨みつけてくる。その突き刺すような眼光で過去の記憶がうっすらとよみがえってきた。

「まさか……お前は……。いや、違う。そんなはずはない！」

小刻みに首を横に振った僕の鼓膜を、今度は翔太の低い声が震わせたのだった。

「さあ、決着をつけようじゃねえか。クライヴ——いや、今の名は……」

■法則その20　何気ない会話の中に攻略のヒントは潜んでいる

——ねえ、お兄ちゃん！　知ってる!?　ＲＰＧで攻略に行き詰まったら、町の人々に片っ端から話しかけてみるといいんだよ！　何気ない会話の中に攻略のヒントは潜んでるからね！

＊

俺、中村翔太とアルメーヌが魔王城でクライヴを待ち伏せしていた時から、少しだけ話を戻す。

『青の洞窟』を抜け、ジャネットとオーブリーを家まで送り届けた後、アルメーヌたっての願いでイカ料理の美味しい食堂に入った。そこで食事をとりながら、ミカとアルメーヌが入院していた頃の、何気ない会話のシーンに話題を移した。

なぜなら『クライヴ』の謎を解く大きなヒントが隠されていたからだ。

＊

昼間は世界水泳で盛り上がり、夜になると『キープ・キリング』のアニメをブルーレイで鑑賞するのが彼女たちの日課だった。

その日はちょうどクライマックスのシーン。つまりクライヴ、ナタリア、ボブ、アルヴァンの四人が逃げ込んだ監獄塔にアルメーヌが襲いかかってくるところだ。仕事を終えた俺は彼女たちの横でコーヒーをすすりながら、静かに読書をしていた。

「昔ね、このシーンで誰が生き延びるかって賭けをお兄ちゃんとしたんだよ」

「へぇ。ミカは誰に賭けたの？」

「私はクライヴ。でね、お兄ちゃんはなんとボブに賭けたんだよ！」

「ふふ、それはないわね。あの中じゃ彼が一番の臆病者だったのよ。真っ先に逃げ出して殺されてもおかしくなかったわ」

「へぇ！　そうなんだ！　アルメーヌちゃんはよく知ってるのね！」

「ふふ、だって私はマニアだもの」

マニアではなくて登場人物の一人なんだけどな。……とツッコミたくなるのを抑えて、本のページをめくる。

そうしてしばらくして、いよいよクライヴ以外の全員が無残に殺されるシーンとなった。

「ああ、このシーンってカメラワークが悪くて三人の『死亡フラグ』すら見えないんだよね」

ミカが以前と同じように口を尖らせる。

するとアルメーヌはとんでもないことを暴露したんだ。

「あら？　だって彼らには『黒い旗』は立っていないもの。見えなくて当然だわ」

「へっ？」

目を大きく見張るミカ。普通の視聴者じゃ絶対に知りえない事実をさらりと告げられたのだからそうなるのは当然だ。一方のアルメーヌは「口がすべった！」と言わんばかりに、両手で口をふさいでいる。

「どういうことなの？」とミカがアルメーヌに疑問をぶつけるのは当然の成り行きと言えよう。

アルメーヌは口をふさいだまま、上目遣いで俺に視線を送ってきた。

——困ったわ。翔太、どうしよう……？

と口に出さなくても、目を見ただけで言いたいことは伝わったよ。なにせ何十年も一緒にいたんだからな。俺はため息をつきながらパタンと本を閉じ、ゆったりとした口調で言った。

「実は原作者がブログで『ラストシーンの真相』ってタイトルで、登場人物たちが監獄塔に逃げ込んだ後のストーリーの『原案』を暴露したことがあってな。アニメ化する際にプロデューサーと相談した結果、『原案』はボツになったらしいんだ。もっとも今は記事が削除されてしまったから確認することはできない。アルメーヌが口をすべらせたのは、その記事のことだろ？」

ぱっと口から手を離したアルメーヌは早口で答えた。

「そ、そうなの！　それによるとクライヴは三人に強い恨みを持っていた。そこで彼らを罠《わな》にはめて、自らの手で殺したのよ」

「へぇ、そうだったんだ。クライヴって優しそうなお兄さん、って感じだったから、ちょっと意外だなぁ」

「あ、間違えた。彼らのうち『二人』はクライヴに殺されたの」

なに？　それは俺も初耳だぞ。

「ちなみにクライヴに殺されなかった一人は誰なの？」

　ミカが首をかしげると、アルメーヌは得意げに腕を組んで答えた。

「『ナタリア』よ。彼女はクライヴの悪だくみに気づいたの。だから殺される前にクライヴに襲いかかったんだけど、その瞬間に『黒い旗』が立ってね。美少女ヴァンパイアに首筋をかまれて死んじゃうのよ」

　いつもならアルメーヌが自分のことを『美少女ヴァンパイア』と形容するのが気になって仕方なかったところだが、この時ばかりは意外な事実に心がとらわれた。

「でもナタリアはクライヴのことが好きだったんでしょ？　なぜ彼を疑ったのかな」

「ふふ。監獄塔に入った頃には彼女の気持ちはもうクライヴになかったわ」

「うっそ！　誰のことが好きだったの⁉　やっぱり渋いガンマンのアルヴァン？　それともまさかまさかのボブ⁉」

『恋バナ』になったとたんに興奮で身を乗り出すあたり、やっぱりミカも普通の女の子なんだな。そんな彼女に対し、アルメーヌは給湯室で噂話《うわさばなし》に興じる女子のようにニヤニヤした顔で答えた。

「なんとイルッカだったのよぉ」

「イルッカ？　ええっと……。誰だっけ？」

　俺だよ、と言えるわけもなく、俺は黙ってアルメーヌに目をやった。

「ふふ。アニメでは真っ先に殺された男ね。明かされた原案によると、彼もまた監獄塔まで生き延びるのよ」

「へえ、そうだったんだ。ああ、何となく思い出した。あの『冴えないモブキャラ』だよね」

うぐっ……。ミカに『冴えないモブキャラ』と言われると胸が痛むな。

「でもイルッカには生き延びなくてはいけない理由があったの。それは妹のセルマを守ること」

「でもセルマはクライヴに最後のシーンで殺されちゃうのよね？」

アルメーヌは首を横に振ると、懐かしむように目を細めて答えた。

「原案では違うの。イルッカに陰謀を見破られたクライヴは美少女ヴァンパイアにかまれて死んじゃうのよ。そしてイルッカは私……いや、美少女ヴァンパイアと永遠の愛を誓い合って、セルマを見守り続けるの」

「へえっ！　イルッカって見た目によらずいい人だったのね！　そっかぁ。私は原案のストーリーのほうが好きだなぁ。それにイルッカも好きになっちゃった」

「ふふ。私も彼のことが好きよ」

急に恥ずかしくなって居心地が悪くなった俺は、残りのコーヒーをぐいっと飲み干してから病室を出たのだった。

*

「ああ、そんな話をしたこともあったわね。すっかり忘れてたわ」

そう興味なさげに言ったアルメーヌは、レモンのジェラートを頬張ると、すっぱそうに片目をつむる。そしてスプーンを口から出した後、首をかしげた。

「んで。それがどうかしたの？」

「それを答える前に、もう一度だけ状況を整理しておくぞ」

アルメーヌはスプーンでジェラートをすくいながら首をすくめた。

「もったいぶられるのは好きじゃないけど。任せるわ」

一口だけ水を含んだ俺は引き続きゆっくりとした口調で言った。

「死んだはずのクライヴがヴァンパイアとなって復活し、俺とミカの命を狙って『現実世界』までやってきた――。そこまでは正しいよな？」

「ええ。『現実世界には私とクライヴ、二人のヴァンパイアがいた』ってわけね。そしてミカの誕生会の日に、あなたの部屋から姿を消した人物が『二人』いた」

「つまり消えた二人がヴァンパイア、ということだ。ここまでも間違いないだろう」

「それが『ナナ』と『私』でしょ。となると、『ナナ』がクライヴであり、ミカをこっちの世界に連れ去った『魔王』ということに――」

「そこが間違ってたんだ！」

俺が間髪いれずに雷のような声を張り上げたものだから、アルメーヌは目を丸くして口をつぐむ。俺は「驚かせてごめん」と苦笑いをした後、表情を引き締めて続けた。

「いいか。お前さんが俺にクライヴの復活を教えてくれた時、こう言ったよな？『ヴァンパイアにかまれて死んだ者はヴァンパイアになって復活する』と」

「ええ。確かに言ったわ。……あっ！」

アルメーヌが何か思いついたように目を大きく見開く。俺はますます口角を上げた。

「お前さんにかまれて死んだ人物は『二人』いた」

「一人はクライヴ。そしてもう一人はナタリアね！」

「そういうことだ。つまり現実世界にはヴァンパイアが『三人』いたのかもしれない。アルメーヌ、クライヴ、ナタリアの三人がな」

アルメーヌがジェラートの皿を空にしたところで、俺は席を立って会計をすませた。そして港のほうに向かって歩きながら話の続きをした。

「よく考えてみろ。もし『ナナ』が『クライヴ』だったとしたら、なぜクライヴはわざわざ『キープ・キリング』の世界へミカを連れ去ったんだ？」

「うーん……。それは分からないわ」

「ああ、俺もまったく見当がつかなかったんだよ。そこで発想を変えてみたんだ。『もしナナがナタリアだったら』とな。彼女は俺とミカをこっちの世界に避難させるために、あんな演出をしたのではないか、と考えられないか？」

アルメーヌは眉を八の字にして首を横に振った。

「さあ、どうかしら。いずれにしてもこれまでの話はすべて憶測にすぎないでしょ。まずは『ヴァンパイアが三人いた』という証拠が必要ね」

「それを今から確かめにいくのさ。『はじまりの町』、ノルマールに」

「ノルマール？　なんで？」

話をしているうちに俺たちは停泊させていた自分たちの船に乗り込んでいた。俺は船乗りたちに行き先を告げてから、再びアルメーヌと向き合った。

「いいか。『何気ない会話の中に攻略のヒントは潜んでいる』ってミカが教えてくれたことがある。そこでこれまでのことを思い起こしたんだ」

「これまでの？　うーん……。ミルクざんまい、エビ、マグロ、イカ――。あっ！　シュリンプカクテルって結局何だったんだっけ⁉」

　俺が無言のまま白い目で見る。アルメーヌはゴホンと咳ばらいをしてから、むくれ顔でそっぽを向いた。

「ふん！　どうせ私は何も覚えてませんよー！」

「別にお前さんに思い出してくれることを期待しちゃいないさ」

　そう告げた後、二人の人物のセリフを話した。


　一人目はボーリップで船を手配してくれた青年、リベランコだ。俺たちからゴールデン・リリーを受け取った彼はこう言っていた。

　――ありがとうございます！　この花を持ってアニタに会いに行ってきます！　そしてもし彼女が重い病に冒されていたなら、『ノルマールに現れたという噂の名医』に診てもらおうと思います！　みなさんも頑張って！　応援しております‼

　二人目はコンリーシから出てすぐのところ。ジャネットがオーブリーの頬を思いっきりはたいてからこう言った。

　――あんた最低！　兄さんの体を強くしてから家に帰してくれるって約束したじゃない！　本当は『ノルマールにいる名医』に見せたかったのに！

「あ……！　二人とも『ノルマールに名医がいる』と言ってるわね！」

「ああ、しかしボーリップでのイベント以降でノルマールが舞台になることはない。つまり名医が現れる必要はまったくないんだ。ＲＰＧの世界で無駄にキャラが増えることは考えにくい」

「ということは『名医』はこの世界にはもともといなかった人物……。いったい誰なのかしら？」

「行けば分かるさ。……いや、もしかしたら当てが外れるかもしれない。でも俺は信じているんだ。『あの人』は絶対に俺たちの力になってくれるって」

俺は上空をあおいで目をつむった。潮の香りが鼻をつき、心地よい海風が頬に当たる。

ここまではクライヴという目に見えない脅威に追われていた立場だった。

でもこれからは違う。

ヤツの正体を暴いて、逆に追い詰めてやるのだ。

ミカを『生かし続ける《キープ・アライヴ》』ために――。

■法則その21　はじまりの町にはいつだって仲間になりたがっている人がいる

――ねえ、お兄ちゃん！　知ってる!?　ＲＰＧで冒険をはじめる町には仲間にできるキャラがいつでも待機していることが多いんだよ！　冒険に行き詰まったら、仲間を替えてみるといいかもしれないわ。彼らはいつだって仲間になりたがっているから。

＊

「君は……中村くんか！　おお、待っていたんだよ！　君に会えるのを！」

ノルマールにいるという名医の居場所に行ってみると、期待通りの人物が迎え入れてくれた。

俺の上司、松下佳穂先生だ！

俺たちがこっちの世界にやってきたあの時、松下先生が俺の部屋に向かっていると、萌香が教えてくれたから、もしかして……と考えていたのだが、その予感は見事に的中したわけだ。

先生は胸もとが大きく開いた革の胸あてにホットパンツと、現実世界では絶対にお目にかかることができない露出の多い恰好をしていて、目のやり場に困った。

伏し目がちに顔を赤らめた俺に対し、先生は肩に腕を回してきた。

「ははは！　いくら私がセクシーだからと言って、そんなに緊張しなくてもいいだろう？」

「い、いえ、別に緊張しているわけじゃ……」

しどろもどろになった俺の横からアルメーヌが冷たい口調で言った。

「翔太。早く用件をすませるわよ。ミカの命が危ないって時に、鼻の下を伸ばしている場合じゃないわ。松下先生に確かめたいことがあるんでしょ？」

「私に確かめたいこと？　なんだ？　スリーサイズと年齢は答えるつもりはないぞ」

きりっと表情を引き締めているところからも、松下先生は本気で言っているのがうかがえる。こちらの世界でも先生がちょっとおかしいのは変わらないようだ。俺は彼女の細い腕を肩から外しながら口を開いた。

「そんなことを聞くつもりはありません。聞きたいのは、ミカの誕生会の日に、俺の部屋で先生が見たこと、それを教えてほしいんです」

「なんだそんなことか。残念だな。君がちょっとでも私に興味を持ってくれたのではないかと期待したんだけどね。まあ、いいだろう。そうだな……。あの時、目に入ったのは、意識を失っていた君たちだったよ。その場で容体を確認したんだが、とても不思議だったのを覚えている。なぜなら呼吸も脈も安定しているし外傷もない。単に睡眠状態としか言いようがないのに、思いっきり抱きしめても、頬にキスしても目覚めないんだからね」

「そんなことしたんですか……。萌香がそれを知ったら怒りますよ」

「なぜ山本くんが怒るんだね？　私が君にしたことを」

「ふふ。だったら余計に怒ると思うわ」

　横やりを入れてきたアルメーヌのこめかみに青筋が浮かんでいる。

　松下先生がこれ以上アルメーヌのイライラに油を注いだら大爆発を起こしかねない。下手をすれば先生に『死亡フラグ』が立ってしまう……。

　俺は慌てて話を本題に戻した。

「と、ところで、その部屋で意識を失っていたのは誰でしたか？」

「むっ？　君と山本くん……それにベッドの上にミカちゃんもいたな。それ以外は見当たらなかったぞ」

　松下先生の答えを聞いた瞬間に、ドクドクと心臓の音が大きくなっていく。

　ひとつの『確信』が脳裏にはっきりと浮かび上がった。それを確実なものにするために、俺は念を押した。

「本当に『タケシ』の姿も見当たらなかった、ってことですね？」

　すると松下先生は何でもないようにさらりと答えたのだった。

「ああ、見当たらなかったな。確かに三人の他には誰もいなかったよ」

＊

　――せっかく運命の再会を果たしたばかりだというのに、もうお別れかい？　なんだかつれないなぁ。まあ、いい。この町の医療はちょっと遅れているようだからね。少しばかり人助けをしながら君の帰りを待つことにするよ。

　そこまで聞いたところで俺とアルメーヌはその場を後にした。去り際に先生が俺たちの背中に向かって投げかけてくれた言葉が印象的だったな。

　――中村くん。君は一人じゃない。たとえ離れていても私はいつだって君の仲間だからね。それを忘れないでくれよ。

　それは心の奥底にずんと響くもので、これから先もずっと残るだろうなって思えたんだ。

　さて町を出た俺とアルメーヌは、すぐに気持ちを次のことへ向けた。

「松下先生のおかげではっきりしたわね。タケシもヴァンパイアだった――。あいつめぇ、平気な顔して紛れ込んでいただなんて！　全然気づかなかったわ。でも、まだナナがナタリアである確証はないし、もしそうだとしても彼女の目的が分からないわ」

「次はそれを確かめにいくぞ」

「どこに？」

「魔王城だ！」

「はあ!?　もう魔王を討伐する冒険からおりたんじゃなかったの!?」

目を丸くしたアルメーヌの手をぎゅっと握った俺は、力強い口調で告げたのだった。

「クライヴとの決着をつけることからはおりてないってことだ！　さあ、行こう！」

■法則その22　いかにも怪しい扉には入らないほうがいい

――ねえ、お兄ちゃん！　知ってる!?　ダンジョンの中でいかにも怪しい扉が出てきた時は入らないほうがいいよ！　間違った扉を開けるとろくなことが起きないから！

*

ノルマールを出た俺たちが向かったのは『魔王城へ続く地下迷宮』だった。

もちろん伝説の剣『エクスカリバー』がないと扉が開くことはない。だからタケシたちが世界中からオーブを集め、『エクスカリバー』を持ってやってくるのを来る日も来る日も待ち続けていたのだ。

ただ待っているのも面白くないので、あたりに出現するモンスターをひたすら倒しまくった。そのおかげでレベルは90まで達していた。

そうしてようやくやってきたタケシたちが扉の封印を解き、地下迷宮へと姿を消したのを確認してから、俺たちも入ったのである。

『キープ・キリング』では課金していようといまいと、ダンジョンの構造が変わることはない。つまり本編をクリアした俺にとって、地下迷宮と魔王城の攻略もさして難しくはなかった。だから俺たちはあっという間に魔王城の最上階に達したのだった。

「右と左に扉があるわね。どちらに入るの？」

右の扉はきらびやかな飾りのついた豪勢な作りで、左は簡素なドアノブのついたこぢんまりとした作りだ。魔王の玉座に続いている扉ということを考えれば、右の扉のほうがふさわしく、左の扉はいかにも怪しい。

「こういう時は『いかにも怪しい扉に入ってはいけない』ってミカが言ってたぜ」

「じゃあ、右の扉を開けて進むってことね」

俺はニヤリと笑みを浮かべると、『左』の扉のドアノブに手をかけた。

「ちょっと！　ミカのアドバイスを聞かないつもり⁉」

「ああ、そうだな。『間違った扉を開けるとろくなことが起きない』らしいが、それでいいんだ」

——バンッ！

勢いよく扉を開けて、足を踏み入れる。とたんに俺の頭上には『死亡フラグ』が立った。隣にやってきたアルメーヌの頭上にも同じ旗がはためいている。部屋の中は真っ暗で何も見えない。俺は一歩また一歩と足を進めながら叫んだ。

「おい！　ナナ！　いるんだろ⁉」

その直後にパッと天井のシャンデリアに灯りがつき、部屋が明るくなったかと思うと、俺たちを無数のモンスターが取り囲んだのである。

「ほら。やっぱりろくなことが起きなかったじゃない」

「つまり『正解』だったわけだな」

「はぁ？　何を言って……」

アルメーヌがそう言いかけたところで、目の前のモンスターたちがすっと道を開けた。そしてその奥からフードを目深にかぶった人物がゆっくりと近づいてきたのだ。

「よお、ナナ。会いたかったぜ」

俺は気さくに声をかける。すると彼女はぱっとフードをとって顔を見せた。

夜空に輝く三日月を思わせるはかなげで美しい顔立ちはまさにナナその人だ。彼女は薄い唇に小さな笑みを浮かべた。

「まさかお兄さんのほうがここにやってくるとは思いませんでした」

なるほどね。この期に及んでまだ正体を隠そうとしているのか。

だったらこっちは『賭け』にでるまでだ。

「水くせえな。一緒に化け物退治の旅をした仲じゃねえか。『お兄さん』とか呼ぶんじゃねえよ。『ナタリア』！」

ナナが切れ長の目を大きくする。だがそれもつかの間、部屋中に響くような大きな声で笑い始めたのだった。

「あはははは！　そう、私はナタリアよ。やっぱりあなたはくせ者ね！　恐れ入ったわ！」


どうやら『賭け』に勝ったようだな。

ナナがナタリアだった。

つまりクライヴはタケシということだ。

これまでしれっと俺たちのそばにいやがって。

いまだに地下迷宮にいるであろう彼のもとへ行って一発ぶんなぐってやりたい衝動にかられる。だがここで短気を起こしたらすべてが水の泡だ。

今できることを冷静に遂行しなさい――。松下先生に何度も教わっただろ。

そう自分に言い聞かせてから、俺はナナにぺこりと頭を下げた。

「そりゃ、どうも」

「別に褒めたつもりじゃないけど。まあ、いいわ。久しぶりね。イルッカ。それにアルメーヌちゃん。私も会いたかったわ」

ナナがすっと右手を上げると俺たちを囲っていたモンスターたちが部屋の奥へと消えていった。張り詰めていた緊張感が解かれ、俺とアルメーヌの肩の力も抜ける。

だが油断大敵だった。次の瞬間、ナナは目を赤く光らせたかと思うと、大きな鎌を横に一閃《いっせん》させたのだ。

「えっ……？」

驚きの声しか出せないアルメーヌに向かって、青白い刃が吸い込まれていく。

俺はとっさに叫んだ。

「順番が違うだろ！」

ナナはアルメーヌの首筋の手前でピタリと刃を止め、

「どういう意味よ？」

と冷たい口調で問いかけてくる。

俺は努めて落ち着いた口調で答えた。

「やるならクライヴが先だ」

「なんで？」

「単純なことだよ。ヤツのほうが狡猾《こうかつ》だし、仲間が手ごわい」

「あは。それじゃあ、まるで自分たちが劣っていると言ってるみたいじゃない」

「否定はしねえよ」

俺の言葉にナナはしばらくの間アルメーヌを睨みつけていたが、小さなため息をついて鎌をおろした。

「いいわ。でも覚えておきなさい。私が殺したいほど恨んでいるのはクライヴとあなたってこと」

アルメーヌは青い顔をしたまま、かすかに震える声で問いかけた。

「私たちの旅を妨害したのは、翔太じゃなくて私を狙っていたからなの？」

「そうよ、当たり前じゃない。イルッカ……翔太を狙う理由がないもの。むしろあなたから守ってあげたいくらいだわ。そうだ！　今からでも遅くないわ。翔太、私の仲間にならない？」

アルメーヌはきゅっと唇をかむと、俺の袖をつかんだ。離れないで、と言わんばかりに……。俺は彼女を安心させるためにその手を握る。俺たちの様子を見ていたナナは乾いた笑みを浮かべた。

「それが答えということね。いいわ。アルメーヌちゃん、安心なさい。まずはクライヴよ。あいつをこの手で八つ裂きにしてから、あなたをどうするか考えてあげる」

ひとまずアルメーヌへの感情は収まったみたいだ。ならば本題に移ろう。

そこで俺は一歩前に出て穏やかな調子で質問した。

「ひとつ聞きたいんだが、なぜミカを『キープ・キリング』の世界へさらったんだ？　俺が追いかけてくるのを見越して、ミカと俺をクライヴの手から避難させたかったのか？　あのスマホはお前さんのものなんだろ？」

ナナはあごをくいっと上げて笑い飛ばした。

「あはは！　うぬぼれるのもたいがいにしたほうがいいわよ。勘違い男は嫌われるから」

「どういうことだ？」

と俺は眉をひそめる。

すると彼女はさらりと答えた。

「そもそもあのスマホは私のものじゃないし、あんな仕掛けを作れるような能力があったら、クライヴなんてとっくに罠にはめてるわよ。クライヴがあんたとミカの命を狙ってあんたの世界にいるのは知ってたから」

「そうだったのか……」

「でも私には誰がクライヴなのか、さっぱり分からなかった。でもミカのそばにいれば必ず姿を現すと信じていたわ。そうして彼女の誕生会の日を迎えた。あんたの部屋に入った時からあのスマホはあった。それを見たミカはあんたが魔王にさらわれたと勘違いして迷わずボタンをタップした。そしたらすぐに意識を失ってしまったのよ」

「なに？」

「正直言って、何が起こったのかさっぱり分からなかったわ。だってスマホのボタンをタップしたら別の世界にトリップしてしまうなんて信じられないでしょ？　でももし本当にスマホを通じて『キープ・キリング』の世界へ移れるとしたら、ミカを利用してクライヴをおびき寄せることができるかもしれない——そう考えたの」

「つまりミカを『餌』にしたということだな？」

「ええ。予想通りにまずはあんたが食いついてきた。都合よくアルメーヌちゃんと一緒にね。これであんたも『餌』になった。そうなればヤツも食いつかざるを得ない。すべては私の思惑通りになったわ」

「なるほどな。ところでミカはどこにいるんだ？」

「それはまだ言わないほうがいいんじゃない？　いつ誰が裏切って彼女の身に危険が及ぶか分からないんだもの」

　そう言いながらナナがアルメーヌのほうをちらりと見た。俺は彼女を自分の背に隠して続けた。

「分かったよ。俺としてはミカが安全な場所にかくまわれているなら、それでいいんだ。すべての決着がついたら会わせてくれ」

「もちろんそのつもりよ。それで、これからどうするの？」

「手を組みたい。一緒にクライヴを倒すんだ」

「いいの？　私は魔王よ」

「いや、お前さんは魔王の振りをしているだけだろ？　もし魔王ならこれまでに何度も直接手をくだすチャンスはあったはず。でもお前さんはそうしなかった。なぜか？　できなかったんだよな。ヴァンパイアは『死亡フラグ』の立った者以外を攻撃できないから。おおかた『瞬間移動』の特殊能力を持ったヴァンパイアってところだな」

「えっ⁉」

アルメーヌが素っ頓狂な声をあげた。ナナもまた目を見開いて驚いている。しかし否定しようとしないところを見ると『魔王の振りをしている』というくだりは図星のようだな。

「この際、ナナの正体がなんだってかまわねえよ。俺たちには共通の敵がいる。そいつを倒すのに協力するか、しないか――ただそれだけの問題だ」

　そこで会話は途切れ、重い静寂が部屋に漂い始めた。

　ナナは俺の目をじっと見つめ、俺もまた彼女から視線をそらさずに見つめ返していた。まるで剣豪同士の果し合いのような緊張感だ。

　だが俺は彼女と腹の探り合いやだまし合いをするつもりはない。

　ミカに平穏をもたらしたい、ただその一心だけを視線に込め続ける。

　そうしてしばらくしたところで、彼女はニコリと笑顔になった。

「いいわ。手を組みましょう」

　彼女から発せられていた冷たい殺気が解かれ、まるで冬から春になったように室温がぐんと上がった気がする。

俺もまた口角を上げ、ナナに右手を差し出す。だが彼女はふいっと顔をそらした。

「調子に乗らないで。これからどうやってクライヴを迎え撃つのか、考えるのが先決でしょ。あいつは狡猾だからそうやすやすと『黒い旗』を立てさせないでしょうに。『黒い旗』が立たないと私とアルメーヌちゃんはあいつに手出しができないのよ」

バツが悪くなった俺は顔を伏せながら手を引っ込めた。

「それは心配ねえよ。この部屋で彼を迎え撃てばいい。この部屋は足を踏み入れたら確実に『死亡フラグ』が立つからな」

「つまりこの部屋で決着をつけるってことね。でも萌香とレオンはどうするの？　彼女たちを盾にされたら攻撃できないわよ」

アルメーヌが苦い顔をする一方でナナは何でもないように鼻を鳴らす。

「ふん、知ったことではないわ。邪魔なら二人とも殺してしまえばいいだけよ」

もちろんそんなことはできないし、絶対にさせない。

俺は静かに口を開いた。

「実はグリーン大草原でパーティーを解散するって時から、こうなることを予感していたんだ。タケシがクライヴであることも含めてな。だからすでに先手を打っておいた」

「先手？」

「ああ、『選択に迷った時はレオンを頼れ』ってな。彼は絶望的に勘が悪い。そのことをタケシも知っている。だからこの部屋に入ってくるはずだ。萌香とレオンの二人だけでな。そして彼らに

『死亡フラグ』が立ったと見るや、彼らを残してそのドアを閉めるだろうよ」

「でも貴重な人質をみすみす見殺しにするかしら？」

「利用価値がなくなればそうするだろ。ここまでくれば残す敵は魔王だけだ。タケシとクレインにとって二人は不要になる」


はたしてその思惑通りになった。

三日後、勢いよくドアが開けられ、怜音と萌香が部屋に入ってきた。そして彼らを残してドアは閉められたのである。

まあ、誤算を挙げるとすればナナの行動だったな。

暗闇の中で萌香たちをモンスターで囲んだ彼女は、彼らの背後からぬっと顔を出して「ばあっ！」と驚かせたのだ。彼女いわく「三日もアルメーヌと過ごしたからストレスがたまってたのよ！」だそうだ。

しかしやりすぎだろ……。

何も知らなければ、そこらのホラー映画よりも断然怖いに決まっている。

「うああああ！」

「きゃああああ！」

萌香たちが天地がひっくり返ったようなパニックに陥ったのは言うまでもない。泣き叫ぶ彼女らを部屋の奥まで引っ張っていくのはひと苦労だったし、俺の顔を見てもなかなか信じてくれなかったのもうなずける。

何はともあれ、これでタケシから仲間たちを引き離すことができた。

後は彼と決着をつけるのみだ。

クライヴは魔王の部屋に入ったとたんに逆上するだろうな。

なにせいるはずの魔王がいないのだから。さらに彼の最大の目的であるミカの姿もない。

となれば彼が『魔王だと思い込んでいた者』の正体と目論見《もくろみ》に気づき、この部屋にやってくるのは時間の問題だ。

当然彼とクレインとの戦闘になることが想定される。そこで俺はもう一つ『仕掛け』を施しておいた。

そうしてしばらくしてから彼らは部屋に入ってきた。

「しょうたぁぁぁぁ!!」

俺に向かって突撃してくるタケシ。ナナが奇襲をかけて彼を食い止めたところで、俺は腹の底から声を出したのだった。

「さあ、決着をつけようじゃねえか。クライヴ――いや、今の名は『タケシ』だったな」

と――。

■法則その23　悪いヤツはいつだって力を求める

――レオンくん、ゲームは進んでるかな？　今日は途中で悪いヤツを見失った時のヒントを教えるね！　ＲＰＧに出てくる悪いヤツって、いつも力を求めてるんだよ！　しかも楽して強くなりたいってね。だからどうすれば力を得られるか考えてみるといいんだよ！　じゃあ、頑張ってね！　いつも応援してるから！

＊

　ごめんね、ミカお姉ちゃん。

　僕、滝沢怜音には彼女に黙っていたことがある。

　それは『キープ・キリングを絶対にクリアする』というお姉ちゃんとの約束を破ってしまったことだ。

　ミカお姉ちゃんは僕がゲームを続けていると信じてくれていて、毎日ちょっとずつゲームの攻略方法をメールしてくれたよね。今日は本編をクリアした後のサブイベントのことまで細かく教えてくれた。

でも僕は病院を出てひとりぼっちになってしまったのだから仕方ない。

それはいつも僕が自分に言い聞かせていた、都合のいい言い訳だった。

本当は病院を出る前からゲームをやらなくなっていたのだから、そんな言い訳が通用しないのは分かっている。

でも僕にクリアするのは無理だ。

もうミカお姉ちゃんの「頑張れ！」の声も、中村先生が僕の頭を優しくなでて褒めてくれることもなくなってしまったのだから……。

それから、あきらめたのはゲームだけじゃない。僕は中村先生とミカお姉ちゃんにどうしても言いたいことがあった。それを口に出すのが怖くて言えなかったんだ。


ある晩のこと。

眠りにつこうとしていた僕の耳に、おじさんの柔らかな声が入ってきたのだ。

「これは君のスマホかい？」

ふと横を見ると、かつて『キープ・キリング』を遊んでいたスマホが、見知らぬ人の手の上にある。僕は「うん」と答えたつもりだけど、眠くて声が上手く出てこなかった。でもしっかりと通じたようだ。

「そうか。それはよかった。実はこれを貸してほしいんだ」

どうして？　と今度は心の中で言った。目をかすかに開くと、黒いズボンをはいた細い足が見える。でも僕は眠すぎてこれ以上は目も口も開けなかった。

「君の大切な友人を助けるためだよ」

友人？　僕には友達なんて一人もいないよ……。

「思い込みはよくないな。君は君が考えている以上にたくさんの友人に囲まれているんだよ。その中でもこれから君が助ける人たちは特別さ」

僕が助ける？　いったい誰を？

「それは君自身の目で確かめるといい。では私はここで失礼するよ。君の大事なスマホはすべてが終わったらちゃんと返すから安心しておくれ。じゃあ、君の健闘を祈っているよ」

ねえ、教えてよ。僕が助ける人たちっていったい……。

でも僕はどうしようもない眠気には勝てなかった。だから最後まで言えず、静かに眠りについた。そして目覚めたら、ビックリすることが起きたんだ。

なんと『キープ・キリング』の世界に立っていたのである！

新品の鎧に大きな盾――。ゲームの世界が現実になったのだからワクワクしないわけがない。

でも僕は知っている。

臆病者の僕では勇者になれないって――。

*

ここは魔王城の最上階。僕は今『入ったら絶対に死亡フラグが立つ』という部屋の片隅にいる。

「いい、レオンくん。私のそばから絶対離れちゃダメよ」

僕に声をかけてくれたのは萌香さんだ。彼女の声かけに、僕は大きくうなずいた。

周囲には大量のモンスター。でも彼らは僕たちを襲うのではなく、守ってくれている。それは部屋の中央で大きな鎌を振りかぶったナナというヴァンパイアのおかげらしい。

僕はナナのことをずっと魔王だと思っていたけど、中村先生は「彼女は味方だ」って教えてくれたんだ。

そして彼女は今、中村先生、アルメーヌお姉ちゃんと一緒にタケシと戦おうとしている。

タケシはすっごく悪いヤツで中村先生とミカお姉ちゃんの命を狙っていたって聞かされた。病院にいた時から苦手だったけど、やっぱり僕の勘は正しかったってわけだ。

でもそんなタケシに対して、中村先生は「無益な戦いはやめよう」と持ち掛けたんだ。


「無益？　ははは！　笑わせるのもたいがいにしてくれないか？　僕はね。使命を帯びているんだよ。だから戦うんだ」

「使命だぁ？」

「ああ。天から声が降ってきたんだ。『中村翔太は危険だから消してくれ』ってね。その役目を果たすのが僕の使命さ」

「だったらその天に言ってくれねえか？　『中村翔太は危険なヤツではありません。だから許してやってください』ってな」

「ははは！　何を言いだすかと思えば、実に見苦しいね。男なら堂々と戦って、屍《しかばね》をさらすといい。本当はね、君の妹の死をプレゼントしようと思っていたけどやめにしたよ。その代わり、君があの世でも寂しくないように、すぐ兄の後を追わせてあげる。はははは！」

大笑いするタケシを前にして、先生は大きなため息をついた。

「やっぱり戦うしかねえのか？」

「そういう運命なんだよ。僕と君はね。そして君は僕の剣によって心臓を貫かれる。そこまでが決まったことなんだ」

先生が腰から短剣を抜く。ナナとアルメーヌお姉ちゃんも武器をかまえた。

「数ではこちらのほうが有利だぜ」

「面白い。君たちが束になってかかってきても、僕とクレインにはかなわない」

「さあ、それはどうだかな」

次の瞬間。がらりとタケシの雰囲気が変わった。

それは戦いの始まりを告げる合図だった——。

「クレイン！　僕を援護してくれ！」

「分かった！」

タケシの号令にクレインが杖を上下に振って、魔法で炎のドラゴンを作る。

「ガアアアア！」

大きな口を開けたドラゴンはアルメーヌお姉ちゃんを飲み込もうとした。

「させない！」

そう叫んだナナが彼女の前に立って、斜めに鎌を振り下ろす。すると疾風の刃がドラゴンを真っ二つにした。ナナと入れ替わるようにアルメーヌお姉ちゃんがタケシに向かって飛び込む。

「やあああああ！」

「こざかしい！」

タケシは手にした長剣でアルメーヌお姉ちゃんの鎌を受け止めると、強烈な前蹴りを彼女にぶちかます。

「うぐっ」

アルメーヌお姉ちゃんが派手に吹き飛ばされ、そこにクレインが魔法で作った氷の槍《やり》が襲いかかった。

「アルメーヌ！」

地面を思いっきり蹴った中村先生は彼女を受け止めると同時に、氷の槍に背を向ける。

――ドンッ！

鈍い音と共に「うがあっ！」という中村先生のうめき声が響いてきた。

そして息つく間もなく、タケシが剣を振り下ろしたのだ。

「死ねええええ!!」

「タケシくん、やめてぇぇ!!」

萌香お姉ちゃんが叫ぶ。僕は怖くて、ただ震えていた。

だがタケシの一撃は先生の首をはねることはなかった――。

「あんたの相手は私だっての!!」

ナナの怒声が耳をつんざく。彼女はタケシの真横から彼の首筋に向けて刃を吸い込ませていったのだ。

「ちっ！」

舌打ちをしたタケシは、ぐるんと体の向きと剣の軌道を変えて、ナナの攻撃をギリギリのところで受け止めた。無理な体勢をとったためかタケシにわずかな隙が生じる。それを中村先生は見逃さなかった。

「さあ、反撃だぜ！」

大きなダメージを食らったはずの先生が、タケシのことはナナに任せてクレインへ突撃していく。しかもクレインやタケシに比べると格段に動きが速い。

「くっ！　近づけさせるか！」

クレインが杖を一振りすると、床から土の手が伸びてきて中村先生の足首をつかんだ。

「ぬおおおおお！」

しかし中村先生の突進は止まらない。あっさりと土の手を振りほどく。それでもわずかにスピードが鈍ったため、ナナをかわしクレインの前に立ったタケシによって剣撃は食い止められてしまった。だが中村先生のパワーはすさまじく、タケシはふわりと浮き上がって後方に飛ばされる。それをクレインが受け止めたのだった。


「すごい……」

僕は圧倒されていた。『キープ・キリング』のゲームで何度もモンスターと戦ったけど、今、目の前で繰り広げられているものはまったくの別次元だ。

自然と膝が震えて立っていられなくなる。そんな僕に対して、

「大丈夫よ。中村先生はきっと大丈夫だから」

萌香さんがそっと背中を支えてくれた。でも彼女もとても心配そうに大きな耳を垂らしている。

怖いのは僕だけじゃないんだという事実を知って、なぜかほっとした気分になった。


「なかなかやるね」

タケシがニヤニヤしながら中村先生を褒める。中村先生は少しだけ荒くなった息を整えながら返した。

「汗一つかかずにそう言われても嫌味にしか聞こえねぇよ」

「ははっ。でも驚いたなぁ。まさかナタリアもいただなんて。相変わらず可愛い顔の割には中身はオオカミのようだね」

「私も驚いたわ。あんたの下衆っぷりは全然変わっていないんだもの」

「君に言われたくない。まさかヴァンパイアの特殊能力の『魔物使い』でモンスターを操るとはね。しかしかなりレベルが高くないと扱えない能力だと思うんだけど、違うかな？」

「あはは！　そりゃそうよ。レベル80でようやく使えるようになったんだから」

「じゃあ、君はどうやってそんな高いレベルになれたんだい？」

「私のパートナーの特殊能力が『レベル操作』ってやつだったの。いの一番に私のレベルを80まで上げてくれたわ」

「ほう……。それは『ミカ』のことかい？　ところで彼女は今どこにいるんだ？　君のパートナーなんだろ？」

「ふん、言うはずないでしょ」

ナナが鼻で笑うと、タケシは首をすくめた。

「そうか。なら仕方ないね。少し痛い目にあってから吐いてもらおうかな」

「あんた。四面楚歌《しめんそか》の今の状況でまだそんなことを言ってるの？」

「ははは！　四面楚歌ね！　いいね！　主人公にふさわしい窮地じゃないか！」

そこまでタケシが言葉を並べたところで、中村先生がボソリとつぶやいたんだ。

「タケシのレベルが92だと……。ということはヤツにも……」

タケシの目が赤く光る。ニヤリと笑ったとたんに口元には鋭い牙が覗いた。

「ナタリアにできて、僕にできないことはない」

戦慄が走り、全身から汗がぶわっと噴き出してくる。

次の瞬間、先生が僕たちのほうを向いて叫んだ。

「レオン！　萌香！　その場を離れるんだ！　早く‼」

だが僕と萌香さんは動けなかった。なぜなら僕たちに背を向けていたモンスターたちが一斉に襲いかかってきたのだから……。

「うあああ！」

叫び声をあげると同時に大きな盾を前面に押し出す。ガツンと殴られた衝撃が盾を持つ両手を通じて腹に響いてきた。

「うぐ……」

かつてストーンゴーレムに殴られ続けた時の恐怖が鮮明によみがえり、泣きだしたくなる。でもそんな僕を励ましてくれたのは萌香さんだった。

「大丈夫。大丈夫だから！」

彼女は装備したナイフでモンスターたちを牽制しつつ、ダメージを受けた僕に回復魔法を唱えてくれた。

それでも彼女だって無傷とはいかない。左右から飛んでくる魔法攻撃を受けながらも、僕に対して必死に笑顔を向けていた。

「どうして……？　どうして萌香さんは笑顔でいられるの？」

萌香さんは途切れ途切れになりながら声を絞り出した。

「私、仲間を信じてるから……。中村先生と……。アルメーヌちゃんと……。レオンくん、あなたのことも。一人一人は小さな力でも……。みんなで力を合わせれば……。絶対に乗りきれるって、信じてるから……」

そう言いきった直後に巨大な火の玉が萌香さんに直撃した。

「きゃああああ！」

盾の陰から前方を覗くと、クレインがニタリと不気味な笑みを浮かべている。

「あいつめぇぇ！」

そう叫んだものの、彼との距離は離れているし、僕は武器を装備できないから攻撃できない。悔し涙に視界がかすむ。でも泣いている場合じゃないのは、さすがの僕でも理解できた。

すでに部屋のあちこちでモンスターが大暴れしている。そのうえでタケシとクレインが中村先生たちを攻撃し続けているのだ。先生たちは防戦一方で自分の身を守るのに精いっぱいに違いない。

僕が萌香さんを助けなくちゃ。

がくりと膝をついて苦しんでいる彼女にポーションを振りかけた。でもそれだけじゃ回復量は全然足りない。

「レオンくん……。私は大丈夫だから……。自分だけのことを考えて……」

萌香さんが震える唇で懸命に笑顔を作ろうとしている。しかしモンスターの攻撃をあと一撃食らったら、彼女の命がないのは目に見えている。ついに僕は泣き叫んでしまった。

「嫌だよ！　僕、嫌だよ！　萌香さんが死んじゃうの！」

……と、その時だった。ストーンゴーレムが萌香さんに向かって拳を振り下ろしてきたのだ。彼女はまったく反応ができず、ただモンスターを見上げている。

怖い。怖い。怖い。

僕はストーンゴーレムを見ただけで吐き気をもよおすほどに、あの時のことがトラウマになっている。

でも……。それでも……。

萌香さんを死なせたくないんだ‼

僕はとっさに前に出て萌香さんを大きな盾の下に入れた。

――ドゴンッ！

轟音と共に強烈な衝撃が全身を走る。目が回りそうなほど痛い。でも、僕は屈しなかった。

「何度でもこい‼」

そう叫んで自分を奮い立たせた。ストーンゴーレムは容赦なくもう一度右手を大きく振りかぶる。僕も盾をかまえ直した。

だがその時……。

「ガアアアアア!!」

なんと真横からオオカミのモンスターが飛びかかってきたのだ。

「レオンくん！　危ないっ！」

萌香さんが渾身の力を振り絞って、僕とオオカミの間に立って両手を広げた。

僕を守るために……。

「嫌だぁぁぁぁぁ!!」

僕が叫んだその瞬間――。

――ドンッ！

鈍い音がこだましたかと思うと、オオカミが派手に吹き飛ばされていったではないか……。

いったい誰が？

考えるまでもなかった。なぜならオオカミの背中には中村先生の短剣が突き刺さっていたのだから――。

「先生!!」

僕が叫ぶと同時に先生は、右手を高々と上げたストーンゴーレムの背中に、強烈なタックルを炸裂させた。

「グオオ！」

耳を覆いたくなるような大きな音を立ててゴーレムが前のめりに倒れる。それをあっさりひっくり返した中村先生は、ゴーレムのすねを思いっきり踏みつけた。弱点をつかれたゴーレムの目から光が消える。それを確認した先生は僕たちに柔らかな口調で問いかけてきたのだった。

「二人とも無事か？」

萌香さんは自分に回復魔法をかけながら、うなずいている。僕もまた彼女と同じように大きく首を縦に振った。すると先生は僕の頭をくしゃりとなでてくれたのだ。

すごく温かくて、僕の大好きな手だ。

「ちゃんと見てたぜ。かっこよかったじゃねえか」

「先生……。僕……」

今度は嬉しくて涙があふれて止まらない。そんな僕に対して、先生は小さく笑いかけてくれた。

「レオンの勇気が一人の人間の命を救った。俺はお前さんのことを仲間として誇りに思ってるぜ。さあ、今度は俺が見せなくちゃな。仲間を守る勇気を！」

先生は僕と萌香さんをかばうように仁王立ちした。

そこに現れたのはタケシだった。

彼はゆっくりと足を進めてくると、先生から少し離れたところで立ち止まった。彼の両隣には赤い鱗《うろこ》のレッドドラゴンと、青い鱗のブルードラゴンがいる。

「ははは。この期に及んで『お友達ごっこ』とはねぇ。あきれるのを通り越して、笑えるね」

「ふん、友人のいないあんたに言われたくねえな」

先生の両隣に、アルメーヌお姉ちゃんとナナの二人が立つ。彼女たちは先生を守るようにして鎌を交差させた。その様子に冷ややかな目を向けたタケシは明るい調子で言った。

「ははは。こんな僕にも一人だけ友達はいてね。今はあそこで魔法の準備にいそしんでいるよ」

彼が親指で後ろをさすと、そこにはクレインが真剣な表情でぶつぶつと何かをつぶやいている。

いったい何をしようとしているのだろう……？

その疑問に答えたのはタケシだった。

「究極の爆裂魔法。『アルティメット・ビッグバン』。痛みを感じる間もなく一瞬で吹き飛ぶから安心してくれ。ちなみにヴァンパイアといえどもノーダメージとはいかないだろうね。体の大部分がちぎれて、身動きがとれなくなったところで、僕がとどめをさしてあげるよ。ちょっとの間だけ苦しむことになるけど、我慢してくれよな。はははは！」

まずいよ……。『アルティメット・ビッグバン』と言えばこの世界でもっとも強力な魔法だ。魔王ですらたった一発で倒せるらしいとミカお姉ちゃんから聞いたことがある。ストーリーだけを楽しみたい人のためにある魔法で、あまりに強力すぎて、通常のプレイヤーは使用を自粛するのが暗黙のルールなんだとか。

そんな魔法を食らったら、ひとたまりもない。

けど先生はまったく動じなかった。

「丁寧な説明をありがとな」

「クレインを止めなくていいのかい？」

「止めさせてくれるのか？」

「止められるものなら、ね」

いやらしい笑みを浮かべたタケシの背後には、巨大なモンスターが幾重にも隊列を組んでクレインの手前に立ちはだかっている。これでは彼が魔法を唱える前にたどり着くのは無理だ。

いくら中村先生でもこの状況ではあきらめざるを得なかったのだろう。肩の力を抜いて、武器をおろしてしまった。

「ああ、やめとくよ。だから待っている間に一つだけ質問していいか？」

「いいだろう。冥途の土産にでも持っていくといいさ」

「そいつはありがてえな。じゃあ、聞くぞ。お前さんは俺への復讐を果たしたらどうするつもりなんだ？」

タケシの目が一瞬だけ大きく見開かれた。でもそれもつかの間、彼はにやけ顔に戻して答えた。

「僕はこの世界の主人公だからね。魔王が復活しないように目を光らせながら、世界の正義と平和のために戦い続けるよ」

その答えに先生が腹を抱えて大笑いした。

「ははははは！　ウソはよくねえぞ！　ウソは！　ははははは！」

「ウソ？　いったい僕の発言のどこにウソがあると言うのだい？」

むっとして眉間にしわを寄せたタケシに対し、笑い終えた先生はぞくっと背筋が凍るような低い声で答えたのだった。


「世界の正義と平和、じゃなくて、自分の正義と平和のためだろ？」

タケシが再び目を見開く。でも今度はその目が細くなることはなかった。

先生は彼が何か言う前に続けた。

「お前さんは戦い続けるよ。自分の正義を貫くためにな。ちょっとでも気に食わない、耐えられないことがあれば、すぐにその相手を『敵』とみなす。そして全力で『敵』を叩きのめして、自分の平和を守るんだ。これまでもそうしてきたように、これからもそうやって生きていくんだろ？　だから友達なんていないし、仲間なんて信じない」

「君は僕を侮辱するつもりか？」

タケシの冷たい口調に対し、先生は柔らかな口調で返した。

「いや、侮辱なんかするつもりはさらさらねえよ。ただ少しばかりかわいそうでな」

「かわいそう？　僕が？　ははは。死を目前にした男が笑わせてくれるね」

「なあ、ここらで終わりにしねえか？　今ならまだ引き返せる。お前さんは賢い。それにヴァンパイアとしての力もある。その能力を、人を殺したり、おとしめたりじゃなくて、人を信じたり、守ったりすることに使ってみねえか。そうすればお前さんにも良い友達や仲間ができるはずさ」

「断る。そもそも僕は強い。だから友達や仲間なんて必要ない。ひとりでじゅうぶんに生きていけるからね」

「強い？　弱いの勘違いだろ。俺に言わせれば、勇気のない意気地なしだな」

タケシがついに牙をむき出しにして怒りを爆発させた。

「きさまぁぁ！　調子に乗るな！　この死にぞこないが！」

ビリビリと空気を震わせるような大きな声に、僕は思わず首をすくめてしまった。

だが先生はむしろ一歩足を前に踏み出して言い返したのだった。

「強さを勘違いするんじゃねえ！　強さってのは他人を攻撃した時じゃなくて、他人を守った時にはかれるものなんだよ！」

　タケシは引きつった笑みを浮かべて右手を上げた。

「命乞いをすれば、萌香とレオンくらいは助けてやってもいい、と思っていたんだけどね。君のせいで彼らも死ぬことになった。つまり君は人殺しさ。僕を侮辱したことを後悔しながら死んでいくといい」

「ちょっと待ってくれ」

　先生はタケシを制するように右手を上げた。

「なんだい？　今さら命乞いはなしだよ」

「いや、一つだけ言い忘れたことがあってな」

「ほう。いいだろう。僕は心が広いからね。言わせてあげるよ」

　先生は小さく頭を下げた後、咳ばらいを一つした。

　そして部屋中に響くような大きな声をあげたのだった。


「死にぞこないはてめえのほうだ。タケシ」


　タケシの顔がみるみるうちに怒りに歪《ゆが》んでいく。そして彼は右手を勢いよく振り下ろしながら叫んだ。

「クレイン！　やってしまえ!!」

彼の号令の直後にクレインが高らかに魔法を唱えた。

「アルティメット・ビッグバン‼」

彼の杖が白く光りだす。

あと数秒後には僕たちはこの世界から消されてしまう……。

僕は怖くて目をつむった。


……けど、いつになっても大爆発は起こらなかったのだ。


「な……に……⁉」

タケシが驚愕のあまりに言葉を失う。すると中村先生は穏やかな声をあげたのだった。

「言ったろ？　死にぞこないはてめぇのほうだって」

今度は先生が右手を振り下ろす。

「あはっ。タケシは言ったわよね。『ナタリアにできて、僕にできないことはない』って。それは裏を返せば『タケシにできて、私たちにできないことはない』ってことよ」

「ふふ、そしてヴァンパイア一人より二人が協力したほうが、より強い力を発揮できる」

ナナとアルメーヌお姉ちゃんの髪の毛がふわりと上がり、彼女たちの全身を黒い炎が包み込んだ。その直後だった。クレインの前に整列していたモンスターたちが、一斉に彼へ襲いかかったのだ。さらにタケシの両隣にいたドラゴンたちもまたクレインめがけて飛んでいく。

「くそぉぉぉ！　こんなヤツら俺一人で……。なにっ⁉　魔法が出ない！　うあっ！　うあああああ!!」

　タケシはクレインのほうを振り返ったが、すぐにこちらに向き直った。

「貴様……。クレインに何をした？」

　先生が腰につけた袋からアイテムを取り出した。

「自己紹介の時に、自分で言ってたじゃねえか。『魔法を封じる魔法やアイテムの影響を絶対に受けてしまうのが弱点だ』ってな。だからこいつで封じたんだよ。ただし効果が出るまでに時間がかかるっていうから工夫が必要だったけどな」

　タケシが大きく目を見開いて先生の右手にあるアイテムを覗き込む。

「まさか……。部屋に入った時に振りかけられた粉か……」

「『魔封じの粉』っていうらしいぜ。ここにいるレオンからもらったんだ」

　それってボーリップの町で先生が僕のリュックから取り出したものだ！

　先生はまだ持っていてくれたのか……。

「そして効果が現れるまで余計なおしゃべりをしていたと……」

「ああ、時間を稼ぎたかったのは確かだな。お前さんがおしゃべり好きで助かったぜ。聞いてもいないのにベラベラと余計なことをしゃべってくれたんでね」

「おのれぇぇぇ！　こざかしい真似をしやがってぇぇぇ！」

　金切り声をあげながら、いきり立つタケシ。彼に向かってナナとアルメーヌお姉ちゃんの二人がじわりじわりとにじり寄る。

「あなた強いから自分ひとりで生きていけるんでしょ？」

「だったらそれを証明してみせてよ」

二人が同時にタケシに突撃していく。先生はくるりと振り返ると、僕の頭にそっと手をのせた。

「萌香を頼んだぜ。『勇者レオン』。俺はお前さんを信じてる」

「勇者……。僕が……」

先生はニコリと微笑むと、アルメーヌお姉ちゃんたちに続いた。


完全に形勢が逆転した瞬間だった――。


「くそがああ！」

タケシは懸命に剣を振るうが、一対三では太刀打ちできない。

ずるずると後退していくと、なんと床に伏せていた瀕死のクレインを盾にしだしたのだ。

クレインが必死に声を絞り出す。

「タ……タケシ……？　なんでだよ……。俺たち……仲間じゃなかったのかよ……」

「うるさい！　モブキャラは主人公を引き立てるのが役目だろ！　モブはモブらしく役に立て！」

「あなた正真正銘のクズね。でも私も似たようなものだから気にならないわ」

ナナが容赦なく鎌を横に薙《な》ぎ払《はら》う。タケシはその攻撃をかわしたが、彼に放り出されたクレインは避けきれず、真っ二つに斬り落とされた。

「ぐっ……！」

タケシの顔が大きく歪み、恐怖の色が濃くなっている。

それでも先生たちの攻撃をどうにかしのいでいた。しかししばらく攻防が続いたところで、突然タケシの動きが止まったのだ。

「なんだと!?　お前は死んだはずじゃなかったのか!?」

なんと上半身だけになったクレインが、彼の足首をがっしりとつかんだのである。

いったい何が起こったのか見当もつかない僕に、萌香さんが教えてくれた。

「あれはゾンビ・ソルジャーよ。クレインは死んでからすぐにゾンビに変わったんだわ」

萌香さんはそれだけ言ってその場を飛び出していく。僕が「待って！」と言っても、萌香さんは振り返らずに一直線に先生たちのほうへ駆けていった。

　一方の先生たちは、タケシの混乱を見逃さなかった。

「えいっ！」

——カァァァン！

アルメーヌお姉ちゃんの一撃がタケシの剣を弾き飛ばす。

「ぐあああああ！」

叫ぶタケシに対し、ナナが容赦なく鎌を振り下ろした。

「死ね。クズ野郎」

ようやくクレインの手から脱したタケシは懸命に体をそらす。だが必殺の一撃をかわすことはできなかった。

——ザンッ！

肉を切り裂く音が響くと同時にタケシの肩口から鮮血が噴き出した。しかし致命傷ではなかったようだ。

「がああっ！」

　手負いの虎のような咆哮をあげると同時にその場から逃げ出そうとするタケシ。だがナナは彼の頭上に手を伸ばし、何かを握るような仕草をした。そして弾《はじ》けるような声をあげたのだった。

「ねえ、知ってるかしら？　ヴァンパイアは一度つかんだ『フラグ』を絶対に離さないの。たとえ異世界に飛ばされようともね！」

　フラグ？　いったい何のことだろうか。

　でもタケシにはその意味がしっかりと分かっているらしく、顔を真っ青にして震えだした。そんな彼の目の前にアルメーヌお姉ちゃんが立つ。彼は情けない声をあげた。

「や、やめろぉぉぉ!!」

　しかしアルメーヌお姉ちゃんはまったく意に介することなくヴァンパイアの鎌を大きく振りかぶる。……と、その時だった。

「アルメーヌちゃん！　やめて!!」

　甲高い声がアルメーヌお姉ちゃんを引き留めたのだ。

　その声の主は、萌香さんだった――。

　アルメーヌお姉ちゃんの手がピタリと止まる。中村先生もびっくりしたようで、萌香さんを見て目を丸くしていた。

　そうして萌香さんはみなの隙をついてタケシの前に立ち、必死に声をあげたのだった。

「先生！　タケシくんを許してあげてください！　お願いします！」

「萌香……。そこをどくんだ。もう彼はお前さんの知っているタケシじゃない」

「いいえ、どきません！　タケシくんはタケシくんです！　自信家でちょっぴり意地っ張りなところがあって、笑顔を作るのが苦手だけど、頑張り屋さんで一生懸命私についてきてくれる後輩なんです！」

みなが唖然として言葉を失っている。でも萌香さんはタケシの命乞いを続けたんだ。

「誰にでも一つや二つ、間違いはあるでしょ？　それを許さないのはあまりにもひどいと思うんです。どうかお願いします！　彼を助けてやってください！　悪いことをしたのは、彼と一緒に私も謝りますから！　だから……。だからこれ以上、争わないでください！」

彼女の悲痛な懇願に先生たちは戸惑い、顔を見合わせている。

だがまったくの無駄だった……。後輩を想う彼女の気持ちなど、悪魔と化したタケシに伝わるはずがなかったのだ……。

「笑わせるな……。翔太を油断させるために、あんたに従順な振りをしていただけなんだよ！」

――ガッ！

彼は萌香さんの背後から腕を回し、彼女の首をきつく絞める。

「うぐっ……。タ……タケシくん……」

「全員動くな！　その場から少しでも動いてみろ。こいつの首筋に牙をつき刺してやる！」

萌香さんは尻尾を振って懸命に抵抗するが彼を振りほどくことはできなかった。

「タケシ!!　お前はこの世界の主人公なんだろ？　そんなことをする主人公なんていねえよ！　今すぐ彼女を離せ！」

先生が武器をかまえて吠《ほ》えた。だが即座にナナが声をあげた。

「クズに何を言っても無駄よ。クズは人の話に耳を傾けないから。こうなったらもう彼女の命はないわ。いっそのこと二人ともいっぺんに始末しましょ」

その言葉にアルメーヌお姉ちゃんが反対した。

「それはダメ。なんとしても萌香を救うわよ」

だが三人とも手出しができない。その間にタケシはずりずりと萌香さんを引きずりながら後退していく。そうしてついに外へ出るドアまでやってきた。萌香さんは意識を失ってしまい、ぐったりしている。

「今まで俺の隠《かく》れ蓑《みの》になってくれた礼だ。命だけはくれてやるよ」

タケシは彼女を捨てるように荒々しく地面に叩きつけると、一目散に外へ出ていったのだった。

「萌香!!」

全員で一斉に駆け出す。ナナだけは部屋を出たが、僕たち三人はなおも意識を失っている萌香さんのもとに集まった。そして彼女の容体を確認した中村先生が淡々とした口調で言った。

「脈はある。しかし呼吸をしていない」

声こそ落ち着いているが、先生の表情は鬼のように険しい。

「翔太！　萌香は死んじゃうの!?」

アルメーヌお姉ちゃんが甲高い声をあげ、僕は先生に詰め寄った。

「先生！　萌香さんを助けて！」

先生は右手を軽く上げて、僕たちがこれ以上騒ぎ立てるのをやめさせる。

とそこにナナが部屋に戻ってきた。

「ヤツはどこかへ逃げたわ。部屋の外はモンスターで埋め尽くされてる。きっと魔王城にいるすべてのモンスターをこの部屋の前に集結させたんでしょうね。しかも相当強い力で操っているみたいで、私一人じゃどうしようもないわ」

先生は目をつむり、口を真一文字に結んだ。目じりがひくひくと動き、鼻から何度も呼吸を繰り返している。きっとたかぶった感情を抑えて、冷静さを取り戻そうと自分の中で必死に闘っているのだろう。

けどそれもほんの少しの間だけだった。先生はゆっくりと目を開くと、力強い口調で早口に指示を飛ばし始めたのだ。

「萌香の蘇生《そせい》とモンスターの掃除を同時に行う。まずはレオン」

「はいっ！」

突然名指しされたものだから、思わず背筋がピンと伸びる。先生はいつになく真剣なまなざしを僕に向けた。それはまるで大人に向けるようなもので、こんな状況なのにちょっぴり胸が高鳴ってしまった。

「レオンはポーションを萌香に振りかけるんだ。あるだけ全部使ってしまっていい」

「うん！」

僕は返事と同時にリュックからありったけのポーションを取り出し始めた。

「次にアルメーヌとナナは外に出てモンスターを追っ払ってくれ」

「翔太、分かったわ！　任せて！」

「嫌、とは言えないわよね」

二人は勇んで部屋を出ていこうとする。最後に先生は自分がすることを口にした。

「俺はこれから人工呼吸を萌香に施す！」

その言葉を聞いたアルメーヌお姉ちゃんとナナがぴたっと足を止める。そして顔を真っ赤にして抗議した。

「人工呼吸ってキスして空気を送るやつでしょ！　そんなのダメに決まってるでしょ！」

「そうよ！　別にあんたがやる必要はないと思うわ。そこの少年がやればいいじゃない！」

「はあ？　一刻を争うんだ！　二人ともすねてないで早く外に出てくれ！」

アルメーヌお姉ちゃんとナナは揃って牙をむき出しにしている。何をそんなに怒る必要があるんだろう？　僕にはてんで想像がつかなかった。

「すねてなんかないもん！　バカ！　バーカ!!」

「そうよ！　調子に乗るんじゃないわよ！　アホ!!」

二人は先生に罵声を浴びせながら乱暴にドアを開けて、外に出ていったのだった。

*

「ぶはっ!!」

萌香さんが息を吹き返し、目を覚ました。

「萌香さん！」

嬉しくて思わず抱きついた僕の背中を、萌香さんは優しくさすってくれた。

「レオンくん。……そうか、私、意識を失っていたのね。ごめんね、心配かけちゃったね」

僕が萌香さんから離れたところで、中村先生が声をかけた。

「呼吸も止まってたんだぜ」

「へっ？　そうだったんですか……。処置は先生が施してくださったんですね。ありがとうございます」

ぺこりと頭を下げる萌香さん。先生はひらひらと手を振った。

「ああ、礼には及ばんよ。それに謝らなきゃいけないこともある」

「謝らなきゃいけないこと？」

「人工呼吸をしたんだがな。器具がないからマウス・トゥー・マウスでやったんだよ。感染症のリスクも考えたけど、時間がなかった。悪かったな」

「んなっ！　マウス・トゥー・マウス！」

萌香さんが顔を真っ赤にして口を押さえる。尻尾がぶんぶん振られ、耳は嬉しそうに垂れ下がった。なんだかとっても恥ずかしそうだ。

急にどうしたんだろう、と不思議に思っていると、僕の横からアルメーヌお姉ちゃんがぬっと顔を出してきた。

「でも意識がなかったからノーカウントだからね」

さらにナナが先生の横に立って口を尖らせる。

「たとえ意識があったとしても医療行為には違いないわ。ノーカウントどころか迷惑かけたからマイナスよ。マイナス」

二人ともなんでそんなにトゲトゲしい口調なのかな？　それに「ノーカウント」や「マイナス」っていったい何のことだろう？

ますます混乱する僕に、先生が「彼女たちのことは気にするな」とこっそり耳打ちしてきた。それから全員を見回して、力強い口調で告げたのだった。

「さあ、タケシを追うぞ。このままアイツを放置しておいたら何をしでかすか分からないからな」

「でも、どこへ消えてしまったのか……。まったく分からないわ」

アルメーヌお姉ちゃんが首をすくめる。ナナも渋い顔をして首を横に振った。

「深手を負っているしね。そう遠くまでは行かないと思うんだけど……」

みんなが「うーん」とうなりながら考え込んでいる。でも誰の口からも良いアイデアはまったく出てこなかった。

「仕方ない。世界中をくまなく探してみるか」

あきらめたように先生が言うと、アルメーヌお姉ちゃんがぼそりとつぶやいた。

「こういう時に悪いヤツってどこに行くのかしらね」

その言葉を耳にしたとたんに、ぱっと明かりがつくようにミカお姉ちゃんのメールが頭に浮かんできたんだ。

——今日は途中で悪いヤツを見失った時のヒントを教えるね！　ＲＰＧに出てくる悪いヤツって、いつも力を求めてるんだよ！　しかも楽して強くなりたいってね。だからどうすれば力を得られるか考えてみるといいんだよ！

「ねえ、聞いてくれるかな？」

僕は早口でミカお姉ちゃんの教えを話した。

「楽して強くなりたい……か。いかにもあいつが考えそうなことね」

ナナが鼻を鳴らしながら言うと、アルメーヌお姉ちゃんが続いた。

「ふふ。魔王にでも頼みにいったんじゃないかしら？」

「魔王なんてこの世界にいないけどね。あはは！」

ナナが笑い飛ばしたその直後だった。

中村先生が大きく目を見開いたのは——。

「魔王はこの世界にいない……。さらにこのゲームのサブタイトルは『魔王再生の章』……」

萌香さんも何かに気づいたように耳をピンと立てて目を大きくした。

「つまり『魔王が再び現れる』ということ……。それってまさか……！」

次の瞬間には先生と萌香さんはドアのほうへ飛び出していった。

慌ててアルメーヌお姉ちゃんが彼らに声をかける。

「ちょっと待ってよ！　どういうこと⁉」

先生はドアノブに手をかけながら大声を張り上げたのだった。

「タケシは力を手に入れるつもりなんだよ！　魔王に生まれ変わってな‼」

■法則その24　勇者はどんな困難にも絶対に勝てる

――レオンくん、ゲームは進んでるかな？　これだけは絶対に忘れないでほしいんだけど、勇者はどんな困難にも絶対に勝てるようになってるんだよ。勇者に伝説の剣を向けられた魔王なんて『死亡フラグ』が立っちゃうんだから！　レオンくん、君は勇者。だから大丈夫。どんなに強い魔王だって、どんなに難しい病気だって、君は負けない。私が保証する。あきらめちゃダメだよ。


これがミカお姉ちゃんのくれた最後から一つ前のメールだ。

でもお姉ちゃんは勘違いしてるよ。

僕は勇者なんかじゃない。だって僕は意気地なしだから……。

＊

部屋を出た僕たちは隣の扉に入った。一直線の廊下がずっと続いている。けどそこには所狭しとストーンゴーレムがたむろしていた。

彼らを前にしてアルメーヌお姉ちゃんが首を横に振った。

「ダメ……。私とナナが力を合わせても操れないわ」

「タケシくんの力が強まっているってこと？　彼は魔王になってしまったの？」

萌香さんが不安そうに問いかける。きっと彼女はまだタケシのことを信じているんだ。あんな目にあっても……。

先生は短剣を取り出しながら言った。

「今は道を切り開くことだけに集中するぞ！　次の部屋に入ればすべてが明らかになるはずだからな！」

先生を先頭に僕たちはひとかたまりになって進んでいった。ストーンゴーレムたちはかなり強化されていて、さすがの先生でも苦戦を強いられている。それでも先生は一歩も引くことなく、前へ前へと進んでいく。

「大丈夫だ！　俺たちなら絶対に勝てる！」

先生は僕たちを守りながらゴーレムを次々と倒していった。その姿は『勇者』にふさわしいと僕には思えた。同時にただ自分の身を守ることしかできない自分が情けない。

でも僕は勇者じゃない。自分の身を守ることしかできない『運搬士』なんだ。

だから何もできなくても仕方ない。ここでも自分に都合のいい言い訳をしながら、大人しく先生の後をついていったのだった。


どれくらい経っただろうか。ついに廊下の終わりにたどり着いた。目がちかちかするような立派な扉だけど、じっくりと鑑賞している暇なんてない。僕たちは転がるようにして部屋の中に入り、扉を閉めた。

「はぁはぁ……。みんな、無事か？」

息を切らした先生が全員を見回す。僕たちが一様にうなずくと、先生は口角を上げた。その直後、アルメーヌお姉ちゃんが大理石の床を指さした。

「ねえ、これを見て」

黒ずんだ血の跡が点々と部屋の奥へ続いている。誰の目から見てもタケシのものであるのは明らかだった。

「行こう」

先生のかけ声を合図に、僕たちは一団となって進んでいく。

そうしてしばらくしたところで、巨大な玉座に足を組んで腰をかけるタケシの姿が目に飛び込んできたのだ。

「やあ、君たちか」

玉座の隣にあるテーブルの上には食いちぎられた肉のかたまりが無造作に置かれており、タケシの口元から真っ黒な液体がこぼれている。

「あんた……。『魔王の心臓』を食ったのね」

ナナが忌々しそうに言ったが、うつろな目をした彼は何も反応せず、恍惚《こうこつ》とした表情で天井を見つめている。肩口につけられた傷はふさがっているようだが、白かった服は血で真っ赤に染まったままだ。

そんな彼に対し、一歩前に出た中村先生が穏やかな口調で問いかけた。

「タケシ。大丈夫か？」

タケシはゆっくりと視線を下ろすと、不気味な笑みを浮かべた。

「僕が大丈夫かって？　愚問はよしてくれ。むしろ君のほうが心配だよ。外にいたストーンゴーレムは強かっただろう？」

「ああ、ちょっと危なかったぜ。でもこの通り。何の問題もなかったさ」

先生は両手を大きく広げる。タケシは何度か小さくうなずき、ゆっくりと立ち上がった。

「そうか。ならよかった。やはり君の首は僕自らの手で絞めたいからね」

「やっぱり戦わなくちゃダメか？」

「だから愚問はやめろ、と言ってるだろう？　せっかくこんな素晴らしい力を手に入れたんだ。使う楽しみを奪わないでくれよ。あははは！」

高笑いするタケシ。だがすぐに表情をこわばらせると、右のてのひらを前に突き出した。

――ドンッ！

という大きな音と共に空気が歪む。次の瞬間にナナが大きく後方へ吹き飛ばされた。

「ナナ！」

「ぐはっ！」

彼女はふらつきながら立ち上がったが、ダメージが大きいようで血を吐きながら膝をついてしまった。彼女のもとへ駆け寄った萌香さんが回復魔法を唱える。

「ダメみたい……」

今にも泣きそうな顔で萌香さんが首を横に振ると、ナナはばたりと仰向けに倒れてしまった。その様子を見て、タケシは額に手をあてた。

「ほんの挨拶代わりだったのに、ひどいことをしてしまったね。まだこの力に慣れていないんだ。許しておくれ」

「化け物め……」

「なんとでも言うがいい。さあ、おしゃべりはここまでだ。決着をつけようじゃないか――」

その後のことはあまりよく覚えていない。

ただ記憶に残っているのは、

――みんなぁぁぁ！　散れぇぇぇ！　ひとかたまりになるなぁぁぁ!!

という中村先生の叫ぶ声だけ。

大きな柱の陰に逃げた僕は、大きな盾の後ろでただ震えていたのだ。

こっちに来ないで！　こっちに来ないで！　こっちに来ないで！

ひたすらそれだけを祈って、目をつむっていた。

でもそんな祈りは通じなかった。

つかつかと僕に近づいてくる足音――。タケシに違いない。

泣き叫びたくなるのを抑えるのに必死で、涙と汗が流れてくるのを止められなかった。うっすら目を開けると、ほこりのたまった床に黒いしみがいくつもできている。

……と、その時。その視界に見覚えのある一振りの剣が置かれたのだ。

記憶を探るまでもなく、その剣が何なのか、すぐに分かった。

伝説の剣『エクスカリバー』だ――。

すると今度は聞き覚えのある優しい声が鼓膜を震わせたのだった。

「これはスマホのお礼だよ。その剣を取って君の大事な人たちを助けるんだ。前に言ったろ？　君は特別な人たちを助けることになるって」

それは僕がこの世界にくる直前に聞いた男の人の声。僕は少しだけ盾と視線を上げた。するとやはり見覚えのある細い足が目に入った。

タケシじゃなかった――。それだけで膝から崩れ落ちるくらいに安堵した。

直後にわき上がってきたのは何かにすがりつきたくなるような恐怖。

「僕は武器を装備することができないから……」

取って付けたような言い訳が口をついて出てくる。僕は単に逃げたいだけなんだ。

でもおじさんはそんな僕を責めようとはしなかった。

「それならば心配しなくていい。君が剣を手にした瞬間に、君の特殊能力『クラスチェンジ』が発動して『勇者』になれる『仕様』にしてあるからね。でも、それが嫌ならここにいていいよ。私が君のことを助けてあげよう」

「おじさんがタケシを倒して、みんなを助けてくれるの？」

「それは無理な話だ。君のことは助けるが、その他は成り行きに任せるしかないさ」

「成り行き？　じゃあ、中村先生や萌香さんはどうなっちゃうの？」

「さあ、それは私にも分からない。あえて言えば彼らが魔王よりも強ければ、生き残れるだろう。そうでなければこの場で死ぬ」

「この場で死ぬ……」

「ああ、それが道理というものだ。ただし私が見る限り旗色は良くなさそうだ。しかし彼らがどうなろうとも、私の目的は達成されたからね。それで満足なんだよ。でも君には借りがある。だから私は君だけを助けてあげようと言っているんだ。自分だけが助かるのが嫌ならば、その剣を手に取るといい」

「でも……僕には無理だよ……」

　再び盾と視線の両方を下ろす。にじむ視界でもエクスカリバーは神々しい光を放っているのが分かった。まるで僕に「盾を持つその手で自分をつかんでくれ」と言わんばかりだ。でも僕の両手は盾の持ち手をぎゅっと握りしめたまま離そうとしない。

　そんな僕におじさんは優しくさとしたのだった。

「君は自分のことをちっぽけな人間だと思い込んでいるね。でもそれはみんな同じさ。私だってそう考えている。現に君の願いをかなえることができない無力さを情けなく思っているのだからね。でもね。ちっぽけな力でも世界は変えられるんだよ」

　その言葉は僕の心を貫いた。

「ちっぽけな力でも世界は変えられる……」

「そう信じて戦うのが『勇者』だ。だからちっぽけでもいい。臆病だっていいんだ。大切なのは信じる心さ。ただし私は君に強要はしない。そもそも世界を変えることが良いとも限らないからね。さあ、あとは君が選ぶんだ」

　それっきりおじさんの声は聞こえなくなってしまった。

　残されたのはエクスカリバーと大きな盾。

　僕の両手はどちらか一方を選ばなくてはならない。

　剣を取ったら僕は魔王になったタケシと戦わねばならなくなる。僕が勝てるとはとうてい思えない。だから『全滅フラグ』が立って、みんな殺されてしまうだろう。

盾を取っても中村先生たちの命はない。でも僕だけは助かる。

いずれにしても仲間は死んでしまうじゃないか……。

だったらせめて自分の命だけでも残すほうがいいに決まってる。

こうしてまた僕は都合のいい言い訳を並べて逃げようとしていた。

……けど、その時、僕の脳裏に中村先生の言葉がよぎったのだ。


――俺は絶対にあきらめたくありません！　もし……万が一、負けてしまう運命だとしても、戦って負けるのと、戦わずして負けるのとでは、失うものが同じでも得られるものがまったく違うからです！　だから、だからもう一度説得させてください！　お願いします！


僕が病院から出ることを決めた時に中村先生が松下先生に向かって叫んでいた言葉だ。

僕はあの時、二人が話している部屋のすぐ外で声を聞いていたけど、結局先生の気持ちにはこたえられなかったんだ。

「失うものは同じでも得られるものがまったく違う……」

それが何なのか、僕にはさっぱり分からない。

でもたった一つだけはっきりしていることがある。

剣を取れば僕は『勇者』のクラスを得られる。

盾を取れば『運搬士』のクラスのままだ。

――レオンくん、君は勇者。だから大丈夫。どんなに強い魔王だって、どんなに難しい病気だって、君は負けない。私が保証する。あきらめちゃダメだよ。

ミカお姉ちゃん。本当かな？
本当に僕は勇者になれるかな？
僕みたいなちっぽけで臆病な人間でも魔王に勝てるかな？

――ちっぽけな力でも世界は変えられるんだよ。そう信じて戦うのが『勇者』だ。だからちっぽけでもいい。臆病だっていいんだ。大切なのは信じる心さ。

まだ自分のことが信じられないし、やれる自信なんてこれっぽっちもない。
でも……。それでも……。

――『勇者レオン』。俺はお前さんを信じてる。

先生が信じてくれるなら――。僕だって信じたい！
僕が……。僕が世界を変えるんだ!!

僕は盾を捨て、エクスカリバーを両手に持った。

とたんに力が全身にみなぎっていく。さらに剣だけではなく魔法もいくつか使えるのが自然と分かったのだ。そして柱の陰から出た僕は、部屋の中央にいるタケシに向かって叫んだのだった。

「魔王!!　僕が相手だ!!」

周囲を見渡せば、中村先生、萌香さん、アルメーヌお姉ちゃんの三人は息も絶え絶えで、立つのがやっとな状態。一方のタケシはまったくの無傷のまま。彼は僕のほうに視線を向けた。

「ああ、レオン。そんなところにいたのか。ダメじゃないか。勝手に逃げちゃ。あとは君に『死亡フラグ』が立てば、君たち全員に『全滅フラグ』が立つのだから」

やる気を根こそぎ奪っていくような不気味な声。逃げ出しそうになる自分を叱りつけるように僕は声を張り上げた。

「僕はもう逃げない！　覚悟しろ！」

「ははは！　エクスカリバーを持ったら気が大きくなったんだね。分かるよ、その気持ち。でもね、いくら武器があっても中身は滝沢怜音のままなのは変わらない。その証に君の手は震えてるじゃないか」

「うるさいっ！　いくぞ!!　うりゃあああ!!」

僕は恐怖を振り払うために、何も考えずがむしゃらにタケシに突撃をはじめた。

タケシはニタニタしたまま微動だにしない。

彼は僕の攻撃なんて簡単に受け止められると高を括《くく》っているのだろう。

でも僕は知ってるんだ。

勇者に伝説の武器を向けられた魔王には『死亡フラグ』が立つって！

だから僕は絶対に負けない！

――カァァァン！

僕のエクスカリバーとタケシの黒い剣が高い金属音を立ててぶつかり合う。

その瞬間にタケシの顔から少しだけ余裕が消えたのを目にとらえていた。

やはり僕の攻撃が予想外に強力だったからに違いない。

それでも彼は体勢を崩さずに右足で僕の腹を蹴飛ばそうとする。

「させるものか！」

僕はバックステップで距離を取った。

「なに!?　僕の攻撃をかわしたというのか？」

これもミカお姉ちゃんのおかげ。

僕はお姉ちゃんからの『最後のメール』を思い起こしていた。

それは『勇者が魔王を倒すためのテクニック』。

そうさ。僕は今、ミカお姉ちゃんと一緒に戦っているんだ！

――魔王は連続攻撃が得意なの！　だから攻撃したらすぐに離れて、相手の次の攻撃に備えるのが基本だよ！

「調子に乗るな！　ガキが！」

タケシが左手をびゅっと前に突き出すと、黒い炎でできたドラゴンが飛び出してきた。

――闇の魔法は光の魔法で打ち消せるのよ！

僕は左手一本でエクスカリバーを持ち、右手を上から下へ振り下ろす。すると純白の雷が黒龍を粉砕した。

「ちっ！　ならば今度はこっちからいくぞ！」

タケシは僕に向かって突進しながら、再び左手で魔法を繰り出す。僕の背後に漆黒の騎士が現れ槍をかまえた。挟み撃ちにするつもりのようだ。

だけど僕には焦りはなかったんだ。

――仲間を信じて戦うのよ！

というミカお姉ちゃんの言葉があったから。

「させるかっつーの!!　うおおおお！」

「私も戦えます!!」

中村先生と萌香さんの二人が漆黒の騎士に攻撃を仕掛ける。僕は振り返らずにタケシだけに集中した。

再び金属音を響かせ、彼の顔が間近に迫る。恐ろしい眼光で睨みつけてきたが、僕は一歩も引かずに睨みかえした。

「臆病者の貴様が僕に勝てるわけがないだろ！」

「臆病者だけど僕は負けない！」

力と力のぶつかり合いが続く。でもこの時に確信した。

僕はタケシに負けていない。つまり互角の力があると。

そしてどうして勇者が魔王に負けないのか、この時ようやく理解できたんだ。


――レオンくん、君は一人じゃない。

そう、勇者には仲間がいるからだ――。

その後もタケシは何度も剣を叩きつけてきたが、僕はことごとく彼の攻撃を受け止めた。

――相手が攻勢に出ている時は、焦ったらダメ！　じっと耐えるの！　それから反撃のチャンスをうかがうのよ！


だったよね？　ミカお姉ちゃん！

タケシの目は血走っている。何が何でも僕を叩きのめしたいようだ。完全に僕だけに注意が向けられていた。

「てめえをぶっ殺せば、ゲームオーバーなんだよ‼」

タケシが渾身の力を込めて僕を弾き飛ばした。わずかな距離ができたとたんに、彼は全身に炎をまとわせ魔力をため始めた。その感じはクレインが唱えようとした『アルティメット・ビッグバン』にそっくりだ。

「すべてを吹き飛ばしてくれる！」

そう宣言して彼が両手を高々とかかげた瞬間――。

――スンッ……。

軽やかに空気を切り裂く音がこだました。

タケシの目が大きく見開かれ、一瞬だけ静寂が場を支配する。

そして聞こえてきたのは、アルメーヌお姉ちゃんの声だった。


「黒い旗が立ったら、魔王だろうとなんだろうとヴァンパイアは容赦しない」


そう言い終える前にタケシの両手首が切り落とされ、地面に転がった。

「ぐあああああ！」

振り返ったタケシがアルメーヌお姉ちゃんの突撃に備える。でもそれは彼が僕に対して背を向けた瞬間でもあったのだ。


――チャンスは一度きり！　絶対に逃しちゃダメよ‼

言われなくてもこのチャンスを逃すつもりはないよ！

僕は魔力をエクスカリバーに込めて、大きく後ろに引いた。

剣が真っ白な光に包まれていく。

「うりゃあああああ！」

左足を思いっきり踏み込み、それを軸足として竜巻のように腰を回転させる。エクスカリバーがその回転に巻き込まれるように大きな弧を描き、タケシのがら空きの脇腹へと吸い込まれていく。

僕がみんなを守るんだ、という想いをありったけ剣に込めたんだ。

そして……。

――ドゴォォォォォン!!

会心の一撃が当たったとたんに強烈な爆裂音と共に閃光が解き放たれた。

「ぎゃああああああ!!」

タケシの叫び声が部屋の空気を震わせる。

だが僕はまだ終える気はない。なぜなら僕の力だけでは魔王を倒せないのは知ってるから――。

「今だぁぁぁぁ!!　ホーリー・パワー!!」

腹の底から声を爆発させたとたんに、仲間たちの全身を白い光が包む。

――真の勇者だけが唱えることができる『ホーリー・パワー』。仲間たちの体力を全快にしたうえに、あらゆるバフ効果をつけられるの！　最後はみんなで力を合わせて魔王を叩きのめすのよ!!

「いっけえええええ‼」

僕の右隣を中村先生が短剣を下段にかまえながら通り過ぎていく。タケシの目の前にいるアルメーヌお姉ちゃんが鎌を横に一閃させ、さらに床に伏せていたナナもまた鎌を振り上げて飛び込んできた。

そうして三人が同時にタケシに渾身の一撃を繰り出したのだ。

「そ……そんな……。バカな……」

三方から切り刻まれた彼は力なく床に倒れた。

それは僕たちが戦いに勝利したことを意味していたのだった。


「タケシくん……。どうしてなの……？」

ピクリとも動かなくなった彼を見下ろしながら、萌香さんは泣いていた。結局彼女だけは最後までタケシに武器を向けることはなかったと、中村先生から聞かされた時は胸が痛んだ。萌香さんにとってはたとえ人の心を失ったとしても、かけがえのない後輩だったのだろう。

そんな萌香さんの肩をアルメーヌお姉ちゃんが抱きよせ、ナナがハンカチで彼女の涙を優しく拭いてあげていたんだ。そして萌香さんが泣き止んだところで、中村先生がみんなを見回しながら、高らかに告げたのである。

「まだ終わっちゃいない。ミカを助けにいくぞ！」

「じゃあ約束通りにミカの居場所まで案内してあげるわ」

そう言うなり歩きだしたナナの背中を、僕とアルメーヌお姉ちゃんが追っていく。振り返ってみると、タケシのもとから動こうとしない萌香さんの手を中村先生が引っ張っていた。

　こうして僕たちは全員で魔王城を後にしたのだった。

*

　怜音たちが立ち去った後、魔王城の玉座の間には、物言わぬ姿になり果てたタケシだけが残されていた。そこに柔らかな顔つきで細身のスーツ姿の男が、どこからともなく現れ、彼に優しく声をかけた。

「よく頑張ってくれたね。やはり私が見込んだ通りに、君の働きは主人公にふさわしいものだったよ。でも死んでしまったのはよくない。死んだら物語は始まらないからね」

　男がそっとタケシの傷だらけの額に手をのせると、ほのかな光が彼を包み込み、彼は薄く目を開けた。

「あなたは……。天の声……」

「そうだよ。私が君に使命を与えたものさ。君はそれに従って、文字通りに全身全霊をかけて戦った。結果は君にとっては残念なものだったかもしれない。けど私にとっては素晴らしい成果を得られたので、大変満足しているよ」

　タケシは安堵の表情になり、そして微笑みを浮かべる。

「ならば……。褒美をくれるんだよね？」

「ああ、もちろんそのために私はここへきたのさ」

「だったら……。もう一度チャンスをくれるかい……。もう一度だけ、翔太を地獄に落とすチャンスを……」

男はじっとタケシを見つめた後、静かに首を横に振った。

「残念だけどそれは無茶な話だ」

タケシの目が見開かれる。彼は語調を強めて言った。

「翔太に復讐するチャンス以外は何もいらない！」

しかし男は彼の怒りなどあっさりと笑い飛ばした。

「ははは。君にとってはそうかもしれないね。でも私にとってはもうそれは不要なんだよ」

「どういうことだ……？」

タケシの顔がこわばる。男はこれまでの菩薩《ぼさつ》のような顔つきは変えず、目だけを蛇のように光らせて答えた。

「まだ分からないのかい？　君に復讐のチャンスを与えたのは、この世界に必要な『メンテナンス』だったのさ」

「僕の復讐が『メンテナンス』……？」

男は仰向けに倒れたままのタケシの左胸にそっと手をのせた。タケシの顔色が赤から青に変わり、ドクドクと心臓の音が大きくなっていった。

「この世界では魔王が主人公さ。勇者なんていくらでも替えがいる。魔王がいなければ成り立たない世界なんだよ。しかし『新章』のリリース直前に致命的なバグが発生してしまったんだ。なんだか分かるかい？　そう、魔王がいなくなってしまったんだよ。『心臓』だけ残してね」

男の言葉などタケシの耳には届いていなかった。それよりも彼は視界にとらえた『とある人物』に心を奪われていたのである。

彼の視線の先に気づいた男は、背後にたたずむその人のほうを振り返った。

「ああ、紹介が遅れてしまったね。彼こそ君へのご褒美さ。彼は新たなこの世界の『主人公』になるべき人物でね。名前は……」

「クレイン……だろ」

タケシが必死に声を振り絞る。体を真っ二つに切り裂かれたはずのクレインが五体満足の姿になって現れたのだから、タケシが驚くのも無理はないだろう。

クレインはタケシに対しニタリと笑ってみせた。

「タケシ。この方に感謝するといい。あんたの唯一の友人をよみがえらせてくれたのだから。それでこそ主人公にふさわしい振る舞いだと思わないかい？」

タケシは口を半開きにしたまま首を横に振る。その様子を見て、男が口を押さえながら笑った。

「ははは。やっと気づいてくれたようで安心したよ。言っておくけど、君をこの世界に登場させたのは私にとっても苦肉の策だったのさ。なぜなら同じ『キープ・キリング』でもアニメとゲームとでは舞台がまったく異なるからね。それに君が私の思惑通りに働いてくれるとも限らない。まさに賭けだったわけだ。でも君は見事に私の期待にこたえてくれた。魔王の後継者を見つけて、外道へと引きずり込ませただけでなく、腐りかけた『魔王の心臓』まで、実に美味しそうに食べてくれたしね。おかげで『魔王の再生』は果たせることになった」

「そんな……。やめてくれ……。クレイン、何か言ってくれよ。僕たちは友達だろ」

「あははは！　そうだな、俺たちは友達だ！」

「そ、そうだよ！　僕たちは友達さ。だから助けて……」

「だから俺が心臓を食べてやるよ。そうすれば俺の体の一部となって、あんたはずっと生き続けることになる。こんなに光栄なことはないだろ？」

「やめろぉぉぉ！　やめてくれぇぇ!!」

タケシの悲痛な叫び声など聞こえぬ振りをして、クレインは男の隣で膝をつき、タケシの左胸にそえられていた男の手の下に自分の手をくぐらせた。

「心臓を取り出すところから俺にやらせてくれないか？」

「ああ、もちろんだとも。ちょうどよかった。私は血を見るのが苦手なんだ」と言い、男は手を引っ込めて、静かに立ち上がった。

「さてと……。私はエピローグを見届けることにするよ。とある少年の『勇気』の物語のね」

「待て！　行かないでくれ!!」

そう泣き叫ぶタケシに背を向けた男は、ゆっくりとその場を後に歩き始めた。

そして最後にこう言い残したのだった。

「そうそう。『キープ・キリング2』というアニメが作られることになってね。君にも見せてあげたかったな。君をしのぐ『クズ』な主人公の活躍をね」

第5章　恋したヴァンパイアの物語

■法則その25　普段は恋愛に疎い男の子が告白してきたら、彼の頭上にはピンク色の恋愛フラグが立っている

俺、中村翔太は今、驚きのあまりに声を失っている。そんな俺の言葉を代弁したのはアルメーヌだった。

「まさか、こんなところにいただなんて……」

ここは『はじまりの町』ノルマール。魔王を討伐した俺たちは人々の大歓声をくぐり抜けて、王宮へと入った。そこで待ち受けていたのは国王と彼の一人娘という王女。

なんとその王女こそ……。

「ようこそ！　『はじまりの町』ノルマールへ!!　あはは！　一度は言ってみたかったのよね、こういうセリフ！」

なんとミカだったのだ――。

「ミカ!!」

「お兄ちゃん!!」

薄いピンク色のドレスを身にまとったミカがスカートを揺らしながら俺に向かって飛び込んでくる。俺は彼女をしっかりと抱きしめた。

「無事でよかった！」

「お兄ちゃんこそ!!」

喜びを爆発させた後、あらためてミカと向き合う。すると耳元で俺の声真似が聞こえてきた。

「大きな瞳をキラキラと輝かせたミカは、元いた世界と何一つ変わっていない。でも豪勢なドレスで着飾り、化粧をした彼女は俺が想像した通り、いやそれ以上に輝いている。まさに美しいお姫様というにふさわしかったんだ」

「そうそうその通り……って、おい！」

もはやお決まりと化したアルメーヌのいたずらに周囲がどっとわいた。

後から聞かされたのだが、ミカが王女というのは単なる演技だったらしい。

――ミカの友人が『黒いフードをかぶった魔王』にさらわれてしまい、彼女も魔王に追われているの！　お願いします！　私が魔王を退治するまで、彼女をこの城でかくまってください！

ナナからそう聞かされた国王は、人の目をごまかすためにミカを王女に仕立てたというのだ。つまり国王もひと芝居うっていたわけだ。

「ところで彼女の友人は無事だったのかね」という国王の問いに、ナナはさらりと、

「ええ、無事に助け出し、一足先に故郷へ帰しました」と答えていたが、当然ウソだ。

横目で見た俺にちろっと舌を出したナナ。ウソはよくないが、彼女のきかせた気転のおかげでミカは安全なところで過ごせたのだから、感謝せねばならない。

だから俺はニコリと微笑みかけただけで、特に何も言わなかった。

そして知らない人が多い場所だと緊張してしまうと言っていた怜音を、俺はミカの前に引っ張ってきた。

「レオンくん！　久しぶりだね！　ちょっと背伸びた？」

「の、伸びてないよ」

「あはは！　じゃあ、私が縮んじゃったのかな！　でもすっごく大きく見えるのは確かだよ。何だろう……。胸を張ってるっていうか。堂々としてるって感じ」

「そ、そうかな？」

嬉しそうにはにかんだ笑みを浮かべる怜音に対し、俺はそっと彼の頭に手をそえた。

「レオンがいなかったら俺たちの命はなかったからな。本当にありがとな」

「えっ？　そんなの初耳だよ！　お兄ちゃんは『キープ・キリング』をクリアしたことあったくせに、そんなピンチに陥ってたの!?　どうせ私の言うことを無視して、無茶ばかりしてたんでしょ！　これだからすぐに調子に乗るな、ってママに怒られるんだよ！」

俺がミカにやり込められている様子を、アルメーヌ、ナナ、萌香、さらにいつの間にか姿を現した松下先生の四人がニヤニヤしながら見つめている。

俺は彼女たちの視線を振り払うかのように大声を張り上げた。

「と、とにかく！　レオンこそが魔王を倒した『真の勇者』なんだよ！」

俺の言葉に、国王をはじめとして集まっていたノルマールの人々の視線が一斉に怜音に向けられる。そして緊張のあまりに固まってしまった彼に対して敬礼すると、国王が天を貫くような大きなかけ声を発した。

「みなの者！　真の勇者レオン殿とその仲間たちに大きな拍手を‼」

万雷の拍手が怜音と俺たちを包み込む。横一列に並んだ俺たちは手をつなぎ、国王たちに対して息を合わせてお辞儀をした。

顔を上げた怜音が達成感に満ちた嬉しそうな表情を浮かべている。病院では一度も見られなかった顔つきだ。見ているこっちまで幸せな気分になる。

これですべての決着がついた。俺はもう一度ミカと顔を見合わせた。

そして太陽のような笑顔の彼女に対し、こう言ったのだった。

「ＲＰＧはハッピーエンドが一番だな」

と――。

＊

その日は魔王討伐を祝した晩餐《ばんさん》会が盛大に催された。

怜音は同年代の少年や少女に囲まれて楽しそうに話しているし、松下先生はなぜかおばあちゃんたちの受けがよいようで多くの老人たちの話し相手になっている。そして俺は、萌香とミカの二人がダンスに興じているのを、ぼけっとしながら眺めていた。

ただ、その時だった。アルメーヌとナナの二人がどこにもいないことに気づいたのだ。

「なあ、二人を見なかったか？」

お酒が入ったせいもあってか、ノリノリで腰と尻尾を振っている萌香に問いかけたが、

「知りませんよぉー！　それよりもせんせーも踊りましょうよー！　だって私と運命を共にしてくれるんでしょー！　うへへ。ひっく」

と、まともな会話になりそうにない。その後もミカ、松下先生、怜音に同じ質問をしたが、誰も彼女たちの姿を見ていないという……。

ふと思い出されたのはナナのセリフだ。

——でも覚えておきなさい。私が殺したいほど恨んでいるのはクライヴとあなたってこと。まずはクライヴよ。あいつをこの手で八つ裂きにしてから、あなたをどうするか考えてあげる。

「まさか……」

嫌な予感で胸のうちが曇り、ほろ酔い気分が醒《さ》める。俺は人の波をかきわけながら、彼女たちを探し続けた。しかし晩餐会の会場のどこにも見当たらなかったのだ。

「残すは……。バルコニーか」

会場を出て階段をのぼっていく間、俺は心の中で何度もアルメーヌの無事を祈っていた。そうして吹き抜けとなった会場を見下ろす廊下に出ると、バルコニーに向かって一直線に駆けていった。

——バンッ！

勢いよくドアを開ける。

するとそこでナナとアルメーヌの二人は向き合っていた。

「どうしたんだ？　二人ともこんなところで」

俺は高鳴る胸の鼓動をさとられまいと、努めて穏やかな声で問いかけた。ナナは俺のほうに顔を向け、さらりと答えた。

「ちょっと話したいことがあってね。でも安心して。あんたが心配するようなことじゃないから。クライヴの息の根を止めたら、もう復讐なんてどうでもよくなったの」

どうやら俺が心配していたことをあっさりと見抜いたらしい。

だがアルメーヌはうつむいたまま顔を上げようとしない。時折手の甲を目にあてていることから、泣いているのだろうか……。

「アルメーヌ？　どうした？」

彼女たちのほうへ一歩近づいたところで、ナナだけがこちらに向かって歩きだした。

そしてすれ違いざまに俺の肩にポンと手をのせた彼女は、少しだけ湿り気のある声でささやいたのだった。

「あとはよろしくね」

*

すっかり夜のとばりは降り、バルコニーから見上げれば満天の星と大きな三日月が青白く輝いていた。

そんな空の下で、俺とアルメーヌの二人は手すり沿いに並んだ。

暗くて涙の跡は見えない。でも俺にとっては好都合かもしれない。

なぜなら涙の理由を聞かなくてすむからだ。しかしミカや怜音の話題でも出そうかと考えた時、俺が口を開く前に彼女のほうから話しかけてきたのだった。

「ねえ、翔太はこれからどうするの？」

アルメーヌらしく、おおざっぱな質問だ。俺は的外れな答えだと知りながら答えた。

「下に戻ってダンスでも披露してやろうかな」

アルメーヌは口元を押さえて笑みをこぼした。

「ふふ。あんまり慣れないことをすると腰を痛めるわよ」

その笑顔に安心した俺は口元を緩ませる。

「ああ、そうかもしれねえな。だったらアルメーヌがエスコートしてくれるか？」

「はぁ？　そういうのは紳士が淑女をエスコートするものでしょ？」

「その通りだ。では、一緒に踊っていただけますかな？　マドモアゼル」

俺は右足を引き、深々と頭を下げてから手を差し伸べる。

アルメーヌはスカートのすそをつまんで、ちょこんとお辞儀をした後、

「お願いしますわ。ムッシュ」

と笑顔でその手をとった。

無理して涙の理由を語らせるつもりはない――。俺なりの精いっぱいの配慮に、彼女は快く乗ってくれたのだ。

それから俺たちは、階下から漏れてきたスローテンポな音楽に合わせて、ゆっくりと踊った。しかしダンスの経験なんてないから、ただ曲調に合わせて足を左右に動かすことしかできない。それでも胸もとで感じるアルメーヌの息遣いからは、無上の喜びが伝わってきた。

だが同時に彼女の右手ににじむ冷たい汗から、耐えがたい悲しみを見抜いていた。

別れの日は近い――。

それは待ち受ける残酷な運命を予感させるにはじゅうぶんだったのである。

「何を考えているの？」

彼女は再びおおざっぱな質問を投げてきた。でも不器用な俺は、彼女の悲しみを癒す気の利いた言葉を知らない。

「慣れないダンス中だからな。何も考えられないさ」

「そうね。私もよ」

互いに優しいウソをついた後は、黙ったまま踊り続けた。

こぼれ落ちてきそうな星々は俺たち二人を照らすスポットライトのようで、この時だけは登場人物が二人しかいない映画の主人公とヒロインになった気分だった。

静かに時が流れていく――。

いつまでも続いてほしいと願う時間ほど流星のように過ぎるのは、どの世界でも変わらぬことわりのようだ。

いつの間にか音楽は止まり、俺たちもまた足を止めた。

少しだけ離れたアルメーヌの頬には一筋の涙が流れている。

「なんで泣いているのか、聞かないの？」

「無粋だろ」

そう答えると、どちらからともなく俺たちはキスをしたのだった。


さようなら、を言わせないために――。

＊

晩餐会の翌日。

王宮の中庭にあるテラス席で朝食を終えた俺たちの前に、中年の男が現れた。

この世界の人間でないのは、細身で黒のスーツ姿からも明らかだ。余計な贅肉のない引き締まった顔つきで、目は鷹のように鋭いが、表情はとても柔らかい。休日にはトレッキングやキャンプが趣味で、都会のおしゃれなワインバーの似合う、いわゆる『イケオジ』という部類の人間だ。彼は丁寧なお辞儀をした後、さらさらと流れるような口調で言った。

「はじめまして。私は名を明かせないのが申し訳ないのだが、この世界のことわりを知る者――とでも申しておこう。君たちの大活躍はよく知っているよ。素晴らしかったね。おかげでこの世界の『主人公』も得ることができた。本当に感謝しているよ」

嫌味のない口調だが、かなり場違いなおっさんだ。

警戒心を解いてくれ、というほうが間違っている。

だがおっさんもそれは重々理解しているようで、俺たちが質問をする暇すら与えず、一方的に話を進めたのだった。

「まあ、ここで長話をしても疲れるだけだろうからね。さっそく本題に移らせてもらうよ。私は君たちを『自分の世界』に戻してあげようと考えているのだが、いかがかね？」

俺たちは目を丸くして顔を見合わせた。そして全員を代表して、俺が口を開いたのである。

「ええ、それは是非ともお願いしたいのですが、そんなことができるのでしょうか？」

「もちろんだとも！　ただし一つの条件を承知してほしいんだ」

「なんでしょうか？」

いつの間にか空いている席に座ったおっさんは、近くにいたメイド服の侍女に紅茶を持ってこさせている。彼は一口それを含んだ後、俺たちを元の世界に戻す条件を答えた。

「『キープ・キリング』の登場人物が君たちの世界に現れた痕跡を完全に消させてもらうから、君たちは彼らのことをいっさい口外しないでほしい」

「つまりタケシ、ナナ……それからアルメーヌが俺たちの世界にやってきたことは『なかったことにする』ということでしょうか？」

「その通り！　痕跡は消せるけど、君たちの記憶を消すことはできない。そこで君たちには、彼らが君たちの世界に存在していたことや、この世界で君たちが体験したことを、他の誰にも話さないでほしいんだよ。どうかな？」

俺たちは再び顔を見合わせた。どうやらナナははじめから知っていたようで、眉一つ動かさずに悠々と紅茶を飲んでいる。昨晩彼女がアルメーヌに打ち明けたのは、きっとこのことなんだろうな。一方のアルメーヌは紅茶の入ったティーカップをじっと見つめたまま、動かなかった。その様子を見るだけで胸がぎゅっと締め付けられるような痛みを覚えた。

さて、その他の人たちの反応はどうか。だが腹の探り合いなどする余地はまったく残されていなかったようだ。

「ああ、反対する人がいたら申し訳ないのだが、私はこのおじさまの話に乗らせてもらうよ」

そう松下先生が切り出したのを皮切りに、

「うん！　ナナちゃんとお別れするのは寂しいけど、やっぱり私も元の世界に戻りたい！」

「そうね。タケシくんの記録がなくなるのはかえって嬉しいかもしれないし……」

ミカと萌香の二人がおっさんの提案に賛成した。

怜音は何も言おうとはしなかったが、反対する素振りも見せない。

俺はひと呼吸おいたところで、おっさんに向けて答えた。

「条件をのむから、俺たちを元の世界に戻してほしい」

「じゃあ、決まりだね。さっそくここを発《た》ちたいのだがいいかな？」

「ああ、どうせ身支度しても意味はないんだろ？」

「察しがよくて助かるよ。じゃあ、行こうか」

ニコリと微笑んだおっさんはぐいっと紅茶を飲み干した後、メイド服の侍女が持つお盆の上にティーカップを置いて歩きだす。俺たちもまた彼に続いた。

いつもならぴょんと跳ねるようにして俺の横に並んでくるアルメーヌだが、この時ばかりは背後にぴたりとつけたまま出てこようとしない。

一方で前方を歩くナナとミカは『恋バナ』で盛り上がっている。

「ねえ、ミカは元の世界に帰ったら『恋』してみたいと思わないの？」

「ええっ!?　うーん……。もちろんしたいけど、今はあんまり想像つかないな」

「だったら一つ覚えておくといいわ。『普段は恋愛に疎い男の子が告白してきたら、彼の頭上にはピンク色の恋愛フラグが立っている』ってこと」

「あはは！　そうなんだぁ」

「こちらからいっくらアプローチしても、自分で自分の気持ちを認めようとしないのよ。多少強引でもいいから『好きだ』って言わせないと……。そういう男は厄介だからね」

「でもナナちゃんはそういう頑固な男子が好きそう！」

「ははっ！　そうね、好きよ。とても」

普段のアルメーヌなら彼女たちの話の輪に加わっていたことだろう。

しかし彼女は俺の背中から離れようとせず、俺たちの間にはまるで葬送のように沈んだ空気が漂っていたのだった。

*

ノルマールを出た俺たちは西に向かって進んでいた。そこは丘陵地帯になっており、小高い山がいくつも連なっている。特にダンジョンもなく、立ち寄る要素がまったくないため、初めて足を踏み入れた。

目指しているのはここらでもっとも標高の高いアルスター山の頂上だという。標高が高いといっても、ふもとから山頂まで、大人の足であればさほど時間はかからないそうだ。

ただし丘陵地帯からアルスター山のふもとまではいくつか山を越えなくてはならないから、早朝にノルマールを出ても、山頂に着くのは地平線に沈む夕日が拝める頃とのこと。

淡々と山道を歩いている間、俺の頭の中は、たった一つのことで埋め尽くされていた。

すなわち『いかにして別れを回避するか』だ。

だがそうやって一つのことだけに考えを巡らせるのは、別れを告げることから逃げているのだ、とも自覚していた。つまり『さようなら』を口に出す勇気がなかっただけだ。

本当に大切だと想っている人に『さようなら』を言えるのは、とてつもなく強い人だ、と生まれて初めて実感していたのである。

*

いくつか山を越えたところで、俺たちは休憩を挟むことになった。

「こうなることを知っていたら、前の晩に飲みすぎることはなかったんだがね」

と、松下先生は青い顔をしながら恨み節を漏らしていたが、ミカとナナの二人は相変わらず明るい声でおしゃべりに興じているし、萌香と怜音の二人もまたいつもと変わらない様子だ。

この頃になるとようやくアルメーヌの気持ちもいくらか晴れたようで、俺の隣に並んで座ると、ポケットに忍ばせていたビスケットをすすめてきた。

「ありがとな」

「ふふ。体力を使う時は甘いものが一番でしょ」

「ああ、そうだな」

「山頂からのぞむ夕日ってどんな感じなのかしら？　今から楽しみだわ」

そんな他愛もない話は、暗くなりがちな気持ちを紛らわせるには効果的だったが、いかんともしがたい苦痛から逃れることはできなかった。それはアルメーヌも同じのようで、会話が途切れた後に見せた表情は強い哀しみをたたえていた。

俺はそんな彼女の手を握りしめ、真剣な表情で言った。

「まだあきらめるのは早い。もう少し時間があるからな」

アルメーヌは目を大きく見開くと、涙をいっぱいにため始めた。

「うん」

彼女が短く返事したところで出発の時を迎えた。

「さあ、この山を越えたらアルスター山のふもとにある十字路だよ。そこまでもうひと踏ん張りしよう」

おっさんの号令で俺たちは再び歩きだす。一歩また一歩と足を進めるごとに、頭の中に少しずつ白いもやがかかっていく。口では「あきらめるのは早い」と言ったものの、もはや何も考えられなくなっていた。かといって『さようなら』を口に出す覚悟もできておらず、とても中途半端な状態のまま、山を登りきり、下りへと入った。

そうして空がオレンジ色に染まり始めた頃。

アルスター山のふもとに到着したのだった。

そこで別れは突然やってきたのだ――。

「私が案内するのはここまでだよ。あとはナナくんに任せるとしよう」

そう言っておっさんは立ち止まった。

彼のすぐ後ろを歩いていたナナとミカは立ち止まらずにアルスター山へと入っていく。

さらに松下先生と萌香も続いた。そして俺とアルメーヌも彼の横を通り過ぎていく。

しかしその後に聞こえてくるはずの足音がなかったのである。

異変を感じた俺は数歩進んだところで足を止め、背後を振り返った。

「レオン？　どうした？」

おっさんの隣で怜音はうつむいたまま、動こうとしない。

「お兄ちゃん、どうしたの？」

「いや、レオンが……」

先を進んでいたミカたちが俺のそばに集まって、怜音に声をかける。

「おーい、レオン！　疲れちゃったのー？」

「レオンくん！　みんなで休憩にする？」

「レオンくん。無理はしなくていいからね。君のペースで進もう」

しかし怜音は首を横に振るばかりで、何も言おうとしないし、一歩も動く気配を見せない。

「怪《け》我《が》でもしたのか？」と俺は彼のもとまで行こうとしたが、それを制したのはおっさんだった。

「レオンくんは何の問題もないから安心していいよ。さあ、アルスター山の山頂には君たちの世界に通じる扉があるからね。そこまで頑張るんだ」

「ちょっと待ってくれ。何の問題もないなら、なぜレオンは動かないんだ？」

「あまり口に出したくないんだけどね。一言で言えば『帰る世界が違う』ということになる」

まったく意味が分からない。

俺はミカと顔を合わせたが、彼女もまた心当たりはなさそうだ。

しかしそんな中、松下先生だけは「はぁ……」と大きなため息をついて、違う反応を見せたのだった。

「そういうことだったか……。とても残念だよ。でも一言だけ言わせてほしい。お疲れ様でした。君はよく頑張った」

その言葉が耳に届いた瞬間に、俺はすべてを理解した。

なぜなら松下先生が「お疲れ様でした」と丁寧な言葉でねぎらいを口にするのは、いつも決まった時しかないからだ。


そう……。それは患者さんが『臨終』を迎えた時――。


「うそ……」

萌香も同じことに気づいたようで、口元を押さえながら涙をぽろぽろとこぼし始めている。俺たちの反応でミカも表情を一変させた。

俺は叫びだしたくなる感情を抑えながら、震える手を前方に伸ばした。

「レオン……。冗談だよな……？　お前さんはまだあきらめてなかったんだよな？」

「もしかして、レオン……。嫌だよ！　私、そんなの嫌だよ‼」

　飛び出そうとするミカをナナとアルメーヌが二人がかりで押さえる。

　するとそれまでうつむいていた怜音が顔を上げた。

「ごめんね。僕はみんなと一緒に行けないんだ」

　凛とした張りのある声だ。俺たちは口を閉じて、彼の次の言葉を待った。

　怜音は大きく深呼吸した後、ズボンのはしをぐっとつかみながら声を振り絞った。

「ミカお姉ちゃん、ごめんね。僕、『キープ・キリング』をクリアする前にあきらめてしまったの。でもお姉ちゃんがメールをくれるたびに嬉しくて、頑張ろう、頑張ろうって思っていたのはほんとだよ。でももう二度と遊ぶことができなくなってしまったんだ」

「いや……。いやあああ‼」

　ミカは膝をついて泣き崩れる。しかし怜音は動揺することなく、今度は俺のほうを向いてはっきりとした口調で言った。

「中村先生、ごめんなさい。病気と闘うことをあきらめたのは僕のパパとママじゃなくて、僕自身だった。だから病院を出たんだよ。もう苦しいのは嫌だったから、僕は逃げ出してしまったんだ」

　俺はまだ信じられなくて、首を横に振ることしかできないでいた。

　いや、現実を受け止める勇気がなかったのだ。それは顔を地面に伏せているミカも、尻尾で顔を隠して号泣している萌香も同じだろう。

　しかし怜音は違っていた。彼はぴんと背筋を伸ばし、力強い口調で続けた。

「僕は……。僕は臆病者だからずっと『ごめんなさい』が言えなかった。それから『ありがとう』

と『さようなら』も言えなかった。でも、僕はこの世界で『勇気』を先生たちに教えてもらった。だから今ならちゃんと言えるよ。中村先生、ミカお姉ちゃん、アルメーヌお姉ちゃん、松下先生、萌香さん……。本当にありがとうございました。そして、さようなら。僕はどこにいても忘れないよ。病院で過ごした日々は僕にとって大切な宝物だから」

彼は最後まで言いきった。涙一つ見せず、堂々と胸を張って。

強い。なんて強いんだ。

ひとりだけ別の道を行かねばならない彼こそが、俺たちの中でもっとも哀しくて、悔しいはずなのに、俺が考えることすら拒絶していた『さようなら』を、大きな声で言いきったじゃないか。

「よく言えたね。偉いよ」

おっさんが怜音の頭をなでる。そして彼は怜音の手を引きながら、俺たちとは別の方向へ進みだした。

怜音は俺たちのことを振り返らずに、しっかりとした足取りで去ったのだった。

*

怜音と別れた後は、誰も何もしゃべろうとはしなかった。ただ木の枝を踏みつける足音だけが静寂の山道に響いた。

それからしばらく進んだところで、急に視界が開けたかと思うと、太陽が地平線に沈みかけている様子がはっきりと目に映ったのである。

「綺麗……」

ミカがぼそりと漏らすと、萌香も続いた。

「本当に素敵ね」

西陽《にしび》が顔を照らし、涙と汗で奪われた体温が少しずつ上がっていく。

怜音のことで負った深い傷が癒えていくのが分かった。それはミカや萌香も同じようで、頬の血色が元に戻ってきている。

この時、俺はすでに覚悟を決めていた。

怜音が俺たちにそうしたように、アルメーヌに『ありがとう』と『さようなら』を言おうと……。

そして太陽が完全に地平線から消え、空が紫色になったのを見計らって、ナナが声をあげた。

「ここがアルスター山の山頂よ。そしてそこに見える魔法陣が、あなたたちの世界に帰る扉」

彼女の指さしたほうに目をやると、直径数メートルの円の中に六芒星《ろくぼうせい》と読めない文字が地面に書かれている。

「つまり魔法陣の上に立てばいいってことね？」

ミカの問いにナナは小さくうなずくと、自分の左腕のブレスレットを指さした。

「ミカ。離れていてもずっと友達だよ。これがその証なんだから」

ミカは目に涙を浮かべたが、それをシルバーのブレスレットが光る左腕でぬぐうと、ニカッと笑顔になった。

「うん！　じゃあ、私行くね。あんまりしんみりするのも苦手だから。ナナちゃんにアルメーヌちゃん。バイバイ！」

「ミカ。変な男にだまされないようにね」

ナナが笑顔で小さく手を振る一方で、アルメーヌは口を真一文字に結んでコクリとうなずくのが精いっぱいのようだ。

「では、いっきまーす！」

ミカは弾むような足取りで魔法陣の上に立った。とたんに彼女の体が薄く、消えかかっていく。そしてものの数十秒で彼女の姿は完全に消えてしまったのだった。

「では、次に私が行かせてもらおうか」

「私も行きます！　アルメーヌちゃんにナナさん！　ありがとうございました！」

松下先生と萌香の二人が同時に消えていき、残るは俺だけとなった。

俺は振り返り、アルメーヌに向き合う。彼女は消え入りそうな声をあげた。

「翔太……」

涙がしずくとなって彼女の白い頬を伝い、地面に黒いしみを作っている。

行かないで、と言わんばかりに服のはしをつかんだ彼女の手を、俺はそっと握った。

「今までありがとな」

「翔太ぁ……」

彼女は顔を上げて、俺の目を見つめてきた。

決心が鈍りそうになる。でももう決めたのだ。

ここでお別れをしようと。

俺は彼女の手を服のはしから外し、今度はナナに向かって声をあげた。

「ナナ、ありがとな！　アルメーヌのこと、よろしく頼むぜ」

ナナは首をすくめただけで何も言おうとはしなかった。しかしとても自然な笑顔だ。きっとアルメーヌと上手くやってくれるだろう。

俺は彼女たちに背を向け、魔法陣のほうへ一歩踏み出す。とたんに脳裏に浮かんだのは、アルメーヌとの出会いだった。あの時はまだ、殺人鬼としか思えなかったんだよな。

それから一歩、一歩と足を踏み出すたびに、彼女との思い出が鮮やかによみがえってきたのだ。


いたずらっぽく笑う顔。

口の中を食べ物でいっぱいにした顔。

お腹いっぱいになって眠そうな顔。

そして時に優しく包み込むような笑みを浮かべた顔――。


自然と涙が頬を伝う。それでもとても温かい気持ちに包まれていた。

そしてついに魔法陣の中に足を踏み入れたのである。

「翔太ぁぁぁ!!」

こらえきれなくなったアルメーヌが飛び出してきた。俺はとっさに彼女を受け止めようとする。

しかし……。

薄れかけた体では彼女に触れることすらできなかった。

「嫌！　嫌だよ！　ひとりにしないで!!　翔太ぁぁぁ!!」

アルメーヌはあきらめずに魔法陣の中で何度も俺に抱きつこうとする。

しかしいくらやっても無駄なのは明らか。

だから俺は言葉をかけることしかできなかった。

「大丈夫だ。お前さんはひとりなんかじゃない。ナナがいるじゃないか。それにたとえ離れていても、俺はずっと……」

そこで言葉が止まる。

アルメーヌはぐしゃぐしゃになった顔で俺を見つめていた。

でも俺にはその言葉の続きを言う資格はもうない。言ってはならないんだ。

なぜなら彼女を余計に傷つけてしまうことになるから。

今、俺の言うべき言葉はただ一つ――『さようなら』だけだ。

俺はぐっと腹に力を入れて口を開いた。

「アルメーヌ、さよ……」

だがその時だった――。

「続きを言いなさい‼　離れていてもあんたはずっと、何なの⁉」

なんとナナが遮ったのである。

彼女の有無を言わせぬ眼光は、「戸惑っている暇はない」と迫ってくる。

「もう二度と会えないのよ！　自分の想いを伝えずに、『さよなら』ですまそうなんて、私は絶対に許さない‼」

彼女の言う通りだ。

自分の想いを言わずして後悔するくらいなら、ちゃんと伝えて後悔したほうがまだマシだ。

だから俺はありったけの想いを込めて叫んだのだ。

彼女に対する想いを――。


「離れていても、俺はずっとアルメーヌのことが好きだ!!」


……と、次の瞬間。ナナがアルメーヌの背中を押しながら叫んだ。

「今よ!!　アルメーヌ!!　つかむの!!」

「えっ？」

「フラグよ！　フラグ!!　いいから翔太の頭に立ったフラグをつかみなさい!!」

ふと自分の頭上を見ると桃色の旗が立っている。

「なんだ？　これは……」

もう一度魔法陣の中に飛び込んできたアルメーヌは、その旗をがっしりとつかんだ。

それを見たナナがニヤリと笑った。

「ヴァンパイアはね。一度つかんだフラグを絶対に離さないのよ。たとえ異世界に飛ばされようともね」

「まさか……」

ナナは小さく手を振りながら、最後にこう言ったのだった。

「アルメーヌ、そのフラグを絶対に手放しちゃダメよ。意外とライバルは多いみたいだから」

こうして俺は『キープ・キリング』の世界を後にしたのだった。
ピンク色の旗を頭上に立てたまま――。

エピローグ

「あった！　あった！　ここね！」

ミカが雲一つない今日の空のように澄みきった声をあげた。

師走を前にした晩秋の風は意外と冷たくて、俺はコートの前をつかんで身震いする。

そんな俺をミカが手招きして呼んだ。

「お兄ちゃん！　早く！」

「お墓は逃げないから、そんなに焦らなくてもいいだろ」

俺は手桶《ておけ》の水をこぼさないように、足早に彼女のもとへ急いだ。

今日は土曜日。午前中に授業のあったミカは大きなリボンが特徴的な学校の制服姿で、お墓の前に立った。

その墓標には『滝沢家乃墓』と太い文字が刻まれており、綺麗に磨かれた墓石の側面にはいくつか名前が並んでいる。その一番端っこに『滝沢怜音』という文字があった。

そう、俺たちは彼の墓参りにやってきたのだ。

「レオン、お待たせ。お兄ちゃんもいるからね」

「ああ、ここにいるぞ」

俺は墓石に水をかけた。

「ねえ、私もやっていい？」

「もちろんだ」

桶《おけ》を手渡した際に彼女の細い手首が覗く。そこには銀色のブレスレットが光っていた。

「あ、先生！　もうきてたんですかぁ！」

もこもこのダウンジャケットを着た萌香がこっちに向かって駆けてくる。

「おーい！　絶対にこけるなよー！」

俺が大きな声で言うと、彼女はリスのように頬を膨らませた。

「もうっ！　先生のいじわる！」

「あはは！　だってあの時のコケッぷりは、一度見たら絶対に忘れられないからな」

彼女はぷりぷりしながらやってくると、怜音のお墓に手を合わせた。

「レオンくん。こんにちは。相変わらず先生にいじめられてるけど、私は元気です」

「おいおい、その言い草はよくないだろ」

「ねえ、お兄ちゃん。ところで松下先生は？」

「さあな。あの人のことだ。どこかで人助けでもしてるんだろ」

そんな風に冗談で言ったつもりだったのだが、

「おーい！　遅れてすまないね！　外国人に道を聞かれて、直接連れていってあげたら遅くなっちゃったんだ！」

なんと本当に人助けしていたとは……。

「これであとひとりね。今お花を買いにいってるのよね。お兄ちゃん、迎えにいってあげたら？」

ミカがいやらしい顔をして俺の脇腹を肘でつついてきた。

「なんで俺が？」

「だってぇ。好き、なんでしょ。彼女から聞いたよ。『離れていても、俺はずっと好きだ』って叫んだって。うふふふ」

「あいつっ！　『キープ・キリング』の世界のことは誰にも話しちゃいけないって約束をあっさり破りやがったな！」

俺が声をあげたと同時に、萌香と松下先生の突き刺すような視線が俺に向けられる。

「先生、どういう意味ですか？」

「君……。相手は女子高生だよ。もっと大人の女性を好きになれないのかね？」

二人の追及から逃れるようにして、俺は怜音の墓を離れた。

すると前方から大きな花束を持った、ミカと同じ制服姿の女子高生が見えてきたのだ。

俺は彼女の名を呼んだ。

「アルメーヌ！　お前なぁ……」

しかし俺が何か言いかけたところで、彼女は満面の笑みを浮かべて、俺の名を呼んだ。

「翔太!!」

その笑顔はどきっとしてしまうほど眩しくて、喉から出ようとしていた文句は引っ込んでしまった。情けないと言われても仕方ないが、俺は彼女にかなりまいっているのだと思う。

俺は熱くなった顔を隠すように、彼女へ背を向け、

「早く行くぞ。みんな待ってるから」

足早に来た道を戻っていく。その横に並んできた彼女は、ニコニコしながら、始まったばかりの学校生活のことを話しだした。

「ふふ。ねえ聞いて、翔太――」

その様子からして、とても充実した日々を過ごしているのがよく分かる。自然と頬が緩むのを感じながら、俺はアルメーヌと共に怜音の墓の前に戻った。

「じゃあ、全員がそろったところで、もう一度手を合わせようか」

松下先生の言葉に従って墓に手を合わせた後、俺はコートのポケットからスマホを取り出した。

「レオン。今日はこれを見せに来たんだ」

それは行方の分からなくなっていた怜音のもので、つい先日、彼の母親がベッドの上にあるのを見つけたらしい。

俺が電源を入れると、ロック画面が表示される。

その画像は、かつて談話室で撮られた写真で、怜音、俺、ミカ、アルメーヌ、萌香、松下先生の六人が笑顔で写っていた。

大空には一羽のトビが気持ちよさそうに舞っている。

ぴぃという甲高い声は、俺たちに挨拶をしているように思えてならなかった。

友理　潤（ゆり・じゅん）

2018年『太閤を継ぐ者　逆境からはじまる豊臣秀頼への転生ライフ』（宝島社）でデビュー。

神奈川県在住でサラリーマンをしながら執筆活動を続けている。

趣味は散歩。好きなものはどら焼きとポメラニアン。

レジェンドノベルス
LEGEND NOVELS

絶《ぜっ》対《たい》回《かい》避《ひ》のフラグブレイカー 2
ハッピーエンドをつかむための25の法《ほう》則《そく》

2020年10月5日　第1刷発行

［著者］　友《ゆ》理《り》 潤《じゅん》
［装画］　岩《いわ》崎《さき》美《み》奈《な》子《こ》
［装幀］　世古口敦志（coil）

［発行者］　渡瀬昌彦
［発行所］　株式会社 講談社
〒112-8001 東京都文京区音羽 2-12-21
電話　［出版］03-5395-3433
［販売］03-5395-5817
［業務］03-5395-3615

［本文データ制作］　講談社デジタル製作
［印刷所］　凸版印刷 株式会社
［製本所］　株式会社 若林製本工場

N.D.C.913 318p 20cm ISBN 978-4-06-521465-7

©Jun Yuri 2020, Printed in Japan

定価はカバーに表示してあります。
落丁本・乱丁本は購入書店名を明記のうえ、小社業務宛にお送り下さい。
送料小社負担にてお取り替えいたします。なお、この本についてのお問い合わせは
レジェンドノベルス編集部宛にお願いいたします。
本書のコピー、スキャン、デジタル化等の無断複製は著作権法上での例外を除き禁じられています。
本書を代行業者等の第三者に依頼してスキャンやデジタル化することは、
たとえ個人や家庭内の利用でも著作権法違反です。

レジェンドノベルス
LEGEND NOVELS